Abbi Glines

*Ein Moment für die Ewigkeit*

Abbi Glines

# *Ein Moment für die Ewigkeit*

Aus dem Amerikanischen von
Heidi Lichtblau

PIPER

*Mehr über unsere Autoren und Bücher:*
*www.piper.de*

Von Abbi Glines liegen im Piper Verlag vor:

Once She Dreamed
Ein Moment für die Ewigkeit

»Sea Breeze«-Reihe
Breathe – Jax und Sadie
Because of Low – Marcus und Willow
While It Lasts – Cage und Eva
Just for Now – Preston und Amanda
Sometimes It Lasts – Cage und Eva
Misbehaving – Jason und Jess
Bad For You – Krit und Blythe
Hold On Tight – Dewayne und Sienna
Until the End – Rock und Trisha

»Vincent Boys«-Reihe
Little Secrets – Vollkommen verliebt
Little Lies – Vollkommen vertraut

»Rosemary Beach«-Reihe
Rush of Love – Verführt (Rush 1)
Rush of Love – Erlöst (Rush 2)
Rush of Love – Vereint (Rush 3)
Rush too Far – Erhofft (Rush 4)
Twisted Perfection – Ersehnt (Woods 1)
Simple Perfection – Erfüllt (Woods 2)
Take a Chance – Begehrt (Grant 1)
One more Chance – Befreit (Grant 2)
You were Mine – Unvergessen (Tripp)
Kiro's Emily – Für immer (Kiro; E-Novella)
When I'm Gone – Verloren (Mase 1)
When You're Back – Gefunden (Mase 2)
The Best Goodbye – Ganz nah (Captain)
Up in Flames – Entbrannt (Nan)

»Field Party«-Reihe
Until Friday Night – Maggie und West
Under the Lights – Gunner und Willa
After the Game – Riley und Brady

MIX
Papier aus verantwortungsvollen Quellen
FSC
www.fsc.org
FSC® C083411

ISBN 978-3-492-06087-5

Titel der amerikanischen Originalausgabe:
»As She Fades«, Feiwel and Friends,
ein Imprint der Macmillan Pubilshing Group, LLC, New York 2018

Gedicht auf Seite 7: »Ein Traum in einem Traum« in: Edgar Allan Poes Werke. Gesamtausgabe der Dichtungen und Erzählungen, Band 1: Gedichte, Übersetzt und herausgegeben von Theodor Etzel, Berlin: Propyläen-Verlag, 1922, S. 17, 111.
Satz: Satz für Satz, Wangen im Allgäu
Gesetzt aus der Centaur
Druck und Bindung: CPI books GmbH, Leck
Printed in Germany

*Für jedes Mädchen,*
*das am Boden zerstört war und*
*die Kraft zu kämpfen fand.*

# Teil Eins

## *Ein Traum in einem Traum*

Auf die Stirn nimm diesen Kuss!
Und da ich nun scheiden muss,
So bekenne ich zum Schluss
Dies noch: Unrecht habt ihr kaum,
Die ihr meint, ich lebte Traum;
Doch, wenn Hoffnung jäh enflohn
In Tag, in Nacht, in Vision
Oder anderm Sinn und Wort –
Ist sie darum weniger fort?
Schaun und Scheinen ist nur Schaum,
Nichts als Traum in einem Traum!

*Edgar Allan Poe*

*Ein Traum in einem Traum*

Schon als kleines Mädchen liebte ich Märchen. Und glaubte an die wahre Liebe. Da ich bereits mit sechs mein Herz an einen Jungen verlor, fiel mir das auch nicht schwer. Nicht viele erwischt es so jung, weshalb Crawford und ich uns für etwas Besonderes hielten. Wir glaubten, das Schicksal meine es gut mit uns, weil es uns so früh zueinandergeführt hatte, damit wir ein ganzes Leben miteinander verbringen könnten. Crawford war mein ganz persönlicher Prince Charming. In meiner Kindheit verging kein einziger Tag, an dem er nicht für mich da war. Mich zum Lachen brachte und gemeinsam mit mir das Leben genoss. Nur leider rechneten wir nicht mit den jähen Wendungen, die, die einen vom Kurs abbringen und alles für immer verändern. Nein, darauf waren wir nicht gefasst.

Unsere Geschichte hat es in sich. Das unbeschwerte Leben, das wir geführt hatten, wurde uns so schnell entrissen, dass uns keine Zeit blieb, uns darauf vorzubereiten. Aber wer kann das schon? Das sind die Schattenseiten des Lebens.

# 1. Kapitel

*Der Geruch von Sommerabenden versetzte mich grundsätzlich in Hochstimmung. Von klein auf erinnerte er mich daran, dass ich nun Schulferien hatte und Abenteuer auf mich warteten: Baden im See, Basketballspiele mit meinen älteren Brüdern und natürlich unser alljährlicher Familienurlaub. Trotzdem, in diesem Jahr verhieß er Freiheit. Ein neues Leben, einen Neuanfang. Für mich und Crawford.*

*Er saß am Steuer, und als ich zu ihm linste, wurde mir bei seinem Anblick ganz warm ums Herz. Wir kannten uns schon von Kindesbeinen an. Zunächst nur als Spielgefährten, doch mit der Zeit war mehr daraus geworden. Heute waren wir auf die große Bühne getreten, die auf der Mitte des Footballfelds unserer Highschool aufgebaut worden war, und hatten unsere Abschlusszeugnisse in Empfang genommen. Wir waren Highschool-Abgänger. Yeah!*

*»Ich kann noch immer kaum fassen, dass es vorbei sein soll. Also die Highschool«, ergänzte ich, auch wenn Crawford bestimmt wusste, was ich meinte.*

*Er warf mir einen Blick zu, und seine Mundwinkel verzogen sich gerade so viel nach oben, dass seine Augen auf die Art funkelten, wie sie es immer taten, wenn er sich amüsierte oder freute. »Es ist noch nicht vorbei. Es fängt gerade erst an, V. Unser Leben wird genauso laufen wie geplant.«*

*Das wollte ich doch hoffen. Wir würden aufs selbe College gehen. Crawford hatte ein Footballstipendium ergattert. Ein Vollstipendium! Ich selbst hätte mir dieses College zwar nicht ausgesucht, aber ich wollte da sein, wo er war. Wir waren noch nie voneinander getrennt gewesen.*

*»Die anderen schienen heute Abend ja fast ein bisschen Muffensausen zu haben. Als würden sie trinken und abfeiern, um zu vergessen, dass wir jetzt Erwachsene sind. Aber so ist es eben.«*

*Crawford zuckte die Achseln. »Klar, die meisten haben einen Riesenbammel, darauf wette ich. Die haben nicht schon Pläne wie wir. Sie müssen erst noch entscheiden, wie's jetzt weitergeht.«*

*Er hatte natürlich recht. Wie immer. Was ich an Crawford unter anderem so liebte, war seine Zuversicht. Sorgen waren ihm fremd, vor keinem Problem schreckte er zurück. Er packte es bei den Hörnern und bekam es in den Griff. Bei ihm fühlte ich mich sicher und geborgen, denn er schien für alles immer die nötige Antwort parat zu haben.*

*Er fasste herüber und nahm meine Hand. »Unser Leben wird so cool. Das College wird genau das sein, was wir brauchen. Wir kommen aus dieser Stadt raus, sind aber nicht zu weit weg. Wir können versuchen, auf eigenen Beinen zu stehen, und trotzdem mal eben locker zu Besuch nach Hause fahren. Du wirst es lieben!«*

*Und ich glaubte ihm. Es würde großartig! Ich spürte eine Vorfreude auf die kommende Zeit in mir hochperlen, konnte es kaum erwarten, dass es August wurde.*

*Im Radio wurde unser Lieblingssong gespielt. Crawford stellte es lauter und stimmte völlig falsch mit ein. Er war ein schrecklicher Sänger, doch er wusste, er brachte mich damit zum Lachen, und tat es deshalb. Als er einen weiteren schiefen Ton von sich gab, prustete ich los. Wie ich mein Leben liebte!*

*Genau in diesem Moment legte Crawford eine Vollbremsung hin, und die Welt geriet völlig aus den Fugen. Der Geruch verbrannten Gummis und heftiges Reifenquietschen fegte all meine anderen Gedanken beiseite. In diesem Augenblick verschwanden alle Träume. Ganz und gar.*

Ein Monat. Heute vor einem Monat hatten wir den Autounfall, der den Abend unseres Highschool-Abschlusses in einen Albtraum verwandeln sollte. Ich saß in dem Wartebereich, der mir inzwischen vertrauter war als mein eigenes Zimmer, und starrte die weißen Wände an. Der Sterilität um mich herum konnte auch der Geruch schalen

Kaffees nichts anhaben. Nicht, dass es wichtig gewesen wäre. Wichtig war nur, dass Crawford wieder aufwachte.

Bald war ich an der Reihe, Crawford etwas vorzulesen. Für diese Zeit des Tages lebte ich. Dafür, ihn zu sehen und zu beten, dass er meine Stimme hören und die Augen öffnen würde. Damit wir wieder zusammen wären. Damit unsere Träume noch immer vor der Tür dieses einsamen, kalten Ortes auf uns warteten.

Am Morgen nach dem Unfall hatte der Arzt Crawfords Eltern erklärt, er glaube, komatöse Patienten könnten hören. Wenn Crawford mitbekam, dass wir mit ihm sprachen, würde er sich zu uns zurückkämpfen. Wieder aufwachen.

Bei der Erinnerung an seine Worte erschauerte ich. *Komatös.* Wie ich diesen Ausdruck hasste! Normalerweise strotzte Crawford nur so vor Leben und Energie. Es war schrecklich, ihn in diesem Zustand zu erleben.

Der Arzt meinte, je mehr Stimmen Crawford hören würde, umso besser. Daher hatte Crawfords Mutter für uns alle einen Zeitplan erstellt, doch nach einer Weile konnte ich so früh zum Vorlesen kommen, wie ich wollte. Als es mit ihrer Gesundheit dann bergab ging – ihr einziges Kind tagaus, tagein in diesem Zustand zu erleben, belastete sie sehr – hatte sie sich ihre Zeiten wieder neu einteilen müssen.

»Noch immer hier?«, fragte eine mir unbekannte männliche Stimme. Normalerweise schaute immer mal einer meiner älteren Brüder vorbei. Der jüngste, Knox, war nur wenig älter als Crawford und ich, und wenn er es zeitlich schaffte, las auch er Crawford etwas vor, wenn auch nicht jeden Tag. Eigentlich hatte er fest versprochen, heute herzukommen, da er schon ein paar Tage nicht mehr da gewesen war.

Ich hob den Kopf und sah in ein Paar dunkelgrüne Augen, die von dichten, schwarzen Wimpern umrahmt wurden – echt nicht übel für einen Jungen! Diese Augen waren mir schon zuvor aufgefallen. Genauso wie der dazugehörige Typ. Unterhalten hatten wir uns allerdings noch nie.

»Du bist immer hier«, meinte er. »In den letzten beiden Wochen gab es nicht einen Tag, an dem ich dich hier nicht gesehen hätte.«

Er hatte eine angenehme Stimme, sprach jedoch gedehnter als hier in Franklin üblich. Eher so wie in Alabama. Checkte er mich einfach nur ab, oder wartete er auf eine Antwort? Na ja, wahrscheinlich Letzteres. Es war unhöflich von mir, nicht zu antworten.

»Ich wüsste nicht, wo ich sonst sein sollte«, gestand ich. Ohne Crawford war ich verloren.

Der Typ verzog seine vollen Lippen zu einem Schmunzeln. Was gab es da zu schmunzeln?

»Ich könnte mir eine Menge Orte vorstellen, an denen ich lieber wäre. Aber ich hänge nun mal sehr an Onkel D. Deshalb bin ich hier.«

Ich war nicht sicher, ob er auf die Tränendrüse drücken wollte, aber so klang es eigentlich nicht. Ob es ihm wohl überhaupt etwas ausmachte, dass sein Onkel im Krankenhaus lag? Nicht, dass es mich wirklich interessiert hätte. Der Typ hatte etwas an sich, was mir auf den Keks ging. Er gefiel sich. Und wie! Er wusste, dass er gut aussah, und genoss die Aufmerksamkeit. Solche Typen kannte ich zur Genüge. Nicht mein Fall!

»Wow, wie selbstlos von dir!«, erwiderte ich mit einem ordentlichen Schuss Sarkasmus. Als seine Augen belustigt aufblitzten, wurde er mir gleich noch unsympathischer.

Er verschränkte die Arme vor seiner breiten Brust, und ich kam nicht umhin zu bemerken, wie sein Bizeps anschwoll und aus seinem Ärmel nunmehr ein Tattoo hervorlugte. Sein langes, dunkles Haar war leicht zerzaust und hinter die Ohren geschoben. Hätte er es sich jetzt noch zu einem Pferdeschwanz zusammengebunden, wäre der Piratenlook perfekt gewesen!

»Ich will hier nicht den Selbstlosen raushängen lassen, falls du das denkst. Nichts liegt mir ferner. Ich bin hier, um meinen Onkel zu sehen. Mehr ist da nicht dran. Andererseits sitze ich auch nicht Tag für Tag märtyrerhaft im Wartezimmer und starre die Wand an. Selbstlosigkeit ist dein Ding. Nicht meins.«

Warum redete der eigentlich noch mit mir? Und wo steckte Knox? Eigentlich hätte er längst mit einer Lunchbox von meiner Mom auftauchen und sich dann zu Crawford ans Bett setzen sollen. Ich war erst in drei Stunden dran. Und dieser Typ hier musste seinen Abgang machen! Ich warf ihm einen finsteren Blick zu.

»Gott, bist du empfindlich!«, murmelte er mit einem amüsierten Lächeln.

»Wolltest du nicht deinen Onkel besuchen?« Auf die Art musste ich ihn doch wohl loswerden.

Diesmal lachte er. Aus vollem Herzen. Es klang nett, fand ich. Mehr als nett. Doch dann erinnerte ich mich, dass er mich damit nur einwickeln wollte. Und schon nervte es mich.

»Doch, schon. Ich dachte bloß, ich versuche mal, dich zu etwas anderem zu bringen, als unentwegt die Wand anzustarren. Es macht mich traurig, wenn ich dich hier ganz allein sitzen sehe. Mein Fehler. Offensichtlich bist du gern allein.«

Er wollte, dass ich meine Krallen ausfuhr, doch diesen Gefallen tat ich ihm nicht. Der war's doch gar nicht wert, dass ich wütend wurde!

»Slate, was machst du denn hier? Dein Onkel hat sich gerade nach dir erkundigt.« Eine junge Krankenschwester war aufgetaucht, die nun echt mit den Wimpern klimperte und ihren Vorbau rausstreckte, während sie mit … *Slate* sprach – wie er anscheinend hieß.

Er sah zu ihr und zwinkerte ihr dabei zu, wenn mich nicht alles täuschte. Ihre Wangen erglühten, und sie setzte einen Schlafzimmerblick auf. *Herrje!* Ich hatte genug gesehen. Hätte ich Lust auf eine Seifenoper gehabt, dann hätte ich den Fernseher in der Ecke angeschaltet!

»Sag dem alten Knaben, ich komme gleich.«

Sie kicherte, als fände sie seine Bemerkung urkomisch, und wandte sich dann nach einem kurzen Blick auf mich zum Gehen. Ihr Hüftschwung war übertrieben – jedes Mädchen, das wirklich so ging, hätte sich von einem Chiropraktiker wöchentlich die Hüften einrenken lassen müssen.

»Dann mal noch viel Spaß, Miss ...«. Slate ließ den Satz unvollendet und meinte wohl, ich würde ihm nun meinen Namen nennen. Tja, da konnte er lange warten.

»Dein Fanclub braucht dich«, versetzte ich genervt und richtete meinen Blick wieder auf die Wand. So, wie ich es jeden Tag tat. Um nachzudenken. Über das Leben und meine Zukunft, unsere Zukunft. Meine und Crawfords.

»Wohl wahr«, gluckste er. Aus dem Augenwinkel sah ich, wie er kopfschüttelnd davonging. Wobei man das eigentlich nicht als Gehen bezeichnen konnte. Eher als Stolzieren. Wenn Kerle denn überhaupt stolzierten. Vielleicht war es eher ein wiegender Gang?

Ach, wen interessierte das! Er war weg.

Ich griff nach meinem Stoffbeutel und kramte mein Handy heraus. Ich hatte Nachrichten und Anrufe erhalten, von meiner Mom zwei Anrufe, von jedem meiner vier Brüder jeweils eine Nachricht, zwei von der Frau meines ältesten Bruders und die letzten drei von meinem Dad. So lief das jeden Tag. Sie kontrollierten mich, baten mich, zum Abendessen nach Hause zu kommen oder mit ins Kino zu gehen, zum Shoppen, zu einem Basketballspiel ... versuchten einfach alles, um mich aus dem Krankenhaus zu locken.

Keiner von ihnen kapierte es. Crawford lag im Koma.

Nur das zählte. Ich konnte doch nicht einfach so weiterleben, als würde er nicht reglos auf diesem Bett liegen. Wenn er aufwachte, musste ich zur Stelle sein. Denn das würde er. *Musste* er! Vor uns lag eine Zukunft, die wir schon seit Kindertagen geplant hatten.

Ich sah mir die eingegangenen Nachrichten an und tat, was jedes brave Mädchen getan hätte: Ich fing an, sie zu beantworten. Das Angebot meiner Mutter, mit mir einen Badeanzug kaufen zu gehen – als hätte ich in absehbarer Zeit Strandbesuche vor. Dann ihren Versuch, mich moralisch dazu zu verpflichten, an einem Familienessen teilzunehmen. Meine Nichten würden mich vermissen. Klar, leichte Gewissensbisse wegen Maddy und Malyn, den Zwillingen meines ältesten Bruders, plagten mich schon. Sie waren erst zwei, und es verwirrte sie vermutlich, wenn sie Tante Vale plötzlich nicht mehr zu Gesicht bekamen.

Vor dem Unfall hatte ich jeden Dienstag- und Donnerstagabend auf die beiden aufgepasst, denn da hatte Catherine, meine Schwägerin, im Altersheim Spätschicht. Nun kümmerte sich meine Mom in der Zeit um sie, denn ich verließ das Krankenhaus wirklich immer erst, wenn ich musste. Wenn Crawfords Mutter allabendlich um sieben wiederkam, wünschte ich ihm eine gute Nacht, gab ihm einen Kuss auf die Wange und weinte den ganzen Heimweg über. Morgens wachte ich um sieben auf, zog mich an, packte Bücher und Snacks in meine Tasche und machte mich zum Krankenhaus auf. So sah mein Tagesablauf aus. Mehr war mir nicht geblieben.

Heute Abend wollten meine Brüder nach dem Familienessen bei uns zu Hause noch Basketball spielen. Jonah war beim Militär und zurzeit im Einsatz. Und ich sollte als vierter Spieler einspringen. Doch das konnte zur Not auch mein Dad tun. Und trotzdem wollten sie mir weismachen, dass ich unentbehrlich wäre.

Ich war das Nesthäkchen und das einzige Mädchen. Insofern war ich viel zu behütet und beschützt aufgewachsen. Alle dachten, sie müssten mich in Watte packen. Dafür liebte ich sie und weil mir Jonah SMSen schrieb, während er im Auslandseinsatz war. Ich antwortete jedem von ihnen, ich wäre beim Basketballspiel dabei, wenn sie bis halb acht warteten. Eigentlich hatte ich gar keinen Bock darauf. Doch ihnen lag daran.

Also tat ich ihnen den Gefallen.

# 2. Kapitel

Endlich kreuzte Knox auf. Mit einer Lunchbox, in der sich eine warme Mahlzeit für mich befand. Mom kam nur deshalb halbwegs damit klar, dass ich den ganzen Tag hier verbrachte, weil sie mich zumindest mit etwas zu essen versorgen konnte.

»So, bitte schön, Prinzesschen.« Knox reichte mir die Lunchbox und sank auf den Stuhl neben mir. »Na, wie läuft's?«

Normalerweise leistete er mir beim Essen Gesellschaft. Darauf freute ich mich auch immer.

Knox war gerade mal zwei Jahre älter als ich, und von uns fünfen standen wir zwei uns am nächsten.

Beide hatten wir dunkle Haare und blaue Augen. Jeder sagte, wir könnten Zwillinge sein.

»So wie immer. Ich warte«, erwiderte ich. »Was gibt's Neues von der Heimatfront?«

Seufzend lehnte er sich auf seinem Stuhl zurück und verschränkte die Arme vor der Brust. »Dad feilscht mit dem Klempner erbittert um den Preis der neuen Badewanne, die sich Mom wünscht, Mom backt deinen Lieblingskuchen in der Hoffnung, dich damit zum Abendessen heimlocken zu können, und Maddy weigert sich, das Töpfchen für große Mädchen zu benutzen, weil Tante Vale nicht da ist, um mit ihr den Töpfchen-Song zu singen.«

Er wollte mir keine Schuldgefühle machen. Das war nicht Knox' Art. Er war einfach nur ehrlich.

»Kann Mom ihr das Lied nicht vorsingen? Von ihr stammt es ja ursprünglich.« Ich zog einen Behälter mit einem Brokkoliauflauf heraus, der noch immer schön warm war.

»Sie hat's versucht«, meinte er achselzuckend. »Aber Maddy hat behauptet, dein Lied wäre anders.«

Ich musste dringend Zeit für meine Nichten finden. »Ich wünschte, Mom würde sie mal herbringen.«

Knox drehte sich zu mir. »Wieso? Du bist doch hier nicht an ein Bett gefesselt. Du kannst rausgehen, wann immer du willst, und was anderes tun. Crawford würde sich das wünschen.«

Manchmal traf einen Knox' Ehrlichkeit echt hart.

»Wenn er wieder aufwacht, möchte ich da sein«, erklärte ich zum hundertsten Mal. Eigentlich wussten das alle, und doch musste ich mich ständig wiederholen.

»Das könnte auch mitten in der Nacht der Fall sein. Dann wärst du auch nicht hier!«

Schon klar. Ein schrecklicher Gedanke. Aber leider war es mir nicht gestattet, im Wartebereich zu übernachten. Wenn die Besuchszeiten vorbei waren, musste ich gehen. Krankenhausregeln. Nicht, dass ich es nicht probiert hätte. Sie hatten mich rausgeworfen.

»Lass mich das einfach auf meine Art machen«, sagte ich und machte mich über mein Essen her. Ich hatte Hunger. Mein Frühstück aus trockenem Müsli und Goldfisch-Kräcker lag lange zurück, und ich brauchte etwas anderes in den Magen als schalen Kaffee.

»Knox McKinley«, ertönte eine inzwischen vertraute Stimme, und ich hätte mich beinahe an meinem Auflauf verschluckt und deswegen liebend gern losgeflucht. Musste dieser Arsch meinen Bruder kennen?

»Slate!« Die Freude in der Stimme meines Bruders war echt. Er mochte diesen Kerl. Da sollte mal einer verstehen. »Was tust du denn hier?«

»Genau das wollte ich dich gerade auch fragen. Wie ich sehe, hast du bei der da schon größere Fortschritte gemacht als ich. Bei mir hat sie lieber die Wand angestarrt, als sich mit mir zu unterhalten.«

Ich spürte, wie sich Knox zu mir drehte, aber ich ignorierte die beiden und aß lieber noch einen Happen.

»Na ja, schließlich bringe ich ihr was zu futtern und teile dieselben Eltern mit ihr. Was bleibt ihr da anderes übrig?«, grinste Knox.

»Sie ist deine Schwester? Hach, das richtet mein angeschlagenes Ego wieder etwas auf.«

Ich nahm mir das Hörnchen, das meine Mom frisch gebacken hatte, und biss herzhaft hinein. Ich hatte den Mund so voll, dass keiner erwarten konnte, dass ich noch redete. Ich hörte, wie sich Knox ein Lachen verkniff. Vielleicht kapierte er den Wink ja und schickte Mr. Nervensäge seiner Wege.

»Hab gedacht, du würdest mit deinem Onkel in Huntsville wohnen? Was treibt dich von so weit her?«

Dafür, dass Knox das Thema wechselte, schuldete ich ihm was.

»Onkel D hat Krebs im vierten Stadium. Leberkrebs. Das Krankenhaus hier ist noch eines der nächsten, die für so was ausgerüstet sind.«

*Oh*. Der Onkel, bei dem er wohnte, lag im Sterben. Nun fühlte ich mich leicht mies. Okay, ziemlich mies sogar.

»Das tut mir leid – davon hatte ich vor den Semesterferien gar nichts mitgekriegt.« Knox war ehrlich. Er hatte ein großes Herz.

»Er hat es mir auch erst jetzt erzählt, als ich zurückgekommen bin. Und vor zwei Wochen wurde er dann das erste Mal operiert. Wenn er sich davon erholt hat, geht's mit der Chemo los. Allerdings versprechen sie ihm lediglich, dass sie sein Leben verlängert. Nicht rettet.«

»Verdammt«, flüsterte Knox und schüttelte den Kopf. »Na, wenn ich irgendetwas tun kann, gib Bescheid. Meine Brüder und ich bringen unserer Schwester täglich ihren Lunch. Da können wir dich genauso gut mitversorgen.« Knox meinte jedes Wort ernst. Gleich morgen schon würde er Mom überreden, für diesen Typen mitzukochen.

»Nicht nötig, ich hab hier ja nicht mein Lager aufgeschlagen. Onkel D wäre stinksauer, wenn ich das versuchen würde. Ich schau zweimal am Tag vorbei. Hab eine Freundin hier in der Stadt, bei der ich pennen kann.«

Das sah ihm ähnlich. Kein Wunder, dass er nicht bei seinem Onkel blieb. Er wurde ja schon erwartet.

»Okay, na jedenfalls: Meine Nummer hast du.«

»Danke, Alter.«

Knox machte eine für die Kappa-Sigma-Studentenverbindung wohl typische Handgebärde, der Slate anscheinend auch angehörte.

»Wir sehen uns. Schau zu, dass du deine Schwester im Griff behältst«, scherzte Slate, und ich schluckte erst mal mein Brötchen hinunter, bevor ich zu ihm aufsah. Er zwinkerte mir zu.

»Ich versuch mein Bestes.«

Sobald er verschwunden war, sah Knox zu mir. »Kluges Mädchen!«

Ich runzelte die Stirn. Eigentlich hatte ich damit gerechnet, einen Anschiss zu bekommen, dass ich seinen Verbindungsbruder gedisst hatte. »Wie? Was?«

Knox wies mit dem Kopf in Richtung der entschwindenden Gestalt. »Na, dass du ihn hast abblitzen lassen. Er ist mein Bruder und ein toller Typ, aber ein alter Aufreißer ist er auch. Ich wette, der hat bereits mit jeder Schwester hier auf der Station, die bei drei nicht auf dem Baum war, geschlafen. Der Typ lässt nichts anbrennen, dafür ist er bekannt.«

Das brauchte er mir nicht zu erklären. »Das habe ich mir auch schon zusammengereimt.«

Knox tätschelte mir das Knie. »Das hätte ich wissen müssen.«

Allerdings, das hätte er!

# 3. Kapitel

Den Großteil meines Lebens war mir Crawfords Mom, Juliet, wie eine zweite Mutter gewesen. Sie war jünger als meine, und Crawford war ihr einziges Kind. Seinen Vater hatte sie gleich nach der Highschool in der festen Überzeugung geheiratet, ihre junge Liebe sei stark genug, um den Prüfungen der Zeit zu widerstehen.

In den vergangenen Monaten hatte sie sich jedoch verändert. Von der lebenslustigen, lächelnden Frau war nichts mehr zu sehen. Plötzlich hatte sie Falten, die mir zuvor nie aufgefallen waren. Ihr einst so tolles blondes Haar war dünn und brüchig. Und wo sie zuvor aufrecht und in beispielhafter Haltung dagestanden hatte, ließ sie die Schultern nun hängen.

Crawford war ihre Welt. Ohne ihn brach sie auseinander, und ich verstand und akzeptierte ihre scharfen Worte und strengen Regeln, was die Besuche anging. Ich ließ es nicht an mich heran, wenn sie sich darüber beschwerte, dass ich immer im Wartebereich saß. Sie litt und musste um sich schlagen. Ich war da und fungierte als Sandsack. Crawford hätte dasselbe für mich getan.

Ich erkannte das Klacken ihrer Absätze, gerade als die Uhrzeiger, die ich schon seit einer Stunde beobachtete, auf die Vier-Uhr-Position glitten. Sie machte sich auf den Heimweg, um zu essen, ein Bad zu nehmen und sich auszuruhen, um nach ihrer Rückkehr die Nacht über zu bleiben. Davon, dass ihr Mann oder ich blieben, wollte sie nichts wissen. Sie musste zur Stelle sein. Für den Fall.

Für den Fall, dass er die Augen aufschlug. Oder … es nicht tat.

Ich wartete, bis sie in der Tür erschien und mich zu sich winkte.

Das lief bei uns immer nach demselben Muster ab. Diese Routine gab ihr Halt. Ich schnappte meine Tasche und stand auf. Endlich durfte ich mich zu Crawford setzen.

»Heute hat er ein bisschen mehr Hirnaktivität gezeigt. Die kurze Zeit, die Knox bei ihm war und ihm etwas vorlas, hat ihm gutgetan, denke ich. Ruf mich sofort an, wenn sich irgendwas tut«, sagte Juliet. Das wären ja eigentlich gute Neuigkeiten gewesen, hätte sie im vergangenen Monat nicht auch schon jeden Tag dasselbe behauptet.

»Mach ich!«

Sie nickte, warf noch mal einen Blick zu seiner Tür zurück, drückte mir die Schulter und ging.

Das war der einzige Zeitpunkt des Tages, auf den ich mich freute und vor dem ich mich zugleich fürchtete. Es fiel mir immer wieder schwer, den schlafenden Crawford an diese Gerätschaften angeschlossen zu sehen. Es tat immer wieder weh. Noch genauso sehr wie an dem Abend, als er das neue Stoppschild an der County Road 14 missachtet und uns ein Lkw auf Crawfords Seite mit fünfzig Meilen pro Stunde gerammt hatte. Ich hatte nicht mal das Bewusstsein verloren, im Gegenteil, ich konnte mich an jede Sekunde erinnern. Wie ich seinen Namen geschrien hatte, als er leblos dalag. Nicht imstande, ihn zu befreien oder auch nur meine Tür aufzukriegen. Von der tiefen Schnittwunde am Kopf tropfte mir Blut in die Augen und trübte meinen Blick, doch ich hatte alles miterlebt. Jede entsetzliche Sekunde.

Bei mir war von jenem Abend nur die Narbe unterhalb meines Haaransatzes zurückgeblieben, wo man mich hatte nähen müssen. Meine Blutergüsse waren längst verheilt. Die Gehirnerschütterung ebenso. Es war nicht fair, dass er es war, der dort lag. Ich hatte gelacht, als er bei einem Song mitgesungen, mal wieder keinen Ton getroffen und mich dann angelächelt hatte. Das war das Letzte, was ich gesehen hatte, ehe wir uns mehrmals überschlugen, Metall auf Metall krachte, und der Gestank von brennendem Gummi die Luft erfüllte.

Ich betrat den Raum. Crawford war magerer denn je, doch zumindest waren die Blutergüsse und Schnittwunden in seinem Gesicht verheilt, und er sah nicht mehr so versehrt und verwundet aus. Nur so, als schliefe er friedlich und bräuchte dringend einen Double-Cheeseburger.

Crawford liebte Double-Cheeseburger mit extra Gurkenscheiben und Senf. Inzwischen ertrug ich nicht mal mehr deren Anblick. Nicht ohne ihn.

»Ich bin da. Und hab ein neues Buch mitgebracht. Eins mit viel Action und wenig Liebeskram. Ach, und deine Mutter war überzeugt, du hättest heute Fortschritte gezeigt. Es ist so schön, sie glücklich zu sehen!«

Das war geschwindelt. Sie war alles andere als glücklich, aber falls er mich hören konnte, wollte ich nicht, dass er sich Sorgen um seine Mom machte. Das machte er nämlich immer.

»Knox hat mir einen Brokkoliauflauf und Brathähnchen mitgebracht. Moms Spezialität. Ich glaube, sie versucht, mich zu mästen. Er hat erzählt, er habe dir aus der College-Sport-Website vorgelesen, die du so liebst. Da hat er doch garantiert öfter mal seinen Senf dazu abgegeben, oder?«

In der Hoffnung, er könnte mich hören, sprach ich über alles, was am Tag so losgewesen war. Ich stellte mir gern vor, ich müsste ihn nur neugierig genug machen, dann würde er die Augen aufschlagen und mich ausquetschen. Mehrere Nächte in der Woche träumte ich, dass er wieder zu Bewusstsein käme, während ich mit ihm redete oder ihm die Hand hielt. Dann, wenn ich schließlich aufwachte, weinte ich, weil es nicht wahr wurde. Wenn er mein Lächeln nicht erwiderte, war mein Herz leer. Ich war verloren und würde es auch bleiben, bis er wieder aufwachte.

Einen Augenblick spielte ich mit dem Gedanken, ihm von Slate zu erzählen. Die Begegnung mit ihm war das einzig Ungewöhnliche an diesem Tag gewesen. Bis darauf, dass ein anderer Patient, ein gewisser Mr Wagoner, nach Hause entlassen worden war. Es würde mir abgehen, ihn in seinem Rollstuhl durch die Gänge kurven zu sehen. Aber ich wusste, er wurde von seinen Kindern und Enkelkindern schon sehr vermisst.

»Wenn ich heute Abend gehe, steht mir ein Basketballmatch mit den McKinley-Jungs bevor. Um sie zu schlagen, brauche ich deine Hilfe. Du weißt doch, wie gnadenlos die sind.«

Früher hatten Crawford, Knox und ich immer gegen Jonah, Michea und Dylan gespielt. Die Jüngeren gegen die Älteren. Erst als Dylan geheiratet hatte und weggezogen war, hatten wir sie endlich mal bezwingen können. Dass Crawford in einem Sommer fast dreizehn Zentimeter gewachsen war, hatte sich da auch als hilfreich erwiesen. Damals hatte er mit seinen ein Meter zweiundneunzig größenmäßig mit Jonah gleichgezogen.

»Zum Lunch habe ich noch ein Extrastück Sahnetorte mitbekommen. Ich glaube, Mom versucht, dich mit ihren Leckereien zu bestechen. Für mich ist es jedenfalls nicht, das weiß ich.«

Auch ich hatte abgenommen. Ungefähr drei Kilo, was sich bei meinen ein Meter achtundsechzig schon deutlich bemerkbar machte. Ja, Mom versuchte eindeutig, mich zu mästen.

Mein Handy summte, und ich warf einen Blick darauf.

*Vergiss das Spiel heute Abend nicht!* Die Nachricht stammte von Dylan, der mich aus mehreren Gründen zu Hause sehen wollte. Maddys Töpfchentraining war nur einer davon.

*Keine Bange!*, textete ich zurück und sah dann wieder zu Crawford.

»Ich will dich wiederhaben, Crawford. Ich vermisse dich!«

Keine Reaktion. Nicht mal ein Zucken.

Tränen stiegen mir in die Augen, und ich wischte sie weg, bevor ich meine Tasche abstellte und es mir neben ihm im Stuhl bequem machte. Bald würde ich ihm vorlesen, doch für den Moment wollte ich einfach nur seine Hand halten und ihm beim Atmen zuschauen. Mich vergewissern, dass Crawford da drinsteckte und zu mir zurückkehren würde. Bald.

# 4. Kapitel

Der Kaffee da ist scheiße! Hier, nimm den.«

Ich hatte gelesen, als mir unvermittelt eine himmlisch duftende Tasse Kaffee – das war definitiv keine schale Krankenhausplörre – unter die Nase gehalten wurde.

Ich kannte diese Stimme. Der Aufreißertyp war zurück! Und er hatte Kaffee dabei.

Ich nahm die Tasse, noch bevor ich zu ihm aufsah, und rang mir ein »Danke« ab. Es fiel mir schwer, aber schließlich war ich gut erzogen. Er war nett zu mir, weil ich Knox' Schwester war. Damit kam ich klar.

»Du kommst ja zeitig her. So früh bin ich noch nie hier gewesen. Hab nicht gut geschlafen, weshalb ich mir dachte, ich mach mich gleich ans Tagwerk!«

Musste ich mich jetzt etwa mit ihm unterhalten, nur weil er mir einen gescheiten Kaffee mitgebracht hatte? Sah ganz danach aus. Außerdem war sein Onkel schwer krank. Wo war mein Mitgefühl geblieben?

»Wie geht's deinem Onkel?«, fragte ich, denn nur das interessierte mich, was ihn anging. Es machte mich traurig, wenn jemand einen geliebten Menschen verlor.

Er zuckte die Achseln. »Immer noch derselbe Dickkopf, flucht wie ein Bierkutscher, ist weiterhin hundsgemein und gleichzeitig ziemlich liebenswert.«

Seine Antwort erstaunte mich. Andererseits fragte man sich, ob man von diesem Slate überhaupt je eine normale Antwort bekam.

»So«, fuhr er fort. »Wir haben zusammen Kaffee getrunken, teilen uns einen Bruder und hängen beide hier täglich rum. Das macht uns zu Freunden, glaube ich.«

»Wir teilen uns keinen Bruder«, sagte ich hastig.

Schmunzelnd nippte er an seinem Kaffee. »Kappa Sigma würde das anders sehen. Brüder fürs Leben!«

Ich wollte die Augen verdrehen, aber der Kaffee war köstlich, und so ließ ich es bleiben.

»Warum bist du die ganze Zeit hier, Vale?«, fragte er und überraschte mich mit meinem Namen. Von mir hatte er diese Info nicht.

»Woher kennst du meinen Namen?«, fauchte ich.

»Wie gesagt: Wir teilen uns einen Bruder. So, und nun sag: Was hält dich hier und lässt dich diese Wand anstarren?«

»Wenn wir uns denn einen Bruder teilen, müsstest du das eigentlich schon wissen!«

»Touché!« Er trank einen weiteren Schluck. »Okay. Wenn man's genau nimmt, teilen wir uns nicht *wirklich* einen Bruder. Ich kenne Knox' Geschmack, was Bier, Karten und Frauen angeht. Viel mehr weiß ich nicht. Und so wusste ich zum Beispiel bis gestern nicht, dass er eine Schwester hat. Kann ich also bitte erfahren, was meine neue Freundin hier den ganzen Tag lang so treibt?«

Ich stellte mich ganz schön an. *Warum?* Der Typ hier wollte nur nett sein. Dann flirtete er eben gern und war ein Playboy. Was kümmerte mich das? Hatte ich etwa Vorurteile? Gott, das wollte ich nicht hoffen.

»Mein Freund liegt im Koma.« Es laut auszusprechen tat weh. Als würde einem ein Messer in die Brust gerammt und man bekäme kaum noch Luft.

»Autsch!«, sagte er, als würde er den Schmerz fühlen, der mich gerade überwältigt hatte. »Wie ist das passiert?«

Ich musste darüber sprechen. Es tat mir gut, es mir von der Seele zu reden. Es zu akzeptieren versuchen. »Durch einen Autounfall am Abend nach unserem Highschool-Abschluss. Ich saß auch mit im Wagen.«

»Fuck«, murmelte er und ließ die Hand sinken, sodass sein Armgelenk auf seinem Schenkel ruhte, während er mit derselben Hand seine Tasse hielt. »Wie lang ist das her – einen Monat?«

Ich nickte. Einen Monat und einen Tag.

»Warum kannst du nicht bei ihm im Zimmer sitzen? Jeden Tag ganz allein hier draußen zu hocken, das wirkt … so einsam.«

Der löcherte einen vielleicht!

»Ich bin nur für drei Stunden am Tag eingeteilt. Dann können seine Eltern eine Pause machen.«

Er beugte sich vor, stützte die Ellbogen auf die Knie und sah mich so an, dass ich seinen Blick erwidern musste, wenn ich nicht unhöflich stur geradeaus starren wollte.

»Ansonsten sitzt du hier die ganze Zeit einfach nur rum …?«

Seinen Kaffee wusste ich zu schätzen. Ernsthaft. Seit Langem hatte ich keinen so köstlichen mehr getrunken, aber dieser Kerl war neugierig, und ich war nicht in der Stimmung, mich zu rechtfertigen. Wenn ich den ganzen Tag hier sitzen wollte, dann konnte ihm das egal sein. Weder er, noch meine Eltern, meine Brüder oder sonst wer brauchten das zu verstehen. Ich tat, was ich tun musste, um die Tage zu überstehen. Mein Leben befand sich in Crawfords Zimmer, und ich würde ihn nicht verlassen.

»Ja«, erwiderte ich.

Er nickte, nippte wieder an seinem Kaffee und richtete seinen Blick dann auf die Wand vor ihm. »Du musst ihn wirklich lieben.«

»Das tue ich schon, seit ich sechs bin und er meinen Lieblings-Brownie mit in die Schule genommen und heimlich in meine Lunchbox geschmuggelt hat.« Das war mehr, als ich irgendjemandem seit dem Unfall über Crawford oder unsere Vergangenheit erzählt hatte. Und doch war es mir ganz leicht über die Lippen gekommen.

Slate machte sich nicht über mich lustig. Stattdessen lächelte er. Ein kleines Lächeln, bei dem sich seine Mundwinkel nur ganz leicht hoben. »Das ist eine sehr nette Erinnerung.«

Ja, das stimmte. Ich hatte eine Million solcher Erinnerungen.

»So eine Liebe habe ich selbst noch nicht erlebt. Und glaube auch nicht dran. Aber es ist schön, jemandem zuzuhören, bei dem das so ist.« Er nahm noch einen großen Schluck Kaffee und erhob sich.

»Ich hoffe, dein Typ schlägt bald wieder die Augen auf«, sagte er. »Ich muss jetzt zu dem alten Herrn reinschauen und mich von ihm beim Pokerspiel schlagen lassen. Das gibt ihm das Gefühl, etwas vollbracht zu haben.«

Unvorstellbar, dass Slate irgendjemanden auf dieser Welt gewinnen ließ. Das Wissen, dass er das absichtlich tat, machte ihn etwas menschlicher. Das und der Kaffee. Der Kaffee schmeckte wirklich super.

»Danke. Den habe ich echt gebraucht.« Ich hob meine Tasse ein wenig.

Er zwinkerte mir zu. »Tun wir das nicht alle?« Mit diesen Worten wandte er sich um und ging davon.

Mag sein, dass ich ihm hinterhersah, bis er um eine Ecke bog. Nicht, dass ich ihn mochte, aber, wie gesagt, sein Gang, der hatte was.

»Es heißt, Slate Allen würde sich hier befinden?«, riss eine Krankenschwester mich aus meinen Gedanken, und das war auch dringend nötig.

Sein Nachname lautete also Allen.

»Er ist gerade in diese Richtung da verschwunden. Zum Zimmer seines Onkels.« Ich deutete den Gang entlang.

Sie strahlte. »Danke schön!« Und weg war sie.

Es handelte sich um eine andere als am Vortag. Die Krankenschwestern hier mussten ein paar Jährchen älter sein als er, doch das schien sie nicht zu stören. Kein Wunder, dass er so von sich eingenommen war.

Slate war attraktiv. Das musste man ihm lassen. Mit seinem Aussehen zog er alle Blicke auf sich und ließ Mädchenherzen höherschlagen. Doch darauf pfiff ich. Ein hübsches Gesicht und ein muskulöser Körper ließen mein Herz kalt. Denn das gehörte jemandem, der in einem Krankenhauszimmer lag, und so würde es immer sein. Eines Tages würde ich Crawford erzählen, was alles vorgefallen war, während er im Koma lag, und wir würden lächeln.

Er war eine Kämpfernatur, jawohl!

Mein Handy vibrierte in meiner Tasche, und ich wusste, nun würden wieder haufenweise Nachrichten eintrudeln. Gestern Abend hatte ich Basketball gespielt und selbst gebackenen Erdbeerkuchen gegessen, während ich mich mit Maddy übers Aufs-Töpfchen-Gehen unterhalten hatte. Mit jedem hatte ich mich beschäftigt. Heute mussten sie mir eine Pause gönnen und Ruhe geben.

Sobald Crawford wieder aufwachte, würde alles gut sein.

# 5. Kapitel

»Tante Vale!« Maddys und Malyns Stimmchen erklangen durch die Krankenhausflure und erregten nicht nur meine Aufmerksamkeit. Mit identischen braunen Augen wie die ihrer Mutter und zu Zöpfen geflochtenen braunen Haaren, die vor und zurück schwangen, kamen sie mit weit auseinandergebreiteten Armen auf mich zugerannt.

Wenn ich den ganzen Tag hier im Krankenhaus verbrachte, vermisste ich niemanden so sehr wie die beiden. Ich legte mein Buch weg und stand genau zur rechten Zeit auf, um beide aufzufangen. Kleine Arme schlangen sich um mich. Mir schossen Tränen in die Augen, und ich drückte sie fest an mich.

»Meine Lieblingsmädchen sind da!« Ich küsste sie beide auf die Stirn, dann aufs Näschen.

»Hab mir gedacht, wenn ich Maddy zu Hause nicht dazu bringen kann, sich aufs Töpfchen zu setzen, dann bring ich sie eben zu dir!« Dylan sah genauso aus, wie ein verzweifelter Vater von Zwillingen im Kleinkindalter auszusehen hatte.

Während ich mit meinem großen Bruder lachte, verspürte ich Freude. Ein flüchtiges Gefühl, aber immerhin.

Ich legte den Kopf ein wenig zurück und sah zu Maddy. »Du musst das Töpfchen wie ein großes Mädchen benutzen, selbst wenn ich nicht da bin. Möchtest du denn, dass Malyn ohne dich mit der Schule für große Mädchen anfängt?« Die »Schule für große Mädchen« war die Vorschule, die im Übrigen erst im Herbst losging, doch beide Mädchen waren schon ganz aus dem Häuschen deswegen. Ich sollte im Herbst eigentlich aufs College gehen. Zusammen mit Crawford. Ob das klappte, stand inzwischen allerdings in den Sternen.

Maddy zuckte die Achseln. »Will bei dir bleiben.«

Was tun? Besorgt sah ich zu Dylan auf.

»Sie liebt dich und vermisst dich«, sagte er. »Wie wir alle.«

Schuldgefühle! Aber ich musste hier bei Crawford sein, er würde mich dahaben wollen, wenn er die Augen aufschlug. Das musste doch allen einleuchten!

»Ich liebe und vermisse sie auch. Euch alle. Aber habt doch bitte Verständnis, warum ich hier sein muss. Was, wenn es sich um Catherine handeln würde?«

Dylans Gesicht verfinsterte sich. »Schon verstanden. Was aber nicht heißt, dass ich dich nicht vermisse und mir Sorgen um dich mache.«

»Ich kann einen Spagat machen!«, sagte Malyn und zupfte mich am Arm, um meine Aufmerksamkeit zurückzugewinnen.

»Wirklich?«, fragte ich mit erstaunter Stimme, auch wenn ich mir das schon Tausend Male angesehen hatte. Malyn liebte es, damit eine Schau abzuziehen. Also sah ich ihr zu und klatschte, als sei es das Beste auf der Welt.

»Und ich kann das!« Maddy stellte sich auf die Zehenspitzen und wirbelte im Kreis herum.

»Wow, das ist ja super!« Ich griff aus, um ihr Halt zu geben, bevor ihr noch schwindelig wurde und sie hinstürzte.

»Warum zeigen wir Tante Vale nicht, wie du das Töpfchen für große Mädchen benutzt?«, schlug Dylan vor. »Malyn trägt schon Höschen für große Mädchen, Maddy aber noch eine Pull-Up-

Windel«, informierte er mich, drückte mir eine Windelpackung in die Hände und sank auf den Stuhl neben mir. Daddy sah aus, als bräuchte er eine Pause.

»Na kommt, ihr zwei.« Ich führte sie den Gang entlang zu den Toiletten.

Gerade waren wir um die Ecke gebogen, als Maddy sagte: »Schau mal, Tante Vale. Der Junge da küsst die Krankenschwester!«

Ich folgte ihrem Blick und entdeckte in einer Ecke die Krankenschwester von vorhin zusammen mit Slate. Seine Hand lag auf ihrem Po, und sie presste sich an ihn, als bräuchte sie ihn wie die Luft zum Atmen. Eine öffentliche Zurschaustellung von »Zuneigung« in einem Krankenhaus, wo Leute dahinsiechten und starben – echt jetzt? Slate Allen war widerlich.

»Hat sie ihm sein Aua heile gemacht?«, erkundigte sich Malyn neugierig.

Ich war mir sicher, er hatte ihr schon ein paar Auas heile gemacht!

Ich lenkte die Aufmerksamkeit der beiden Kleinen auf die Toilettentür und dann aufs Töpfchengehen. Sogar das Lied sang ich dazu. Bei beiden mit Erfolg. Maddys Pull-up-Windel war trocken geblieben, und nachdem wir uns die Hände gewaschen hatten, verließen wir die Toilette wieder und entdeckten zum Glück eine leere Ecke. Kein weiteres Herumgeknutsche vor den Augen der neugierigen kleinen Mädchen.

Mein Glück verließ mich allerdings prompt, als wir um die Ecke bogen und sahen, dass sich Dylan mit niemand anderem als dem Krankenschwester-Romeo unterhielt.

»Daddy, wir waren auf dem Töpfchen!«, verkündete Maddy, während sie auf den Wartebereich zurannte.

Malyn kapierte, dass der Typ bei ihrem Dad derselbe war, der gerade noch die Krankenschwester geküsst hatte. Sie verlangsamte den Schritt und schlang ihre kleine Hand um mein Bein. Sie war die Schüchterne der beiden.

»Du hast die Krankenschwester geküsst! Hat sie dein Aua heile gemacht?«, kam Maddy gleich zur Sache.

Angesichts Dylans verwirrter Miene hätte ich beinahe gelacht. Aber nur beinahe.

»Hier, die Windelpackung. Wir haben keine neue gebraucht.«

Ich spürte Slates Blick auf mir und konnte mich einfach nicht dazu bringen, ihm gegenüber unhöflich zu sein. Er hatte eine Krankenschwester geküsst, na und? Machte mir das was aus? Nicht die Spur!

»Danke.« Dylan schaute noch immer verwirrt.

»Er hat eine Krankenschwester geküsst«, verkündete Maddy erneut und deutete auf Slate.

Slate warf einen Blick zu Maddy, dann zu mir, als sei er sich nicht sicher, ob er etwas Verkehrtes getan hatte.

»Du kennst Slate auch?«, fragte ich Dylan.

Er schüttelte den Kopf. »Nö, gerade erst kennengelernt. Er hat nach dir geschaut. Ich habe mich vorgestellt, und er hat gesagt, er sei in derselben Studentenverbindung wie Knox.«

»Und er hat eine Krankenschwester geküsst!«, setzte Malyn nun hinzu, da auf Maddys Ansage keiner reagiert hatte.

»Ja, das hat er. Allerdings hätten wir das nicht mitbekommen sollen, und es gehört sich nicht, darüber zu reden. Also sprechen wir doch von was anderem«, sagte ich schließlich.

Enttäuscht ließ Maddy die Schultern sinken.

»Kann Tante Vale mit uns nach Hause kommen?«, wandte sich Malyn schnell einem Thema zu, das sie mehr interessierte.

»Tante Vale möchte bei Crawford bleiben, das weißt du doch. Heute Abend kommt sie aber zu Oma und Opa. Dann sehen wir sie«, erklärte Dylan seinen Töchtern.

Ich beugte mich zu ihnen, damit wir auf gleicher Augenhöhe waren. »Dann könnt ihr mir erzählen, wie groß ihr beide wart und dass ihr den ganzen Tag das Töpfchen benutzt habt. Ohne Zwischenfälle, okay?«

»Wenn ich das tue, kann ich dann bei dir übernachten?«, wollte Maddy wissen.

Abends war ich immer ziemlich fertig, und Maddy trat die ganze Nacht um sich. Aber ihren Wunsch würde ich ihr nicht ausschlagen. »Ja, wenn deine Mom damit einverstanden ist?«

»Oh, das wird sie«, meinte Dylan erfreut. Er hatte seine Frau nicht mehr oft für sich allein.

»YAY!«, jubelten beide und klatschten in die Hände. Ich umarmte und küsste sie, ehe ich mich wieder aufrichtete.

»Ich bring die beiden jetzt zu ihrem Mittagsschläfchen heim, und wir sehen uns heute Abend.« Dylan sah zu Slate. »War nett, dich kennenzulernen. Ich hoffe, mit deinem Onkel geht's bald wieder bergauf.«

Slate nickte, und ich umarmte meinen Bruder zum Abschied. Die drei zogen los, er in jeder Hand eine kleine Hand.

»Sorry wegen dieser Kussgeschichte.« Slate klang aufrichtig. »Dachte nicht, dass die Kids uns sehen würden.«

Außer an den Hintern, den er befummelte, hatte er an nicht viel anderes gedacht, darauf wettete ich. Trotzdem lächelte ich achselzuckend. »Es ist ja nicht so, dass sie so was noch nie gesehen hätten. Nur eben noch nie mit einer Krankenschwester. Ich hoffe, sie hat bei dir alles heile machen können«, scherzte ich.

»Sehr witzig!«, grinste er.

»Das war die Hauptsorge der Mädchen!«

Diesmal lachte er. »Sie hat mich angebaggert.«

Ich verdrehte die Augen. »Stimmt, sah glatt so aus, als würdest du dich heftig sträuben.«

»Dass ich mich sträubte, habe ich nie behauptet. Bloß, dass sie den ersten Schritt gemacht hat.«

Ich setzte mich wieder hin und griff nach meinem Buch. »Das geht mich nichts an, Slate Allen.« Ich lächelte in mich hinein, weil ich seinen Nachnamen kannte.

»Klingt so, als würde da jemand Recherchen anstellen.« Er klang erfreut.

Ich lachte. »Wohl kaum. Aber die Krankenschwester, die dich attackiert hat, fragte heute Morgen auf der Suche nach dir, ob ein gewisser Slate Allen hier gewesen sei. Ich hab's also rein zufällig herausgefunden.« Ich schlug das Buch auf und sah dann zu ihm auf. »Sieht so aus, als hätte ich gute Anweisungen gegeben. Immer wieder gerne!«

»Bis morgen, Vale McKinley.«

Ich nickte, schaute aber nicht noch mal auf.

Mit einem leisen Lachen verschwand er.

Noch eine weitere Stunde, bis ich zu Crawford durfte.

# 6. Kapitel

Maddy war total aufgekratzt gewesen und tat es nun endlich ihrer Schwester gleich, die mühelos eingeschlafen war. Ich deckte sie zu und schlüpfte behutsam aus dem Bett. Ich wollte noch einen Schluck Milch trinken und etwas von dem Karamellkuchen essen, den Mom in den Kühlschrank gestellt hatte. Mein Stück hatte nämlich vorhin Maddy verputzt.

Ich hörte, wie sich Knox und Mom in der Küche unterhielten, und ich hätte beinahe kehrtgemacht und wäre zurück in mein Zimmer gegangen. Die beiden tauschten sich bestimmt darüber aus, dass ich so viel Zeit bei Crawford verbrachte. Sie liebten mich. Schon klar. Aber sie mussten einsehen, dass ich erwachsen war. Ich war achtzehn. Da konnten sie sich ihre Ratschläge sparen.

Nachdem ich tief Luft geholt und mich für ein mögliches Streitgespräch gewappnet hatte, ging ich die acht Stufen nach unten und marschierte schnurstracks in die Küche. Knox stand mit der gesamten Kuchenplatte und einer Gabel am Tisch. Nee, oder?

»Lass mir was übrig, Fresssack.« Ich ging zur Schublade und schnappte mir eine Gabel.

»Der Rest gehört dir.« Er schob die Kuchenplatte zu mir.

»Magst du eine Milch, Baby?«, fragte Mom.

»Ich hol mir selbst eine, danke.« Mom bediente meine Brüder, doch mir gefiel das nicht. Eigentlich hätten wir sie so bedienen sollen, wie sie es bei uns tat.

»Setz dich doch. Ich bekomme dich ja kaum noch zu Gesicht! Da kann ich dir zumindest eine Milch einschenken.«

Ich zwang mich zu lächeln und setzte mich mit meinem Kuchen auf einen Stuhl. So viel würde ich gar nicht essen, aber das brauchte Knox nicht zu wissen. Wenn ich ihm noch etwas davon anbot, bliebe nichts mehr übrig.

»Dylan hat erzählt, Slate hätte heute wieder auf einen Sprung vorbeigeschaut.«

Ich nickte. »Jepp.« Das mit dem Kaffee ließ ich lieber unter den Tisch fallen.

»Du stellst eine Herausforderung für ihn dar, Sis. Er ist daran gewöhnt, dass sich ihm die Mädels an den Hals schmeißen. Eine Vale ist ihm bislang noch nicht untergekommen.«

Ich stopfte mir einen Kuchenbissen in den Mund und funkelte ihn an. Machte er sich ernsthaft Sorgen, ich würde mich in Slate Allen verknallen, wo ich doch lediglich vor dem Krankenhauszimmer meines komatösen Freundes saß und darauf wartete, dass der wieder die Augen aufschlug?

»Ich finde es gut, dass sie dort jemanden zum Reden hat. Ich habe Angst, sie könnte vereinsamen.« Mom stellte die Milch vor mir ab.

»Mom, er ist ein Womanizer. Schläft mit mehr Frauen als Charlie Sheen.«

Mom gab ein missbilligendes Geräusch von sich. »Unsinn. Niemand schläft mit mehr Frauen als Charlie Sheen!«

Ich lachte, und Knox seufzte. Er fand das nicht lustig. Ich schon.

»Ich mein's ernst. Der ist nichts für dich«, sagte er und sah mich grimmig an.

Für mich war diese Unterhaltung beendet. »Knox, ich sitze tagtäglich eine Ewigkeit in einem Krankenhaus und warte darauf, dass der einzige Mensch, den ich je geliebt habe und je lieben werde, die

Augen öffnet. Das ist meine Welt. Glaubst du echt, dass ich da auch nur einen Gedanken an Slate verschwende? Wie kommst du darauf?«

»Weil er allen Frauen den Kopf verdreht.«

Ich aß noch ein Stückchen. Ich war doch keine Collegestudentin, die eine weitere Kerbe in Slate Allens Bettpfosten zu werden gedachte. Nein danke!

»Du solltest deiner Schwester vertrauen«, meldete sich Mom zu Wort.

Knox schnaubte. »Nur weil du möchtest, dass sie ein Leben außerhalb des Krankenhauses hat, heißt das nicht, dass Slate Allen ein Teil davon sein muss.«

Ich legte meine Gabel weg und stand auf. »Jetzt reicht's mir. Ich leg mich schlafen. Morgen früh geh ich wieder zu Crawford. Ich werde immer zu ihm zurückgehen.«

»Trink deine Milch aus, Schatz.« Fast klang es, als würde Mom flehen.

Ihr zuliebe griff ich nach dem Glas und leerte es.

»Ich wollte dich nicht ärgern.« Knox klang ein wenig schuldbewusst. »Ich komme morgen auch und lese Crawford vor. Weitere Football-News, das braucht er einfach.«

Ich brachte mein Glas zur Spüle und wusch es aus.

»Alles gut. Und danke. Crawford muss uns hören. Dieses Gerede über Slate Allen ist allerdings Quatsch.«

Mom tätschelte mir den Rücken und küsste mich aufs Haar. »Ich möchte, dass du glücklich bist.«

Ohne Crawford konnte ich nicht glücklich sein. Doch das sagte ich ihr nicht. Ich nickte nur.

»Ich weiß, Mom.« Ich umarmte sie. »Gute Nacht und danke für den Kuchen.«

»Wir sehen uns zum Lunch«, rief mir Knox hinterher, und ich winkte, ohne mich umzudrehen.

Leise schlüpfte ich in mein Zimmer zurück. In die Sicherheit der Stille. Wo mir niemand sagte, was ich zu tun hatte. Meine Nichten hatten sich auf meinem übergroßen Bett breitgemacht. Für mich war jetzt kein Platz mehr. Lächelnd nahm ich mir das zusätzliche Kissen und eine Decke aus dem Schrank und machte es mir auf dem Knautschsack gemütlich, einem Überbleibsel aus Kindertagen. Die Mädchen spielten gern darauf, deshalb behielt ich ihn.

Wenngleich ich seit Jahren nicht mehr darauf geschlafen hatte, erinnerte ich mich an Nächte, als ich beim Lesen oder beim Telefonieren mit Crawford darauf eingeschlafen war. Es kam mir vor wie aus einem anderen Leben. Was hätte ich dafür gegeben, mir einfach nur das Telefon zu schnappen und ihn anrufen zu können. Vor dem Zubettgehen seine Stimme zu hören. Sein Lachen zu vernehmen und zu wissen, dass ich ihn am nächsten Tag an meiner Seite hatte.

Er musste aufwachen. Ohne ihn war alles nichts. Er war mein Fels, mein bester Freund. Mir traten Tränen in die Augen, und ich ließ sie fließen. Als ich spürte, wie sie mir über die Wangen rannen, kam ich mir beim Weinen trotz des Schmerzes in meiner Brust nicht mehr so einsam vor.

Alles war jetzt anders. Ich war verloren. Allein. Ich wusste nicht, wie ich zu mir finden sollte. Ich brauchte Crawford. Es war lächerlich, dass sich Knox Gedanken machte, ich könnte mich von einem anderen einwickeln lassen. Ich liebte Crawford, und das schon mein Leben lang. Daran würden auch ein nettes Lächeln und unglaubliche Augen nichts ändern. So oberflächlich war ich nicht.

Ich trocknete meine Tränen und gab mich den Erinnerungen an mein Leben mit Crawford hin.

*Während wir über das Feld schlenderten, entdeckte ich ein großes, flaches Brett, das an dicken Seilen an unserem Lieblingsbaum hing. Noch ehe wir dort angekommen waren, fragte ich Crawford: »Was ist das?«*

*Er grinste. »Das sieht mir nach einer Schaukel aus, V.«*

*»Ich weiß schon … Aber woher kommt die?«*

*Er kam zu mir und umschlang meine Hand. Das taten wir in letzter Zeit häufig – Händchen halten. »Letzte Woche hast du gesagt, das Einzige, was diesen Ort noch besser machen könnte, sei eine Schaukel. Na bitte, da hast du sie.«*

*Meine Augen weiteten sich, während mir die Bedeutung seiner Worte aufging. »Du hast die gebaut?«*

*»Na ja, mein Dad hat ein bisschen dabei geholfen«, räumte er ein.*

*Das spielte keine Rolle. Die Idee stammte von ihm. Er hatte mir eine Schaukel gebaut. »Darf ich sie ausprobieren?« Ich konnte meine Aufregung einfach nicht zügeln.*

*»Na, hör mal! Alles andere würde mich schwer treffen!«*

*Ich stellte mich auf die Zehenspitzen und warf ihm beide Arme um den Hals. Jeden Tag schien er ein gutes Stück zu wachsen. Bald würde ich eine Leiter brauchen, um ihn zu erreichen.*

*»Danke«, sagte ich, als er seine Arme um mich schlang.*

*»Für dich tue ich alles, V. Alles.«*

# 7. Kapitel

Ich ging den Gang entlang in Richtung Wartebereich und stutzte, als ich dort Slate sitzen sah. In jeder Hand einen Becher mit Kaffee. Denselben köstlichen Kaffee wie am Vortag. Er lehnte sich auf seinem Stuhl zurück und hatte die Füße auf den Stuhl gegenüber gelegt.

Was machte er so früh schon hier? Als ich näher kam, drehte er den Kopf in meine Richtung. Dann breitete sich auf seinem Gesicht langsam ein Lächeln aus, das – zugegeben – kein Moviestar besser hingekriegt hätte. Diesen Beruf sollte er anpeilen. Wahlweise den eines Models.

»Guten Morgen«, sagte er, als sei er schon seit Stunden auf den Beinen oder hätte bereits etliche Tassen Kaffee intus. Ich hatte noch keine einzige genossen, auf einem Knautschsack geschlafen und war noch vor Sonnenaufgang von Maddy aus dem Schlaf gerissen worden.

»Was machst du hier?« Ich bemühte mich nicht mal, höflich zu klingen, dafür war ich einfach zu müde.

Er hielt den Kaffee hoch. »Na, ich dachte, das sei nicht zu übersehen. Ich möchte einer Freundin ein Käffchen bringen und schauen, wie früh sie hier jeden Tag aufschlägt.« Er warf einen Blick auf die Wanduhr. »Punkt sieben. Ich bin beeindruckt!«

Er sah eine Herausforderung in mir. Knox' Meinung nach. Vielleicht war da ja tatsächlich was dran.

Die Sache war nur die, dass ich keine Herausforderung sein wollte. Ich hatte Crawford, um den ich mir Gedanken machen musste.

»Danke für den Kaffee.« Ich nahm ihm den Becher ab. »Gehst du jetzt zu deinem Onkel?«

Er lachte. »Keine Chance. Der würde mich umbringen, wenn ich ihn so früh wecken würde. Der zickt ja schon die Krankenschwestern an, wenn die ihn um acht fürs Frühstück wecken. Kein freundlicher Typ.«

Slate ging mit diesen Krankenschwestern gefühlvoller um, jede Wette.

Ich stellte meine Tasche ab und ließ mich zwei Plätze von ihm entfernt nieder. Immer schön auf Abstand bleiben. Bei diesem Herausforderungskram machte ich nicht mit. Und das sagte ich ihm am besten auch.

»Knox meinte, du seist ein Schürzenjäger und würdest mich als Herausforderung betrachten. Stellen wir mal eines klar: Das bin ich nicht. Ich liebe Crawford. Und werde ihn immer lieben. Ausspannen ist nicht. Aber den Kaffee weiß ich zu schätzen.«

Das klang zwar nicht so niveauvoll wie gehofft, aber nun ja.

Als er nicht gleich antwortete, linste ich zu ihm und sah, dass er an seinem Kaffee nippte und dabei die Wand anstarrte, als hinge daran nicht etwa die Uhr, sondern ein Kunstwerk.

»Weißt du, was ich früher immer um fünf Uhr früh gemacht habe?«, fragte er.

Eine seltsame Frage und ein völlig anderes Thema, doch ich ging darauf ein.

»Was denn?«

Er drehte den Kopf zu mir. »Ich bin aufgestanden, habe die Hühner gefüttert und ihre Eier eingesammelt, habe die Pferdeställe ausgemistet – wir hatten drei davon – und die Wassertröge für die

Pferde gefüllt, ehe ich die Hunde gefüttert habe und reingegangen bin, um das Frühstück herzurichten. Onkel D becherte jeden Abend zu viel und war in der Früh zu nichts zu gebrauchen. Daher habe ich vor der Schule schon diesen ganzen Shit gemacht.«

Nichts davon klang auch nur annähernd glaubhaft und überhaupt, warum erzählte er mir das?

Er stand auf und schenkte mir ein aufrichtiges Lächeln. »Ich wünsch dir einen schönen Tag, Vale. Ich hoffe, dein Junge öffnet die Augen.«

Mit diesen Worten ging er davon.

*

Die nächste Stunde grübelte ich darüber nach, was es mit dieser Unterhaltung auf sich hatte und warum Slate mir so eine eigenartige Geschichte erzählt hatte. Sobald ich den Kaffee ausgetrunken hatte, beschloss ich, mir im Krankenhaus ein wenig die Beine zu vertreten. Zwar hatte ich immer Angst, mich zu weit von Crawford zu entfernen, aber meine Beine fühlten sich steif an, was wohl auch daran lag, dass ich in der letzten Nacht nicht sonderlich bequem geschlafen hatte.

Ich nahm den Aufzug zur Kinderstation, um zu sehen, ob sie dort vielleicht jemanden bräuchten, der den Kids im Spielzimmer etwas vorlas. Irgendwie musste ich mich während der Warterei ja beschäftigen. Es wäre toll, wenn ich helfen könnte.

Ich öffnete die Tür und stutzte beim Klang einer vertrauten tiefen Stimme. Ich sah durch das Kinderposter, das den Großteil der Glastürscheibe einnahm, und entdeckte Slate in einem großen roten Sessel mit einem Buch in den Händen sitzen. Drei kleine Mädchen und zwei Jungs saßen vor ihm auf dem Boden. Vier der fünf Kinder hatten keine Haare auf dem Kopf. Ein kleines Mädchen drückte sich fest einen Teddy an die Brust und sah mit großen Augen zu Slate auf.

Er las vor. Den Kids. Und er machte das gut, denn sie lauschten ihm gebannt. Ich schloss leise die Tür hinter mir. Sehen sollte er mich zwar nicht, aber ich musste mich vergewissern, dass ich mir das Ganze nicht nur einbildete. Unvorstellbar, dass ein Typ wie Slate seinen Morgen damit verbrachte, kranken Kids etwas vorzulesen. Doch da war er, lächelte und imitierte verschiedene Stimmen, die die Kinder zum Lachen brachten.

Nach einer Weile trat ich den Rückzug an und ging auf Crawfords Station zurück. Das Bild des vorlesenden Slate ging mir nicht aus dem Kopf. Er mochte ein Schürzenjäger sein, aber er war ein lieber Kerl. Hatte ein Herz. Er besuchte mich, weil ich allein war, während ich darauf wartete, dass mein Freund aufwachte. Nicht einmal hatte er mich wirklich angebaggert. Ich war bloß davon ausgegangen.

In den nächsten drei Tagen wartete bei meiner Ankunft immer schon ein Kaffee auf mich, allerdings kein Slate. Nirgends eine Spur von ihm. Den ganzen Tag nicht.

Ich hatte ihn vergrault! Als ich um vier zu Crawford hineinging, stellte ich meine Tasche ab und sah ihn an. »Ich habe da einen Typen kennengelernt, der bringt mich ganz durcheinander. Ich glaube, ich habe seine Gefühle verletzt, und sein Onkel ist sehr krank, und er liest den Kindern auf der Kinderstation vor, und ich hätte rücksichtsvoller sein sollen. Er hat mir immer einen Kaffee mitgebracht, das war alles. Und das tut er nach wie vor. Aber er ist nie da. Schaut nicht mehr vorbei. Ich sehe ihn ja nicht mal mehr in den Gängen mit irgendwelchen Krankenschwestern rummachen! Ja, er macht mit Krankenschwestern rum. Er ist ein Player. Laut Knox sogar einer der übelsten Sorte. Sie sind in derselben Verbindung. Du weißt ja, wie es da zugeht.« Seufzend setzte ich mich auf den Stuhl neben ihn und betrachtete das vertraute Gesicht, das ich so vermisste. Er war hier, und auch wieder nicht.

»Du musst wieder aufwachen, ich brauche dich doch. Ohne dich drehe ich noch durch, Crawford.«

Keine Regung. Keine neue Hirntätigkeit. Nichts.

»Vielleicht wäre er mir ein guter Freund gewesen. So was brauche ich. Unsere Freunde kommen alle nicht mehr wirklich. Es macht sie fertig, dich so zu sehen, und es erinnert sie daran, dass sich das Leben von einer Sekunde zur anderen verändern kann. Ich bin enttäuscht von ihnen, aber es stimmt. Braxton ist diese Woche zur University of Alabama aufgebrochen. Er hat letzte Woche noch vorbeigeschaut, um sich zu verabschieden. Aber er hat sich nicht wohlgefühlt. Das tun sie alle nicht. Das merkt man.«

Braxton war schon seit Ewigkeiten Crawfords bester Kumpel. Dass ausgerechnet er sich rargemacht hatte, überraschte mich. Anfangs waren noch alle da gewesen. Kamen vorbei, brachten Blumen, Süßigkeiten, Ballons und wer weiß was alles. Nach zwei Wochen ließ es dann nach. Nach drei Wochen kam keiner mehr. Und nach einem Monat gingen alle ihren Sommerbeschäftigungen nach. Machten Urlaub, packten fürs College, zogen um.

Es war einsam geworden. Slate half da etwas. Er war eine Ablenkung. Aber ich hatte mich von Knox beeinflussen lassen und ihn verscheucht. Trotzdem war er immer noch so lieb und brachte mir Kaffee.

Netterweise sollte ich mal nach seinem Onkel sehen. Ihm mein Mitgefühl zeigen. Ich fragte mich, ob er je von jemand anderem Besuch bekam als von Slate? War Slate auch allein? Hatte er deshalb immer das Gespräch mit mir gesucht? Brauchte er eine, die ihm nicht auf den Schoß kroch und sein Gesicht ableckte? Möglicherweise.

Blöder Knox. Ich hätte nicht auf ihn hören sollen.

»Ich glaube, morgen besuche ich mal seinen Onkel. Er ist alt und hat Krebs. Ich wette, er braucht Gesellschaft. Außerdem ist es einsam in diesem Wartebereich.«

Crawford schwieg dazu. Er lag ja auch immer noch im Koma.

»Na, bereit, dass ich dir das fünfzehnte Kapitel vorlese? Gestern bin ich eingeschlafen, bevor wir dazu gekommen sind. Deine Mom musste mich aufwecken. Heute Abend versuche ich, länger wach zu bleiben. Na ja, wenn du zu dir kommen würdest, würde ich natürlich ewig wach bleiben! Es ist die Stille, die mich so müde macht. Und vielleicht auch diese ganze Technik hier.«

Ich griff in meine Tasche und zog ein Buch und meine Wasserflasche heraus. Nachdem ich einen großen Schluck getrunken hatte, machte ich es mir bequem und öffnete das Buch beim fünfzehnten Kapitel. Es wurde Zeit, dass der Suchtrupp endlich mal richtig loslegte. »Ich hoffe, es gibt ein Happy End. Vielleicht hätte ich vor dem Lesen erst mal googeln sollen.«

# 8. Kapitel

Als ich nach Hause kam, saß Knox mit einem Glas Milch und ein paar Brownies in der Küche. In letzter Zeit stopfte er sich ständig etwas rein. Ein Wunder, dass er so schlank blieb.

»Wo stecken denn die anderen alle?« Ich legte meine Tasche auf die Theke und schaute in den Kühlschrank nach etwas Essbarem. Ich war am Verhungern. Das Mittagessen lag schon eine ganze Weile zurück.

»Mom ist bei Dylan und passt auf die Mädels auf, während Catherine und er auf ein Date gehen. Dad sieht sich bei Rob ein Baseballspiel an. Na, und ich soll mich unterdessen ums Baby kümmern« – er wies mit der Gabel auf mich, als wüsste ich nicht, von welchem Baby er sprach –, »damit alle ein reines Gewissen haben. Es ist Freitagabend. Du bist jung, da solltest du um die Häuser ziehen und dein Leben genießen!«

»Keinen Bock.« Ich schaufelte Käsemakkaroni auf einen Teller.

»Ist dir Slate mal wieder über den Weg gelaufen?«

Die Frage nervte mich. Ich legte den Löffel weg. »Nö. Schon seit drei Tagen nicht mehr. Nicht, seitdem ich ihm erklärt habe, dass er bei mir keine Chancen hätte.«

Knox riss die Augen auf und prustete los. Es fehlte nicht viel, und ich hätte ihm den Löffel an den Kopf geworfen. Oder besser noch, den ganzen Teller Käsemakkaroni! Doch Mom würde mich umbringen. Sie verschwendete Essen nicht gern. Allerdings konnte ich notfalls immer noch Bruno hereinlassen, der das Ganze sauber auflecken würde. Er wäre begeistert. Es würde nicht als Essensverschwendung betrachtet, wenn ich unseren Labrador damit füttern würde. Wenn auch auf Umwegen.

»Du hast ihm erklärt, er soll nicht hinter dir her sein?« Wieder wieherte Knox los.

»Mal im Ernst, ich stehe kurz davor, dir Klamotten aus Makkaroni und Käse zu verpassen!«, warnte ich.

Er schüttelte den Kopf und versuchte, seinen Lachkrampf in den Griff zu kriegen. Was nicht sonderlich gut klappte. Ich kehrte ihm den Rücken zu und stellte meinen Teller ins Mikrowellengerät. Erst hatte er mich wegen Slate total verunsichert, und jetzt lachte er mich aus, wie ich damit umgegangen war. Brüder sollte mal einer verstehen!

»Es tut mir leid«, prustete er. »Ich stelle mir nur gerade Slates Gesicht vor, als du ihm das gesagt hast. So was hat er definitiv noch nie gehört!«

Ich funkelte das Mikrowellengerät an. »Tja, funktioniert hat's ja. Ich habe ihn endgültig verscheucht.«

Knox' Lachen verklang. »Du scheinst dich gar nicht darüber zu freuen.«

Tat ich ja auch nicht. Ich hatte Angst, seine Gefühle verletzt zu haben, und, verdammt noch mal, es war einsam untertags. Slates Besuche waren nett gewesen.

»Ich habe seine Gefühle verletzt, glaube ich.«

Meine Makkaroni waren fertig, und ich nahm sie heraus und ging damit an den Tisch.

»Ach, Quatsch. So was kratzt den doch gar nicht. Wenn überhaupt, hast du bestätigt, was er eh schon wusste. Du spielst in einer anderen Liga. Bist zu gut dafür. Freut mich, dass er's gecheckt hat.

Wir sind Brüder, aber Blut ist dicker als Kappa Sigma. Verrat aber bloß nicht, dass ich das gesagt habe.«

»Ich glaube, ich sollte seinen Onkel besuchen – ich möchte nicht unhöflich sein. Und Slate versorgt mich jeden Morgen mit leckerem Kaffee. Wenn ich ankomme, steht der schon im Wartebereich. Das find ich wirklich nett von ihm.«

Knox gab einen unwirschen Laut von sich. »Ach Gottchen, mir kommen gleich die Tränen!«

Ich verdrehte die Augen und machte mich über die Nudeln her. Für dieses Gespräch war ich heute Abend zu müde.

»Vale, was, wenn Crawford nie wieder aufwacht? Wirst du dann dein ganzes Leben in diesem Krankenhaus zubringen? Ich meine, ich liebe Crawford auch. Er ist wie ein Bruder für mich. Was ihm da zugestoßen ist, finde ich schrecklich, aber inzwischen ist das einen Monat her. Du musst allmählich lernen, ohne ihn zu leben!«

Das hörte ich nicht zum ersten Mal. Weder von Knox noch von anderen Familienmitgliedern. Und es stand mir bis hier! Sie kapierten es nicht.

»Ich liebe ihn!«

»Und er hat dich geliebt. Er würde das so für dich nicht wollen.«

Das glaubte ich. Ich wusste, Crawford würde wollen, dass ich ein Leben außerhalb dieser Krankenhausmauern führte. Aber ich konnte ihn nicht einfach im Stich lassen. Er brauchte mich.

»Nur so überstehe ich die Tage überhaupt. Ich muss einfach dort sein.«

Knox erhob sich seufzend. »Ich hoffe, er kommt bald zu sich.«

Da waren wir derselben Meinung.

»Ich auch.«

»Es besteht jedoch die Chance, dass er es nicht tut. Und dann musst du irgendwann nach vorn schauen. Ich kann mich nicht zurücklehnen und zusehen, wie dein Leben verstreicht, während du in diesem Krankenhaus hockst. Keiner von uns kann das. Fang an, dich aufs Schlimmste gefasst zu machen, Sis. Es könnte eintreten.«

Ich hasste es, das zu hören. Es stimmte, das wusste ich, aber ich hörte es trotzdem nicht gern. Crawford war eine Kämpfernatur. Er würde zu mir zurückkehren. Zu unserem Leben. Das musste er einfach!

»Du bist fürs Herbstsemester noch immer am Bington College eingeschrieben. Ich hätte gern, dass du mit mir dort hinkommst, wenn es so weit ist. Dir wird's da gefallen, und nah ist es auch. Mit dem Auto gerade mal eine Stunde entfernt. Du musst nicht auf dem Campus wohnen, aber das Studentenwohnheim ist bezahlt, und ich denke, dir würde es gefallen. Ein Tapetenwechsel würde dir guttun.«

Darüber konnte ich mir jetzt keine Gedanken machen. Ich würde mich in puncto College bald entscheiden müssen, das wusste ich, jetzt aber noch nicht. Ich brauchte mehr Zeit. Crawford brauchte mehr Zeit.

»Damit kann ich mich jetzt nicht befassen.«

»Das sagst du schon seit einem Monat, Vale. Es ist fast Juli. Dann kommt auch schon der August, und du wirst eine Entscheidung treffen müssen.«

Das wusste ich doch alles! Ich kniff die Augen zusammen und holte tief Luft. Am liebsten hätte ich ihn angeschrien, endlich die Klappe zu halten. Er meinte es nur gut, okay, aber er checkte es einfach nicht. Das Studium am Bington College hatten Crawford und ich gemeinsam geplant. Wie sollte ich da jetzt ohne ihn hingehen?

»Es ist erst einen Monat her«, sagte ich, auch wenn ich wusste, dass es inzwischen fünf Wochen waren. Mit jedem weiteren Tag im Koma, wuchs meine Angst, dass er nie mehr aufwachen würde.

»Ich weiß.« Knox kam her und drückte sanft meine Schultern. »Ich liebe dich und möchte das Beste für dich.«

»Ich brauche mehr Zeit!«

»Okay«, sagte er und ließ mich endlich in Ruhe. Ich wusste, von meinen Eltern würde ich dieselbe Leier wieder zu hören kriegen. Meine Studiengebühren und meine Wohnheimmiete hatten sie bereits bezahlt. Dass sie sich da Antworten wünschten oder eine Entscheidung war verständlich. Die musste ich ihnen liefern. Aber wie?

Sollte ich das College Crawford zuliebe verschieben? Wäre das ein Fehler? Konnte ich ihn allein zurücklassen?

Nein. Auf keinen Fall. Er hätte das auch nicht getan. Das wusste ich. Er würde mich hier brauchen, wenn er sein Bewusstsein wiedererlangte. Ohne ihn eine Zukunft zu planen, ging gar nicht. Damit würde ich ihn im Stich lassen. Er hatte mich nie im Stich gelassen. Kein einziges Mal.

Ich aß meine Makkaroni auf und räumte die Sachen weg, bevor ich zum Duschen nach oben ging. Der morgige Tag könnte genauso aussehen wie die der vergangenen fünf Wochen. Doch ich hoffte immer noch auf das von allen ersehnte Wunder.

# 9. Kapitel

Zum ersten Mal seit dem Unfall hatte ich verschlafen. Mein Wecker hatte nicht geklingelt, komisch, denn ich hatte ihn gestern Abend gestellt, ganz bestimmt. Ich stellte ihn immer. Der Uhr nach war es fast zehn. Wie hatte ich so lange schlafen können?

Hektisch warf ich mir etwas über, ließ das Frühstück Frühstück sein und lief direkt zur Tür. Mom rief mir hinterher, sie habe mir einen Bagel zum Mitnehmen gemacht, aber dafür blieb jetzt keine Zeit mehr. Ich hätte ja schon längst im Krankenhaus sein müssen! Warum hatte mich Knox nicht geweckt? Um zehn wollte er heute Crawford vorlesen. Er hätte also merken müssen, dass ich noch nicht aufgebrochen war.

Während ich mich hinters Steuer klemmte, dämmerte mir, dass er das sehr wohl gewusst hatte und mich absichtlich hatte schlafen lassen. Er meinte es nur gut, klar, aber ich wusste schon selbst, was das Beste für mich war. Da brauchten sich weder er noch meine Mutter einzumischen. Es hätte mich nicht überrascht, wenn er meinen Wecker ausgestellt hatte.

Die mussten mich mit der ganzen Sache einfach so umgehen lassen, wie ich es wollte. Wie ich es brauchte.

Sie peilten es nicht. Crawford würde mich an seiner Seite haben wollen. Es war einfach fies, mich auf die Art von meinem Krankenhausbesuch abzuhalten. Und das würde ich Knox auch unter die Nase reiben!

Ich parkte schnell ein und rannte den Rest des Wegs. Ich wusste, Crawfords Mutter würde, während Knox Crawford vorlas, etwas frische Luft schnappen, folglich steuerte ich direkt sein Zimmer an. Vor Crawford würde ich zwar nicht mit Knox streiten, aber ich würde ihn finster ansehen und auf die Art wissen lassen, wie wütend ich war.

Ich riss die Tür zu Crawfords Zimmer auf, trat ein und blieb wie angewurzelt stehen. Das war nicht Knox' Stimme, und auch nicht sein Hinterkopf. Das war Slate! Der Crawford etwas vorlas.

Ich trat näher und lauschte seiner tiefen Stimme. Warum tat er das? Den Kids was vorzulesen war das eine, aber das hier war etwas völlig anderes.

»Sieht so aus, als seien die College-Mannschaften hier bei uns im Süden diesmal echt gut aufgestellt. Da sollte Football interessant werden. Selbst die Volunteers machen einen guten Eindruck. Das gab's schon ein ganzes Weilchen nicht mehr.«

Er hielt eine Sportzeitschrift in den Händen und redete mit Crawford. Als wären sie Kumpel. Als würde ihm an Crawford liegen.

Ich machte einen weiteren Schritt, und dieses Mal drehte sich Slate zu mir um und verzog das Gesicht auf diese langsame, träge Art zu einem Grinsen. »Tja, sieht so aus, als wäre dein Mädchen aufgetaucht. So hübsch wie immer.«

Nein, sein Kompliment würde mich nicht zum Erröten bringen! »Warum bist du hier?«, platzte ich heraus und wünschte mir umgehend, ich hätte es nicht getan. Es klang unhöflich. »Äh, was ich eigentlich meine: Wo steckt Knox?«

Slate lehnte sich schmunzelnd zurück. »Knox hat einen Anruf bekommen und musste dringend weg. Wir waren uns zuvor schon auf dem Gang begegnet, und so kam er zu mir und fragte, ob ich den Rest des Vorlesens übernehmen könnte.«

Knox musste dringend weg? Und hatte Crawford mit einem Fremden zurückgelassen? Was war denn heute bloß in ihn gefahren?

»Nun, danke schön. Wenn er mich heute Morgen rechtzeitig geweckt hätte, hätte ich Crawford vorlesen können. Weiß der Teufel, was heute mit dem los ist.«

Slate zuckte die Achseln. »Also, mir macht das nichts aus. Außerdem hat er erwähnt, dass du mal ausschlafen müsstest, weil das nur selten der Fall sei. Er macht sich Sorgen um dich, das ist alles. So eine Brudersache, schätz ich mal.«

Ich wollte nicht, dass man sich um mich sorgte. Alles gut! Ich lief herum und konnte eigenständig atmen. Ganz im Gegensatz zu Crawford.

»Er soll sich um seinen eigenen Kram scheren. Wie alle anderen auch«, murmelte ich.

Slate schlug die Zeitung zu. »Da wünsch ich dir viel Glück. Familie kann eine Bitch sein, selbst wenn sie nur das Beste will.« Damit erhob er sich. »So, jetzt lass ich euch mal alleine. Ich muss mit meinem Onkel noch ein Pokerspiel ausfechten.«

Er hatte seinen Onkel allein gelassen, um bei Crawford zu sein. Ein Playboy mochte er ja sein, aber ein lieber Kerl war er auch. Die Welt war größer als diese kleine Käseglocke, unter der ich großgeworden war. Dinge wie Sex definierten eine Person nicht. Man konnte ein guter Mensch sein und trotzdem nicht für die Sonntagsschule taugen.

»Danke, dass du ihm vorgelesen hast.«

Slate nickte. »Kein Ding. Wann immer du Hilfe brauchst: einfach melden.«

Ich schaute zu, wie er den Raum verließ. Sein wiegender Gang hatte es wirklich in sich. Es fiel schwer, ihm nicht hinterherzustarren. Die Rolle des Bad Boy war ihm wie auf den Leib geschnitten. Doch nun hatte ich einen Blick von seinem Herzen erhascht. Das anscheinend ziemlich groß war. Gar nicht ichbezogen, wie ich gedacht hatte. Sein Onkel, die Kids und jetzt Crawford.

Ich schuldete ihm was. Doch wie sollte ich das anstellen? Vielleicht wusste er ja nicht mal, dass ich so eine miese Meinung von ihm gehabt hatte. Ich wandte mich wieder Crawford zu. Er würde Slate mögen und ihn bestimmt unterhaltsam finden. Crawford war keiner, der andere verurteilte.

»Du siehst gut aus heute Morgen. Genießt du dein Update über die Footballsaison der Colleges?« Ich wusste, ich würde keine Antwort bekommen. Das Buch, aus dem ich ihm gerade vorlas, hatte ich zwar dabei, aber erst mal wollte ich nur reden.

»Bald fängt das Semester an. Meine Eltern haben mich deswegen schon zur Brust genommen. Vor allem Mom. Aber ohne dich, wie soll das gehen?« Ich wollte ihn anbetteln, die Augen zu öffnen, ließ es aber bleiben. Das hatte ich schon oft genug getan.

»Gerade kann ich an nichts anderes denken, als hier zu sein. An deiner Seite. Dich zu sehen. Das brauche ich, um mit allem klarzukommen. Ich vermisse dich, Crawford. Ich vermisse dich so sehr!«

Hinter mir ging die Tür auf, und Crawfords Mutter kam herein. Bei meinem Anblick furchte sie die Stirn, und das tat weh. Meine Anwesenheit machte ihr Probleme, und ich konnte mir nur vorstellen, dass das daran lag, dass ich den Unfall heil überstanden hatte und Crawford nicht.

»Wo ist Knox?«, fragte sie.

»Der musste schon früher weg. Da bin ich eingesprungen.«

Für den Fall, dass ihr das nicht recht sein sollte, erzählte ich ihr lieber nichts von Slate, auch wenn Knox besser eine Entschuldigung für sein frühes Verschwinden parat hatte.

»Schön. Dann übernehme ich jetzt wieder. Bis um vier dann.«

Ich sah zu Crawford. Ich wollte ihm noch etwas sagen, hatte aber gleichzeitig Angst davor. Ich stand da und versuchte, mich an eine Zeit zu erinnern, als mein Anblick Juliet noch nicht zu einem Stirnrunzeln veranlasst hatte. An eine Zeit, als Crawford noch voller Leben war. Eine Zeit, als wir unsere Zukunft geplant hatten.

»Ich habe mit deiner Mutter gesprochen. Du musst aufs College gehen, Vale. Wir wissen nicht, wann Crawford wieder aufwacht, und dadurch, dass du hier jeden Tag herumsitzt, geschieht das auch nicht schneller. Er würde wollen, dass du aufs College gehst. Das Leben lebst, wie ihr es geplant habt, und nur zu Besuch kommst.«

Ihre Worte erstaunten mich. Ich war davon ausgegangen, dass sie es mir nie verzeihen würde, wenn ich ohne Crawford zum College aufbrach. Juliet brach täglich mehr auseinander, und Crawford war ihre Welt. Es käme einem Verrat gleich, wenn ich ginge. Sah sie das denn nicht genauso?

»Ich glaube nicht, dass ich ihn verlassen kann.«

Sie straffte die Schultern, die sie inzwischen so oft hängen ließ. »Ich bin nicht deine Mutter und kann dich zu nichts zwingen. Aber wenn Crawford zu sich kommt, möchte er bestimmt nicht hören, dass du dein Leben damit vergeudet hast, hier herumzusitzen und auf ihn zu warten. Er wird sich die Schuld dafür geben. Ich möchte nicht, dass er aufwacht und sich gleich über etwas aufregen muss. Denk doch abwechslungshalber mal an ihn anstatt an dich. Du hast ihn immer nach deiner Pfeife tanzen lassen. Nie konnte er seine eigenen Entscheidungen treffen, wenn er dich bei Laune halten wollte.«

Das saß. Und wie. Ich war sprachlos, und so nickte ich nur schwach und verließ den Raum. An die Probleme in unserer Beziehung erinnerte ich mich nur ungern. Doch die hatte es gegeben, auch wenn ich Crawford liebte. Seine Mutter betete ihn an, weshalb sie nicht immer zufrieden mit mir war. Scheinbar behandelte ich ihn nie so, wie sie es gern gesehen hätte. Und dabei bemühte ich mich doch richtig, ihn glücklich zu machen.

Dachte ich etwa nur an mich selbst, wenn ich hierblieb?

# 10. Kapitel

Niemand gab zu, den Wecker ausgestellt zu haben. Nachdem Knox der Hauptverdächtige war, versteckte ich meinen Wecker unter dem Kopfkissen, damit so etwas nicht noch mal passierte. Im Übrigen war er früher gegangen, weil Dylan auf der Interstate einen Platten gehabt hatte und die Zwillinge im Auto gesessen waren. Zum Wechseln der Reifen hatte er Unterstützung gebraucht. Insofern gab es für Knox' Verschwinden tatsächlich einen zwingenden Grund.

Als Knox nun um halb zehn zusammen mit Slate aufkreuzte, war ich allerdings ein wenig verwirrt. Eigentlich wollte er heute um zehn da sein. Damit wollte er seinen Abgang vom Vortag wiedergutmachen, hatte er mir gestern Abend beteuert. Warum also hatte er Slate im Schlepptau?

Slate reichte mir eine Tasse Kaffee. »Moin, Vale.«

»Guten Morgen und vielen Dank.« Ob sich die beiden zufällig über den Weg gelaufen waren? Oder hatten sie sich etwa verabredet?

»Hab mir gedacht, wenn ich schon für eine weitere Lesesession herkomme, kann ich dir genauso gut einen gescheiten Kaffee mitbringen.«

Eine weitere Lesesession? Ich wirbelte zu Knox herum. Er kannte meine Gedanken, ohne dass ich etwas zu sagen brauchte. Abwehrend hielt er beide Hände hoch. »Schau mich nicht so an! Juliet hat mich gestern Abend angerufen und erzählt, den Ärzten zufolge hätten Crawfords Gehirnströme gestern zwischen zehn und elf mehr Tätigkeit angezeigt als normalerweise. Was immer in der Zeit los war, müsste wiederholt werden.« Er nickte in Richtung Slate. »Slate war los – und hier ist er. Mal sehen, ob es wieder funktioniert.«

Slate? Crawfords Gehirnströme reagierten auf Slate? Ernsthaft?

»Was hast du ihm noch mal vorgelesen?« In mir regte sich Eifersucht.

Er hielt die Zeitschrift in seinen Händen hoch. »News über College-Football.«

So was las Knox ihm andauernd vor. Das machte doch überhaupt keinen Sinn.

»Ich versteh das nicht.« Ich kämpfte gegen meine aufsteigende Wut auf Slate an. Er konnte ja gar nichts dafür.

»Ich habe Juliet erzählt, dass Slate in diesem Zeitraum vorgelesen hat und warum, und sie hat gefragt, ob er noch mal kommt. Also bin ich zu ihm hin und hab gedacht, ich müsste ihn bestechen – aber cool, wie er nun mal ist, hat er sich auch so damit einverstanden erklärt. Jetzt wollen wir doch mal sehen, ob es noch mal klappt.«

Ich wollte auch mit ins Zimmer hinein. Aber ich wusste, Juliet würde es nicht zulassen. Bestimmt sollte alles genau so sein wie am Vortag.

Ich sank auf meinen Stuhl und trank einen Schluck Kaffee. Ich hätte es sein sollen, auf die Crawford reagierte! Meine Stimme sollte es sein, die ihn aus dem Koma holte! Schließlich wollte er doch mit mir zusammen sein!

»Ich mache Slate und Juliet nur schnell miteinander bekannt. Bin in einer Minute zurück, dann können wir in die Cafeteria gehen und einen Happen essen – keine Widerrede!«, erklärte Knox.

Ich hätte ja protestiert, fand aber nicht die Kraft dazu. Ich war zu verletzt. Dämlich eigentlich, dass mir das etwas ausmachte, aber so war's. Vielleicht wollte Crawford ja gar nicht, dass ich bei ihm blieb? Benahm ich mich egoistisch? Das hatte mir Juliet im Laufe der Jahre mehrmals vorgeworfen. Ich würde nicht auf Crawfords Bedürfnisse eingehen. Wo ich in Wirklichkeit bereit war, auf Crawfords Wunschcollege zu gehen. Ich hatte ihn begleitet, wo auch immer es ihn hinzog, und hatte in den Restaurants seiner Wahl gegessen. Inwiefern sollte ich mich da egoistisch verhalten haben? Schon seit Jahren hatte ich versucht, genau das nicht zu sein.

Der Gedanke, ohne Crawford aufs College zu gehen, jagte mir eine Heidenangst ein. Doch wenn er das wollte, musste ich ja wohl, oder? Schließlich wollte ich, dass er glücklich aufwachte und froh war, am Leben zu sein.

Knox kam zu mir zurück. »War ja klar, dass Slate der Bringer sein würde. Der Typ ist saukomisch. Das muss man ihm lassen.«

Ich brachte ein Lächeln zustande, das ich nicht fühlte, und stand auf. Ausnahmsweise musste ich hier unbedingt mal raus. Ich brauchte Raum, um nachzudenken. Mir lag nur daran, das zu tun, was für Crawford am besten war.

*»Warum denkst du nie einmal daran, was du eigentlich möchtest, Vale?«*, hörte ich meine Mutter im Geiste sagen. Das hatte sie mich über die Jahre schon oft gefragt. Sie kapierte nie, dass ich dabei an mich selbst dachte. Nur wollte ich eben das, was Crawford wollte. Warum war das nicht okay?

»Wie soll ich ihn denn verlassen? Wie ohne ihn aufs College gehen?«, fragte ich Knox auf dem Weg zu den Aufzügen.

»Nimm einfach jeden Tag, wie er kommt. Das würde er sich so wünschen.«

Ich hatte mich immer nach Crawfords Wünschen gerichtet. Doch hatte er sich bislang nie etwas gewünscht, das so wehtat.

»Es macht mir Angst«, gestand ich.

Knox legte den Arm um meine Schulter. »Ich bin ja auch noch da. Du wirst nicht allein sein. Wenn du Muffensausen kriegst, kannst du mich einfach anrufen. Wir sind nur ein paar Häuser voneinander entfernt. Es wird Zeit, dass du mal wieder was anderes tust, als nur hier rumzuhocken.«

Hallo? Wieso verstand mich eigentlich keiner?

»Juliet hat gesagt, Crawford würde wollen, dass ich gehe. Dass es egoistisch sei zu bleiben.«

Knox seufzte. »Nichts an dir ist egoistisch. Nie gewesen, und das wird auch nie so sein. Du bist die selbstloseste Person, die ich kenne. Aber in Bezug auf Crawford hat sie recht. Niemals würde er wollen, dass du wegen ihm nicht aufs College gehst.«

Am liebsten hätte ich mich zu einer Kugel zusammengerollt und losgeheult. Wegen allem, was wir verloren hatten. Wegen der Zukunft, die ich nie allein geplant hatte. Wegen der Vergangenheit, die nie mehr dieselbe sein würde.

»Crawford ist ein guter Kerl. Er liebt dich. Das hat er immer. Aber er war alles andere als perfekt, Vale. Er hat erwartet, dass du machst, was er will. Das hat mich höllisch aufgeregt. Es ist an der Zeit, dass du deine Entscheidungen selbst triffst. Dein Leben selbst in die Hand nimmst.«

Das hörte ich zwar gar nicht gern, doch ich begriff, dass Knox recht hatte. Ich hatte Crawford Entscheidungen für mich treffen lassen. Schließlich wollte ich ihn glücklich sehen. Wieso war mir denn nie aufgefallen, dass ich selbst dabei irgendwann auf der Strecke geblieben war?

»Es ist, als würde ich mich selbst wiederfinden.« Knox war der Einzige, vor dem ich so etwas zugab.

»Das ist längst überfällig.« Er drückte mich.

Es war verwirrend, die zu sein, die ich sein wollte. Es verunsicherte mich.

Da stand ich nun mit meinem Bruder in diesem Aufzug und ließ die vergangenen Jahre noch mal vor meinem inneren Auge Revue passieren. Wie ich mich langsam verändert hatte. Wie ich mich von

Crawford hatte formen lassen. Mit Absicht hatte er das wohl nicht getan. Ich hatte es nur zugelassen.

Doch verliebt hatte er sich ja in mich. Und nicht in das Mädchen, in das ich mich verwandelt hatte. Wenn er wieder aufwachte, wäre ich wieder ich selbst, und ich begriff, dass es das war, was ihn am glücklichsten machen würde.

# 11. Kapitel

Einmal mehr hatten sich Crawfords Gehirnaktivitäten gesteigert, nachdem Slate ihm vorgelesen hatte. Als Knox ihm davon berichtete, erklärte dieser sich bereit, damit fortzufahren, solange er seinem Onkel zuliebe noch in der Stadt war. Niemand konnte sich erklären, warum Slates Stimme mehr bewirkte als die anderer. Aber Juliet war ganz aus dem Häuschen. Sie schöpfte Hoffnung.

Ein kleines Lächeln hatte ihre Lippen umspielt. Wie lange hatte ich das schon nicht mehr bei ihr gesehen!

Ich war versucht, selbst aus dem Football-Magazin vorzulesen, um zu sehen, was passieren würde, ließ es aber bleiben. Heute Abend musste ich mit ihm reden. Ihm erklären, was mir durch den Kopf ging. Ehe ich es meinen Eltern erzählte, musste ich es Crawford sagen.

Ich stellte meine Tasche ab, ging zu ihm und berührte seine Hand. Es war kalt im Raum, weshalb auch seine Hand immer kalt war. Ich wollte sie wärmen. Ich hasste den Gedanken, er könnte frieren.

»Alle sagen, du würdest dir wünschen, dass ich aufs College gehe. Deine Mom, Knox, meine Eltern. Alle halten es für das Beste. Sie sagen, wenn du aufwachst, wirst du dich freuen, dass ich mein Leben so weiterführe, wie wir es geplant haben. Sosehr mir das auch Angst macht, und sosehr ich lieber hier bei dir bleiben würde, denke ich doch, dass es Zeit wird, dass ich meine eigenen Entscheidungen treffe.

Im Laufe der Zeit habe ich mich irgendwann verloren. Vielleicht ist es dir aufgefallen, und du hast nur nicht gewusst, wie du es mir beibringen sollst. Vielleicht auch nicht. Inzwischen weiß ich gar nichts mehr.« Ich stieß einen Seufzer aus.

»Heute Abend erzähle ich es meinen Eltern. Nächsten Monat ist es dann so weit. Ich besuche die geplanten Kurse und fahre an den Wochenenden nach Hause. Dann kann ich dir immer berichten, was wir gerade durchnehmen. Viel lieber wäre mir allerdings, wenn du wieder aufwachen und mitkommen würdest.«

Eigentlich sollte ich keinen Druck auf ihn ausüben. Juliet hatte Angst, das könnte negative Folgen haben. Aber er musste doch wissen, dass ich mir mehr als alles andere wünschte, ihn bei mir zu haben. »Bis du nachkommen kannst, guck ich mir schon mal alles an. Entdecke die besten Coffeeshops, Pizzerien und Orte zum Büffeln.

Ich verlasse dich nicht. Glaub das ja nicht. Wann immer ich kann, komme ich her. Und erzähle dir alles. Wenn du dann wieder bei Bewusstsein bist, weißt du, dass ich das dir zuliebe getan habe. Nicht für mich. Ich würde nämlich am liebsten einfach hierbleiben.«

Ich überlegte. *Würde ich das wirklich am liebsten? Ehrlich?* Denn ich war einsam hier. Verloren. Deplatziert. Noch so was, das ich ihm nicht erzählen konnte. Wenn ich ihm in der Vergangenheit gesagt hatte, ich würde seine Mutter wohl nie glücklich machen können, hatte er protestiert und behauptet, sie würde mich lieben. Er sah die Dinge anders als ich.

»Morgen werde ich mich nicht den ganzen Tag in den Wartebereich setzen. Sondern Besorgungen machen. Etwas Zeit mit meiner Mom verbringen. Und mit den Zwillingen. Aber um vier bin ich zur Stelle. Ich muss nur mal langsam damit aufhören, hier die ganze Zeit rumzuhängen. Damit ich es dann schaffe abzureisen, wenn es so weit ist. Das verstehst du, oder?«

*

Als ich um halb neun ins Haus kam, roch ich schon den Hackbraten, den Mom fürs Abendessen zubereitet hatte. Sie hüllte ihn in Speck, und dieser spezielle Duft verweilte stundenlang in der Luft. Auch der süße Duft von Äpfeln stieg mir in die Nase. Ausnahmsweise einmal hatte ich so richtig Appetit. War bereit, etwas für mich zu tun.

»Du kommst genau richtig.« Mom streckte den Kopf aus der Küchentür. »Ich habe gerade die Apfeltörtchen aus dem Ofen geholt. Sie sind noch schön warm. Du kannst den Nachtisch vorziehen, wenn du magst. Aber kein Wort zu Knox!«

»Der ist ja scheinbar nicht zu Hause, sonst würde er schon am Herd lauern!«

Mom lachte. »Stimmt! Der trifft sich mit ein paar Freunden im Ort. Oder irgend so was.«

Umgehend fragte ich mich, ob sich auch Slate darunter befand. Traf er sich mit seinen Verbindungsbrüdern? Was unternahmen sie? Nichts davon ging mich etwas an, und ich hatte keine Ahnung, warum es mich interessierte.

»Ich gehe nächsten Monat aufs College.« Ich beobachtete, wie Mom erst erstarrte und dann den Teller in ihrer Hand wegstellte. Nachdem sie sich wieder gefasst hatte, kreischte sie auf und schlang die Arme um mich. Ich drückte mich an sie.

»Oh, Baby, ich freue mich so. Diese Worte habe ich, weiß Gott, schon seit Wochen hören wollen! Du wirst es nicht bereuen!«, sagte sie mit bewegter Stimme und hielt mich fest in den Armen. Sie hatte sich Sorgen um mich gemacht, und ich bekam ein schlechtes Gewissen. Schlimm, dass ich gar nicht an ihre Bedürfnisse gedacht hatte. War es das, was Juliet meinte, wenn sie mich egoistisch nannte?

»Ich hab Zeit gebraucht, um zu entscheiden, was das Beste für mich ist.« Was das Beste für Crawford ist, setzte ich nicht hinzu. Damit musste nämlich Schluss sein. Ich tat alles für ihn, was ich konnte. Es ging nicht darum, ihn glücklich zu machen. In einer Beziehung ging es darum, dass beide glücklich waren.

»Ich weiß.« Mom schniefte, lachte dann über sich selbst und ließ mich frei, um sich die Tränen wegzuwischen. »Das sind Freudentränen. Gegen die komme ich wohl nicht an. Ich bin ja so erleichtert! Geh und iss alle Törtchen auf. Vergiss das Abendessen, wenn du willst!«

Ich musste lachen. »Um ehrlich zu sein, will ich unbedingt was vom Hackbraten, Mom.«

»Dann greif zu!« Sie klatschte in die Hände und fing mit Tränen in den Augen wieder zu lachen an. »Leb nur einfach wieder, Vale.«

Zu leben hatte sich verkehrt angefühlt. Seit dem Unfall war es mir vorgekommen, als würde ich etwas Schreckliches tun, wenn ich mein Leben einfach so fortführte. Crawford konnte es nicht, warum sollte ich es also? So hätte man das allerdings nicht sehen sollen. Dieser Gedanke war eigensüchtig gewesen. Crawford liebte mich. Meine Selbstbestrafung wäre ihm gar nicht recht.

»Lass mich dir einen Teller zurechtmachen. Sogar den Kartoffelbrei habe ich genau so gemacht, wie du ihn am liebsten magst. Schön cremig und ohne Kartoffelstückchen.«

Ich setzte mich an den Tisch und ließ mich von Mom verhätscheln. Sie brauchte das, und es wurde Zeit, dass sie sich wieder gut fühlte. Sie hatte auf ihre Weise gelitten, und daran war ich schuld. Damit musste Schluss sein.

»Juliet wird froh sein, das zu hören. Erst neulich hat sie mir gesagt, wie sehr sie sich wünscht, dass du gehst. Wie sehr auch Crawford sich das wünschen würde.«

Ich nickte. Das wusste ich schon. Ich musste es nur endlich akzeptieren.

# 12. Kapitel

Wie versprochen, besuchte Slate Crawford mehrmals in der Woche und las ihm vor. Nach meiner Shoppingtour mit Mom teilte ich mir meine Zeit neu ein. Nachdem ich zu Hause gefrühstückt hatte, sah ich im Krankenhaus nach dem Rechten. Dann verbrachte ich etwas Zeit mit Malyn und Maddy oder fuhr heim, um meine Sachen fürs College zu organisieren und mit meiner Mom Besuche zu machen. Um vier, wenn ich an der Reihe war, mich mit Crawford zu beschäftigen, fuhr ich ins Krankenhaus zurück.

Zunächst fiel mir das neue Timing nicht leicht, doch zumindest hatte ich nicht mehr so ein schlechtes Gewissen meiner Familie gegenüber, und abends beim Zubettgehen hatte ich das Gefühl, mehr vollbracht zu haben. Worüber sich Crawford bestimmt gefreut hätte. Dieses Wissen machte mich auch glücklich. Genau das brauchte ich, auch wenn ich es zuvor ganz anders gesehen hatte.

Als ich in der zweiten Woche mit neuem Zeitplan im Krankenhaus anrückte, brach Slate gerade auf. Ich kam immer so, dass ich mich noch mit Juliet oder den Krankenschwestern unterhalten und auf Stand bringen konnte, bevor ich in Crawfords Zimmer ging.

»Hey!«, grüßte ich Slate, als ich aus dem Aufzug trat, in den er gerade steigen wollte. Mist, jetzt hätte ich einen Kaffee für ihn dabeihaben müssen!

»Hey! Heute ist Crawford gut beieinander. Der Arzt sagt, sie messen täglich mehr Hirnaktivitäten. Ach, und ich hab erfahren, dass du nächsten Monat bei uns im College aufschlagen willst. Freut mich zu hören!«

Ich nickte. »Yeah! Ich bin gerade dabei, mein ganzes Zeug fürs Wohnheim zusammenzusuchen.«

Er lächelte. »Hach, das Leben im Studentenwohnheim. Du wirst es lieben!« Er hielt inne und nickte dann Richtung Aufzug, dessen Türen sich inzwischen wieder geschlossen hatten, ohne dass er eingestiegen wäre. »Hättest du Lust, einen Kaffee mit mir zu trinken?«

Vor ein paar Wochen hätte ich noch Nein gesagt. Doch Kaffee mit jemandem zu trinken, der sich um meinen Freund kümmerte, war doch keine schlechte Idee! Ach, im Grunde war ich es ihm sogar schuldig.

»Klar. Einen Kaffee könnte ich gut gebrauchen.«

Er lächelte, und ehrlich, dieses Lächeln war hammermäßig. Ich bekam schon ein schlechtes Gewissen, dass ich das auch nur dachte, weshalb ich mich zum Lift drehte und auf den Knopf drückte.

»In zwei Stunden muss ich für ein Pokerspiel mit meinem Onkel zurück sein. Doch das Café, in dem ich immer den guten Stoff besorge, liegt nur ungefähr eine Meile von hier.«

»Kein Problem. Ich hab Zeit. Kann eh erst um vier zu Crawford rein.«

Während der Fahrt nach unten schwieg Slate. Als wir aus dem Lift stiegen, warf er mir einen Blick zu. »In letzter Zeit bist du gar nicht mehr so häufig hier. Nicht, dass es mich etwas anginge, aber ich bin neugierig. Wie kommt's?«

Bestimmt hatte Knox ihm etwas erzählt, wenn nicht überhaupt alles erklärt. Na ja, vielleicht hatte sich Slate auch nicht danach erkundigt. Ich zog meine Tasche höher über die Schulter – eine nervöse Angewohnheit von mir – und marschierte neben ihm her.

»Mein Verhalten war egoistisch. Meine Familie hat mich vermisst und sich Sorgen um mich gemacht. Crawford merkt ja gar nicht, dass ich im Krankenhaus bin, außer wenn ich ihm am Nachmittag etwas vorlese und mich mit ihm unterhalte. Da möchte ich schon glauben, dass er mich hören kann. Doch die restliche Zeit über muss meine Familie sehen, dass ich ein Leben habe. Ich finde die Vorstellung ganz schön hart, dass ich einfach so weiterlebe, während er da drinnen liegt, aber ich kann meine Familie jetzt nicht mehr so vernachlässigen. Es wäre nicht richtig.«

Slate stieß einen Seufzer aus. »Hm, ich würde das Wort *eigensüchtig* niemals im Zusammenhang mit dir verwenden. Aber es ist nett von dir, an sie zu denken.«

Ich zuckte die Achseln. »Es war schwer für sie. Überhaupt das Ganze. Dass ich mich zurückgezogen habe. Dass sie sich so um mich sorgen mussten. Irgendwann musste ich ja mal darüber nachdenken, was Crawford wollen würde, wenn er wieder zu Bewusstsein kommt. Und wenn er sieht, dass ich mein Leben seinetwegen in einer Warteschleife verbracht habe, wird er sich aufregen. Einmal mehr war ich egoistisch. Deshalb muss ich meine Schuldgefühle anders verarbeiten und begreifen, dass ich versuchen muss, ein normales Leben zu führen.«

Erstaunlich, dass ich Slate das alles erzählte. Wir kannten einander kaum, doch hier war ich und redete mir alles von der Seele, als wäre er ein enger Freund. Warum? Keine Ahnung.

»Ich meine auch, dass Crawford wollen würde, dass du dein Leben fortsetzt, wenn er dich genauso liebt, wie du ihn offensichtlich liebst. Wären die Rollen vertauscht, würdest du das ja auch wollen.«

Ich zögerte nicht. »Absolut.«

»Mein Wagen steht auf der dritten Parkebene«, sagte er, als wir hinaustraten.

»Meiner steht gleich da drüben. Kommst du denn nicht wieder her?« Zum ersten Mal, seit wir unsere kleine Unterhaltung führten, sah ich zu ihm.

»Doch.«

»Dann fahr doch einfach bei mir mit.«

Ein kleines Lächeln umspielte seine Lippen. »Weißt du, Vale, ich glaube, du könntest meine erste gute Freundin sein. Irgendwie.«

Ich hatte viele Jungs als gute Freunde. Es waren Crawfords Freunde und damit automatisch auch meine. Warum Slate keine guten Freundinnen hatte, war mir sonnenklar. Sie wollten alle mehr von ihm.

»Es gibt für alles ein erstes Mal. Außerdem brauche ich doch einen Kumpel, wenn ich aufs College gehe.«

Er schmunzelte. »Ja, äh, es wird ein großer Spaß, die anderen davon zu überzeugen, dass du nur eine gute Freundin bist. Das wird uns keiner abnehmen.«

Wir erreichten meinen Wagen, und ich entriegelte ihn und lächelte zu Slate hinüber. »Es könnte deinen Ruf retten.«

»Oder ihn zerstören«, setzte er hinzu.

Ich sah ihm an, dass er scherzte, auch wenn ich wusste, dass Slate eine Seite besaß, die kaum jemand zu Gesicht bekam. Der Typ, der Kids im Krankenhaus vorlas oder einem Komapatienten, der ihm noch nie begegnet war. Dieser Typ ähnelte dem, den ich im Gang mit einer Krankenschwester hatte rummachen sehen, kein bisschen. Es steckten viele verschiedene Seiten in ihm … Ich fragte mich, warum er sich dafür entschied, die guten davon nicht genauso offen zu zeigen wie den Rest.

»Jagst du mir jetzt gleich eine Riesenangst ein, oder bist du eine gute Autofahrerin?«, fragte er mich beim Einsteigen.

»Eine ausgezeichnete sogar«, beruhigte ich ihn. Denn das war ich. Vor allem seit dem Autounfall. Seitdem fuhr ich sogar noch vorsichtiger.

Er sank in den ledernen Beifahrersitz und lehnte sich zurück. »Na gut. Ich vertraue dir.«

Lächelnd ließ ich den Motor an und verließ den Parkplatz. Wie cool! Endlich konnte ich mal wieder mit jemandem reden, der kein

Familienangehöriger war und meinte, mich ständig betüddeln zu müssen.

»Was passiert eigentlich, wenn Crawford aufwacht?«, erkundigte sich Slate.

Was für eine merkwürdige Frage. Und ich war mir nicht sicher. Würde ich dann heimkommen? Würde er das wollen? Ich furchte die Stirn und konzentrierte mich auf die Straße, antwortete aber nicht.

# 13. Kapitel

Der Wagen meiner Eltern war bis obenhin vollgepackt mit den Sachen, die ich fürs College brauchte, Deko für mein Wohnheimzimmer inklusive. Mein Honda Civic quoll über von Klamotten und Schuhen. Vom Parkplatz zu meinem Wohnheim war es nicht allzu weit. Dad fing an auszuladen, und Knox half ihm dabei. Er selbst hatte seinen Pick-up mit den wenigen Sachen beladen, die er brauchen würde, wenn er dieses Jahr in sein Verbindungshaus zog. Nur Juniors und Seniors durften in den Verbindungshäusern wohnen.

Ich musste an Slate denken. Fragte mich, ob er wohl auch dort wohnen würde. Ob er mir je über den Weg laufen würde? Nach unserem gemeinsamen Cafébesuch an jenem Tag hatte er sich meine Handynummer geben lassen und gesagt, wir würden uns texten und Kaffee trinken gehen. Doch bislang hatte er noch nichts von sich hören lassen.

»Dein Zimmer befindet sich im zweiten Stock. Wenn du aus dem Aufzug kommst, gehst du nach links – dann ist es das letzte Zimmer rechter Hand. Die Tür steht offen, und deine Zimmergenossin ist schon da.« Knox verstummte und grinste. »Kann gut sein, dass ich öfter mal reinschneie und meiner kleinen Schwester einen Besuch abstatte.«

Na super – mein Bruder hatte ein Auge auf meine Zimmergenossin geworfen. Das konnte ja lustig werden.

Lachend zog mein Dad einen weiteren Karton aus dem Auto und steuerte den Eingang an. Mom trat an meine Seite, während ich mir das sechsstöckige Gebäude ansah, das in diesem Jahr mein Zuhause sein würde. Es schüchterte mich ein, und ich war mir nicht sicher, ob mir nicht alles zu viel würde.

»Ich weiß, du bist gerade hin- und hergerissen, aber dir stehen einige der besten Tage deines Lebens bevor.«

Ich wusste, meine Mutter meinte das wirklich. Glaubte es sogar. Aber wie sollte das ohne Crawford möglich sein? Bestimmt hätte Mom gern gehört, dass ich ihr zustimmte, oder sogar sagte, ich würde es hoffen.

»Crawford sollte hier sein«, erwiderte ich stattdessen. »Sollte seinen eigenen Kram ausladen und dann herkommen und mir beim Auspacken helfen, bevor wir hier gemeinsam alles erkunden.«

»Ist er aber nicht«, sagte sie. »Das Leben hält immer wieder unerwartete Herausforderungen für einen bereit. Das wird nicht die einzige Hürde in deinem Leben bleiben. Was du lernen musst, ist, dass du stark genug bist, um das Leben trotzdem zu meistern. Auch wenn du ihn vermisst, kannst du wieder Freude am Leben finden.«

Ich griff nach meinem Koffer, den ich aus dem Auto geholt hatte. »Ich tue mein Bestes.«

»Das weiß ich.«

Es half zu wissen, dass ich nur eine Autostunde von zu Hause entfernt war. Dass ich schnell heimkonnte, wenn ich mein Zimmer und einen Ort zum Verstecken brauchte. Das gab mir ein bisschen inneren Frieden, bis Crawford aufwachte und sich das Leben in das verwandeln konnte, das wir geplant hatten.

Im Wohnheim sah es genauso aus, wie ich es mir vorgestellt hatte. Im Hauptfoyer schufen Sofas mit Couchtischen, auf denen brennende Kerzen standen, die Möglichkeit zu geselligem Beisammensein. Am anderen Ende des Raums befand sich als Herzstück ein Kamin an der Wand. Wir nahmen Kurs auf die Aufzüge, vor denen sich schon eine Schlange gebildet hatte, und beim Anblick anderer Mädchen, die ebenfalls neu und in Begleitung ihrer Eltern waren, fühlte ich mich gleich ein bisschen besser. Überall standen Koffer und Umzugskartons herum. Die Mädchen, die zurückkamen, waren leicht auszumachen, denn die umarmten die Freundinnen, mit denen sie nun wieder vereint waren.

Dreimal fuhr der Aufzug nach oben, bis wir endlich einsteigen konnten.

»So ist es jedes Jahr. Eigentlich hab ich mir diesmal geschworen, erst am Sonntag herzufahren, doch dann bin ich eingeknickt. Musste unbedingt von zu Hause weg, wenn du verstehst …?«, erklärte eine Rothaarige mit attraktiven Sommersprossen und lächelte mich dabei an.

Nein, ich verstand nicht, dass man von daheim wegwollte. Mir war es schwergefallen, aber das behielt ich für mich. Ich erwiderte ihr Lächeln einfach nur und nickte. »Ich war nicht darauf gefasst, wie viel hier los ist. Dabei hätte ich mir das eigentlich denken können.«

Das Mädchen nickte seufzend. »Im Laufe des Tages wird das noch krasser. Sei froh, dass du früh dran bist.« Sie klemmte sich ihren Thermobecher unter den Arm und streckte ihre rechte Hand aus. »Mae«, sagte sie. »Ich bin dieses Jahr Sophomore. Du bist Freshman, schätz ich mal.«

Ich schüttelte ihr die Hand. »Stimmt. Ich bin Vale. Nett, dich kennenzulernen.«

Ihre großen, ausdrucksstarken Augen funkelten. »Oh, ich liebe diesen Namen! Für einzigartige Namen habe ich eine Schwäche. Mein ganzes Tagebuch ist voll davon. Da setze ich Vale mal gleich dazu.« Sie lachte. »Keine Bange, ich bin keine irre Stalkerin. Man hat mir nur leider den Namen Mae Rose verpasst, und der ist so langweilig, dass es schon traurig ist. Und damit meine eigenen Kids mal nicht dasselbe Schicksal ereilt, sammle ich schon Namen, seit ich sieben bin.«

Ich mochte dieses Mädchen. Sie war völlig ungezwungen. Und eine Plappertasche. Mit ihr würde ich nicht viel reden müssen. Das würde sie übernehmen.

»Macht total Sinn«, erwiderte ich und erinnerte mich dann daran, dass meine Mom ja neben mir stand. »Das ist übrigens meine Mom.«

Wieder klemmte sie sich ihren Thermobecher unter den Arm, da sie in der anderen Hand Klamotten auf Kleiderbügeln hielt, und schüttelte meiner Mutter die Hand. »Nett, Sie kennenzulernen. Vale wird sich hier super wohlfühlen.«

»Das glaube ich auch«, stimmte ihr Mom zu.

Die Aufzugtüren glitten im dritten Stock auf, und davor warteten schon Knox und Dad auf uns.

»Habt ja ganz schön lang gebraucht«, moserte Knox.

»Oh, hör auf rumzumeckern. Du hast derweil rumgeflirtet. Alles gut!« Dad verdrehte die Augen.

»Ist das dein Bruder?« Maes Augen weiteten sich.

»Japp, und manchmal freue ich mich sogar darüber.«

Sie lächelte und kicherte nervös. Knox zwinkerte ihr zu. Herrjemine! Was für ein Jahr kam da auf mich zu?

# 14. Kapitel

Ich teilte mir ein Zimmer mit Barbie. Ohne Übertreibung. Wirklich. Everly Adali Lane war ein Meter siebzig groß und hatte blondes Haar, das ihr den Rücken hinabfiel, und blaue Augen, die im Gegensatz zu meinen hellblauen so dunkel waren wie das Meer. Ihre Lippen wirkten super voll, fast schon so, als hätte man da ein bisschen nachgeholfen, und ihre Taille war wahnsinnig schmal.

Außerdem war sie vom Typ »Prinzessin«. Ich war mit Brüdern aufgewachsen. Ich schminkte mich nicht immer, und meine Converse-Chucks waren mir gerade recht. So wie dieses Mädel angezogen war, um heute ins Wohnheim einzuziehen, hätte man meinen können, sie hätte noch ein heißes Date vor sich. Das Ganze würde interessant werden.

»Oh, die ist ja einfach nur weiß«, stellte sie fest, als meine Mutter eine Tagesdecke auf meinem Bett ausbreitete, die ich dafür ausgesucht hatte. Das Steppdecken-Set war in der Tat weiß, mit schlichten Rüschen am Rand. Mir gefiel das.

»Was, meine Tagesdecke?« Ich sah auf das Bett, das sie anstarrte.

»Ja …«, sagte sie bedächtig, als könne sie immer noch nicht fassen, dass meine Decke weiß war. Was war daran so schockierend?

»Hast du denn zumindest ein paar bunte Kissen?«

»Äh, nein.« Noch immer beobachtete ich sie. Befürchtete schon fast, gleich würde ihr Kopf explodieren oder so was.

Sie griff in einen großen Korb bei ihrem Bett, holte ein babyrosa Plüschkissen hervor und warf es auf mein Bett. »Da. Nimm das!«

Die Augenbrauen meiner Mom schnellten in die Höhe, und sie warf mir einen Blick zu, als hätte auch sie keine Ahnung, was sie von diesem Mädchen halten sollte.

»Okay, danke«, sagte ich, unsicher, ob ich wirklich dankbar war oder nicht. Irgendwie sah das Plüschkissen albern aus.

»Ich habe auch ein paar Zeichnungen mitgebracht, die wir im Zimmer aufhängen können, für den besseren Flow, du verstehst? Du hast doch nicht vor, Poster aufzuhängen, oder? Damit kann ich nämlich nicht leben.«

Everly Adali hatte Glück. So etwas wie Poster waren mir überhaupt nicht in den Sinn gekommen. Dagegen hatte ich einen Spiegel gekauft, doch der war oval und steckte in einem weißen Holzrahmen. Fast hatte ich Bammel, ihn hervorzuholen. »Keine Poster«, beruhigte ich sie.

»Die beste Neuigkeit des Tages!«, strahlte sie und fing an, etwas Parfümartiges auf mein und ihr Bett zu sprühen. »Das ist Lavendelduft mit Vanille. Den habe ich diesen Sommer auf meiner Englandreise in den Cotswolds gekauft. Damit schläft man besser. Schnarchst du?«

»Wie eine Sägemühle«, erklärte mein Dad, der soeben mit dem letzten Karton hereinkam. Knox war bereits zum Verbindungshaus unterwegs, hatte aber versprochen, später noch mal vorbeizuschauen. Jetzt hieß es, von meinen Eltern Abschied zu nehmen, um dann mit Everly allein zurückzubleiben.

»Danke, Dad.« Ich nahm ihm den Karton ab und stellte ihn neben den Schrank.

»Ich schätze, nun kann deine Collegezeit losgehen«, sagte Mom und umarmte mich. »Genieß das Leben wieder!«, flüsterte sie mir ins Ohr.

»Ich werd's versuchen.«

Dad umarmte mich auch. »Wenn du Heimweh kriegst, bekommst du einen vollen Benzintank, sobald du nach Hause kommst.«

Lächelnd drückte ich ihn. »Notiert.«

»Ich liebe dich, Babygirl«, flüsterte er.

»Ich dich auch.«

Beide küssten mich auf die Wange und gingen. Und ich blieb mit all meinen Kartons und meinem neuen Leben allein zurück.

»Du schnarchst also«, sagte Everly, als sie verschwunden waren.

Diese Frage hatte ich ganz vergessen. Ich konnte ihr erzählen, dass ich eine schreckliche Schnarcherin war und sie damit den ganzen Tag in Atem halten. Oder ich konnte versuchen, mich mit diesem Mädchen anzufreunden.

»Kein bisschen«, versicherte ich ihr.

Sie stieß einen übertriebenen Seufzer der Erleichterung aus. »Ah, großartig. Okay. Nun, ich hab gleich ein Kaffeedate mit einem Hottie, hinter dem ich schon seit letztem Jahr her bin.«

Das wunderte mich gar nicht. Ihr Rock bedeckte mit Ach und Krach ihren Hintern, und unter ihrem Crop-Top blitzte ihr Bauch hervor.

»Okay. Viel Spaß!«

Sie strahlte mich an. »Den werde ich haben!«

*

Sobald Everly verschwunden war, sank ich seufzend auf mein Bett. Ich musste sieben Kartons auspacken. Meine neue Umgebung gefiel mir. Mein Zimmer zu Hause war allmählich weniger Rückzugsort als vielmehr eine Erinnerung an die vielen Veränderungen gewesen.

Hier war alles frisch. Anders.

Ich stand auf und ging zum ersten Karton. Obenauf lag das Foto von Crawford und mir beim Abschlussball. Es befand sich in einem Silberrahmen, den ich eine Woche vor dem Unfall gekauft hatte. Ich stellte das Bild auf den Nachttisch, und die vertrauten Stiche in meiner Brust kehrten zurück.

Ich vermisste ihn. Vermisste ihn so sehr!

Dieses Lächeln hatte ich schon seit gefühlten Urzeiten nicht mehr zu Gesicht bekommen. Früher musste ich nur dieses Lächeln sehen, und schon war meine Welt in Ordnung. Doch nun ging mir auf, dass ich mich oft seinen Wünschen gebeugt und überhaupt nicht darüber nachgedacht hatte, was *ich* eigentlich wollte. Hatte ich mich im Laufe der Jahre, die ich versucht hatte, ihm zu gefallen, etwa verloren? War ihm das aufgefallen?

Wieder sah ich mich im Zimmer um. Eins war sicher – jetzt war ich dabei, mich zu finden. Wenn Crawford wieder aufwachte, würde ich nicht mehr dieselbe sein. Sondern wieder die, in die er sich anfangs verliebt hatte.

Mom hatte recht. Das hier war eine Art Neustart. Ich musste stark sein und lernen, mein Leben anzupacken. Was ja nicht hieß, dass ich das Leben vergaß, das ich mit Crawford hatte. Es war ein Teil dessen, was ich war. Und bliebe es auch.

Wenn er wieder zu sich kam, würde sich so vieles wieder ändern. Ich schüttelte den Kopf. Besser nicht daran denken. Lieber mit dem Auspacken weitermachen und mir was zu essen organisieren. Vielleicht runter ins Foyer gehen und schauen, ob Mae dort herumhing. Sie war mir sowieso sympathischer als meine Zimmergenossin. Bei diesem Gedanken warf ich einen Blick zurück auf das Plüschkissen auf meinem Bett und verdrehte die Augen.

Nur mit Mühen brachte ich alle meine Klamotten in meinen Schrank unter. Mom hatte es echt übertrieben. Ich besaß nun mehr Schuhe, als man eigentlich brauchte, und meine blaugrünen Handtücher waren mit einem V-Monogramm versehen, weil meine Mom für so was eine Stickmaschine besaß und dachte, auf die Art würde ich sie nicht verlieren.

Das Badezimmer, das ich mir mit Everly teilte, war vollgestopft mit ihrem Zeug, weshalb ich dankbar war, dass ich Körbe hatte, in die ich meine Sachen verstauen konnte, die ich wiederum ordentlich an die Wand neben meinem Schrank stapeln konnte. Sobald alles an seinem Platz war, klappte ich die Kartons zusammen und las mir noch mal meinen Willkommensbrief durch, in dem auch stand, wohin man Wertstoffe bringen sollte. Vor allem die Umzugskartons, denn davon würde es an diesem Wochenende viele geben.

Nachdem ich mir die Anweisungen zweimal durchgelesen und sie mir eingeprägt hatte, verließ ich das Zimmer mit einem Stapel Kartons. Am Aufzug stand noch eine längere Schlange als zuvor, also nahm ich die Treppe. Ich musste ins Erdgeschoss, dann zum Hintereingang hinaus und mich nach einem blauen Container umsehen.

Bis ich unten angekommen war, waren mir dreimal Kartons aus den Händen gepurzelt. Mit dem Lift wäre es dann doch einfacher gewesen! Aber jetzt hatte ich es geschafft, ging zur Tür hinaus und steuerte den Container an. Inzwischen stand mir Schweiß auf der Stirn, und meine Arme brannten.

»Komm, ich helf dir«, sagte ein Typ, den ich wegen der vielen Kartons nicht sehen konnte, und dann wurden sie mir auch schon abgenommen. Noch nie war ich so dankbar gewesen. »Hab sie«, erklärte er, als hätte ich das nicht schon begriffen.

»Danke!« Ich klang völlig aus der Puste.

»Immer gerne. Die von meiner Schwester habe ich auch gerade schon runtergeschleppt.«

Er war groß und rothaarig. Die attraktive Sorte von rothaarig allerdings. Ein ausgesprochener Prinz-Harry-Typ. Seine beeindruckenden Muskeln wurden durch sein T-Shirt ins rechte Licht gerückt. Ich vermied es, ihn anzustarren. Das gehörte sich schließlich nicht.

»Das ist nett von dir. Mein Bruder hat dafür leider nicht lang genug bei mir rumgehangen, aber zu seiner Verteidigung muss ich sagen, dass er selbst auch auspacken musste.«

»Mit Nettigkeit hat das möglicherweise gar nicht viel zu tun. Meine Eltern haben mir das Versprechen abgenommen, dass ich Mae helfe, bis alles geschafft ist. Hätte ich sie im Stich gelassen, hätte sie unseren Dad angerufen. Insofern ...« Grinsend zuckte er die Achseln.

»Mae, wie das Mädchen, das sich einzigartige Namen notiert?« Dass die beiden Geschwister waren, ergab Sinn.

»Ja, genau, Mae und ihre dämliche Marotte.« Er verdrehte die Augen.

Ich lachte. »Immerhin habe ich es auf diese Namensliste geschafft, vielen Dank auch!«

»Ach, echt? Na, dann muss ich unbedingt deinen Namen erfahren. Ich bin übrigens Charlie.« Er streckte mir die Hand entgegen.

»Vale«, erwiderte ich. »Nett, dich kennenzulernen, Charlie!«

»Solltest du dich fragen, wir haben noch eine jüngere Schwester namens Anne. Was Namen angeht, sind meine Eltern kein einziges Mal kreativ geworden. Das dürfte ein Teil von Maes Problemen sein.«

Er brachte mich zum Lächeln, genau wie seine Schwester. »Charlie, Mae und Anne sind sehr bodenständige Namen, finde ich.«

Er gluckste. »Meine Mutter ist Britin. Deine Bemerkung würde ihr gefallen. Sie ist ganz deiner Meinung.«

»Ernsthaft? Gerade ist mir durch den Kopf gegangen, dass du mich an Prinz Harry erinnerst!«

Er zog eine Augenbraue nach oben. »Und ich hatte gedacht, wir könnten Freunde werden.«

Ich musste lachen, und das fühlte sich wirklich gut an. Die Enge in meinem Brustkorb ließ nach, und ich holte tief Luft.

»Na, es könnte schlimmer sein. Du hättest William sagen können. Immerhin bin ich der Rebellensohn.«

Ich nickte. »Wenn das kein Kompliment ist!«

Er warf einen Blick über seine Schulter und grinste. »Da kommt Mae. Wie's scheint, will sie, dass ich die Fliege mache. Das lese ich in ihren Augen.«

Ich drehte mich um und sah Mae auf uns zukommen. »Hör auf, mit meiner potenziellen neuen Freundin zu flirten, Charlie!« Sie verstummte und sah mich an. »Noch so ein langweiliger Allerweltsname. Meine Eltern, tsäss!«

»Er war so nett, mir meine leeren Kartons abzunehmen. Die waren ganz schön schwer.«

»Oh, gut. Hat er sich endlich mal nützlich gemacht. Danke, Charlie, und jetzt schwirr ab! Es wird Zeit, dass ich mit Vale ein leckeres Käffchen trinken und eine der besten Eissorten auf Erden essen gehe.«

Charlie grinste mich schief an. »Viel Spaß, aber lass dir von meiner Schwester nicht zu viele schlechte Angewohnheiten beibringen. Mit dieser Eiscreme hast du über Nacht den Freshman-Speck auf den Hüften.«

»Oh, halt doch die Klappe!« Mae schlug ihm auf den Arm und hakte sich dann bei mir unter. »Es ist ja ganz praktisch, ihn in der Nähe zu haben, aber leider kann er auch eine Pest sein.«

Ich lächelte zu ihm zurück. »Danke noch mal, Charlie.«

Er winkte. »Immer gern, Vale!«

Mae schnaubte. »Er steht auf Brünette mit blauen Augen. Das ist sein Ding. Noch dazu bist du zierlich, und dieser natürliche olivfarbene Teint ist der Hammer. Alles, was er nicht hat. Der ist jetzt schon hin und weg.«

Ich wollte nicht, dass er hin und weg war. Außer für gute Freunde war ich für nichts zu haben. Anderen die Gründe dafür zu erklären, schaffte ich allerdings noch nicht.

»Bist du mit dem Auspacken schon fertig?«, erkundigte ich mich, da ich das Thema wechseln wollte.

»Japp. Jetzt wird's Zeit, dich ein paar Leuten vorzustellen. Mit wem teilst du dein Zimmer? Magst du sie?«

Eine heikle Frage. »Ähm, na ja, sie heißt Everly, und sie ist … ziemlich barbiemäßig drauf … Sie hat mir ein pinkes Plüschkissen aufs Bett gelegt.«

Mae warf den Kopf zurück und prustete los. »Ach, du Schreck! Sie haben dir keinen Freshman zugeteilt? Du hast Everly abgekriegt! Das grenzt an Grausamkeit. Meine Freundin Jasmine, ich werde sie dir gleich nachher vorstellen, war letztes Jahr mit Everly in einem Zimmer. Dieses Mädel ist der Inbegriff einer Diva!«

# 15. Kapitel

Als ich das Campus-Café betrat, rechnete ich damit, einen Haufen Studenten zu sehen, und genauso war es auch. Zudem rechnete ich damit, neue Leute kennenzulernen, und da Mae sehr gesellig war, tat ich auch das. Womit ich allerdings nicht gerechnet hatte, war der Anblick meiner Zimmergenossin, die an einem der Tische saß und sich an Slate kuschelte.

In meinen Augen war Everly genau die Art von Mädchen, die bescheuert genug war, dass sie ihre Zeit mit Slate verschwendete. Trotzdem hatte ich nicht gedacht, dass er und ich schon so bald nach meiner Ankunft auf dem Campus uns über den Weg laufen würden. So klein war der schließlich auch wieder nicht.

»Hach, Everly und Slate Allen! Das wundert mich gar nicht. Die hatte ihn ja letztes Jahr schon im Visier, aber er ist ein Player und hat jeden Tag eine andere an seinem Arm hängen«, erzählte Mae, und mir fiel auf, dass ich die beiden anstarrte. Gerade, als ich die Augen von ihnen losreißen wollte, trafen sich Slates und mein Blick, und ein merkwürdiger Ruck ging durch mich hindurch. Rasch wandte ich meine Aufmerksamkeit der großen Kreidetafel über dem Barista zu, auf der die Speisekarte stand.

Was hatte es mit diesem Ruck gerade auf sich?

Vertrautheit?

»Slate schaut zu dir her. Ich sag dir was, Mädchen, halt dich von dem fern. Der macht nichts als Schwierigkeiten«, flüsterte mir Mae zu. »Und da kommt er auch schon. Shit!«

Ich spannte mich an, warum auch immer. Slate war mir in diesem Sommer ein Freund gewesen, als ich einen gebraucht hatte. Deshalb hatten wir noch lange nicht in Kontakt bleiben müssen. Es war ja nicht so, dass er in der Richtung was versprochen hatte. Ich musste mit diesem seltsamen Getue aufhören!

»Vale.« Noch immer sprach Slate in leicht gedehntem, warmem Ton. Ich mochte das.

Lächelnd drehte ich mich zu ihm um. »Hey, wie ist es dir ergangen?«, fragte ich fast schon einen Tick zu fröhlich. Manno!

»Gut, und selbst? Schon alles ausgepackt?«

»Oh, du kennst meine Zimmergenossin Valerie?«, fragte Everly und schlang die Arme besitzergreifend um Slate.

»Sie heißt Vale, und ja, wir sind Freunde.« Er löste den Blick nicht von mir. Es wurde immer peinlicher.

»Was hättet ihr denn gern?«, fragte der Typ hinterm Tresen, und ich hätte am liebsten erleichtert aufgeseufzt.

»Oh, Moment«, sagte ich und drehte mich zu ihm. Ich hatte noch keine Zeit gehabt, einen Blick auf die Karte zu werfen, also bestellte ich einfach etwas, das sie garantiert hatten. »Irgendeinen stark gerösteten Kaffee, bitte. In Large.«

»Ich möchte einen Mocca latte mit Karamellsoße light, auch in Large, bitte«, sagte Mae neben mir.

»Sechs fünfundvierzig«, erwiderte der Barista.

Ich wollte mein Portemonnaie aus der Tasche holen, doch Mae klapste mir auf die Hand. »Den übernehme ich. Und morgen drehen wir den Spieß um.«

»Okay«, gab ich nach.

»Slate, lass uns doch irgendwohin gehen, wo's nicht so voll ist«, hörte ich Everly hinter mir sagen.

»Bleibst du hier, Vale?«, erkundigte sich Slate. Ich wäre am liebsten in den Erdboden versunken!

»Ja, wir treffen ein paar Freunde«, schaltete sich Mae ein.

Er schenkte mir ein strahlendes Lächeln. »Du findest ja schnell Freunde.«

Na ja, die Rolle meines ersten guten Freundes hier war eigentlich ihm zugedacht gewesen!

»Mae hat mich unter ihre Fittiche genommen.«

»Tja, da bin ich meinem Bruder zuvorgekommen. Ich musste dich retten«, scherzte sie und nahm unsere Getränke in Empfang.

»Dann sehen wir uns später«, meinte Slate, und Everly drängte sich zwischen uns.

»Bye erst mal«, setzte sie hinzu.

»Bye«, erwiderte ich, dann machte Slate kehrt und folgte ihr hinaus.

»Heilige Mutter Gottes, warum hast du mir verschwiegen, dass du Slate Allen kennst? Bitte sag mir, dass du nicht mit ihm gevögelt hast!«

Beinahe wäre ich gestolpert und sah sie entgeistert an. »Was? Natürlich nicht! Er ist in der Studentenverbindung meines Bruders. Wir haben uns diesen Sommer kennengelernt. Ich bin vergeben«, setzte ich hinzu.

»Oh!« Sie machte große Augen. »Dein Freund wohnt zu Hause? Oder ist er in einem anderen College?«

Sie bugsierte mich durch das volle Café, aber ich sah keine leeren Tische, weshalb ich mich fragte, wohin wir eigentlich steuerten.

»Zu Hause.« Weitere Erklärungen gab ich nicht.

»Solche Beziehungen halten nicht lang. Schon klar, oder?« Sie blieb an einem Tisch stehen, an dem zwei andere Mädchen saßen, die eine blond, die andere brünett. »Rutscht mal ein Stück, ihr kleinen Schlampen«, befahl sie in neckischem Ton.

»Mae, warum hast du dich mit Slate Allen unterhalten?«, fragte die Brünette.

»Aus Erfahrung kann ich sagen: Es lohnt sich. Also hört auf, die Nase zu rümpfen«, meinte die Blonde.

»Du lässt aber auch nichts aus, Sam«, konterte Mae. »Übrigens – das ist meine neue Freundin Vale. Sie teilt sich ein Zimmer mit Everly, die Ärmste, und sie ist gut mit Slate befreundet.«

»Slate hat keine guten Freundinnen.« Die Brünette betrachtete mich argwöhnisch.

»Dem kann ich nur beipflichten. Ich bin schon genauso lang hier wie Slate, und eine gute Freundin hatte er nie.«

»Sie ist auch schon mit ihm in die Kiste gesprungen«, setzte die Brünette erklärend hinzu.

Die Blondine, die, wie ich nun wusste, Sam hieß, verdrehte die Augen und knuffte das andere Mädchen. »Klappe!«

»Na, wie auch immer, das sind meine Freundinnen. Sam und Joy«, erklärte Mae und ließ sich nieder. »Die beiden nehmen kein Blatt vor den Mund, weshalb ich mich gleich mal für alles entschuldige, was ihnen so rausrutscht.«

»Du doch genauso wenig, Mae«, versetzte Joy. »Und jetzt erzähl mal: Wie kommt's, dass du mit Slate Allen befreundet bist?«

Ich war mir nicht sicher, ob wir wirklich Freunde waren, zog es aber als Erklärung vor, bevor jemand auf die Idee kam, ich könnte eine seiner vielen Nummern sein. »Er ist ein Verbindungsbruder von Knox, meinem Bruder. Wir haben uns diesen Sommer kennengelernt.«

»Knox McKinley ist dein Bruder?« Sam richtete sich abrupt auf.

Ich hatte fast schon Angst, es zu bestätigen, nickte aber.

»Ein Wahnsinnstyp! Ich will unbedingt eine Einladung für die Kappa-Sigma-Party nächste Woche ergattern, damit ich ihn sehen kann. Dort wird mein neues rotes Kleid zum Einsatz kommen. Damit falle ich ihm bestimmt gleich auf.«

Ich war daran gewöhnt, dass Mädchen hinter meinem Bruder her waren. Das war in der Highschool auch schon so.

»Warnung: Wenn du versuchst, Vale wegen ihres Bruders zu belästigen, verbiete ich dir jeglichen Kontakt! Die Jagd auf Brüder von Freundinnen ist verboten. Vergiss diese Regel nicht!«

Sam zog eine Schnute. »Ich dachte, die würde nur bei Charlie gelten.«

»Nope. Die gilt auch bei Vales älterem Bruder.«

Joy kicherte. »Viel Glück damit!«

»Diese Kumpelgeschichte mit Slate könnte ich jetzt fast glauben. An der Schwester eines Bruders würde er sich nicht vergreifen. Da machen sie bei Kappa-Sigma ein Riesentrara drum.«

Ich nippte an meinem Getränk und entspannte mich ein wenig. Die Mädchen fingen an, von ihren Sommererlebnissen zu erzählen und mich nach meinem Leben auszufragen. Dass Crawford zu Hause geblieben war, weil er im Koma lag, erwähnte ich nicht. Ich brachte es noch nicht über mich, das jemandem zu erzählen.

# 16. Kapitel

Wegen der Verdunklungsvorhänge, die Everly vor unser Fenster gehängt hatte, war ich unsicher, wie viel Uhr es war, als ich aufwachte. Denn im Zimmer war es noch immer zappenduster. Ich griff nach meinem Handy. Halb zehn. Wow! Gestern hatte ich mich um halb elf ins Bett gelegt. Keine Ahnung, um wie viel Uhr Everly zurückgekommen war. Immerhin war sie leise gewesen.

Ich knipste meine Taschenlampe an, um den Weg ins Badezimmer zu finden. Ich konnte mich fertigmachen, bevor Everly aufwachte. Somit hatte jede von uns das Bad für sich.

»Herrgott, mach das Ding aus«, grummelte Everly.

»Sorry.« Ich richtete den Lichtstrahl von ihr weg auf meine Körbe an der Wand.

Demonstrativ raschelte sie mit ihrer Bettdecke.

»Ich versuch ja nur, meine Klamotten zu finden und ins Bad zu gehen.«

»Dann beeil dich gefälligst!«

Ich schnappte mir meinen Korb und schaltete meine Taschenlampe aus. Hoffentlich knallte ich bei dem Versuch, die richtige Tür zu finden, nicht gegen die Wand! Ich fürchtete mich vor dem Monster in dem Bett.

Ich schaffte es erfolgreich ins Badezimmer, schloss mich ein und knipste erst jetzt das Licht an. Nur für den Fall, dass Everly wegen des Lichtstrahls, der unter dem Türspalt nach draußen fiel, ausrastete und über mich herfallen wollte. Herrgott noch mal, ich hatte ein pinkes Plüschkissen auf meinem Bett liegen. Was wollte sie denn noch?

Ich drehte schon mal die Dusche auf, damit sich das Wasser erwärmen konnte, und zog mich aus. Der Dampf erfüllte den Raum, und ich freute mich auf das warme Wasser. Es war kühl hier drin. Ich hatte gehört, dass die ganz Nacht die Klimaanlage gelaufen war und dazu ein Ventilator, den Everly angemacht hatte.

Heute würde ich mich mit Knox zum Lunch treffen. Er hatte mir gestern Abend noch eine SMS geschickt. Danach wollte ich mich zur Bibliothek aufmachen und mir die Bücher besorgen, die ich laut meiner Kursliste lesen musste. Mae hatte erwähnt, sie würde an diesem Nachmittag in einem Restaurant namens Polly's vorbeischauen, wo sie im letzten Schuljahr gekellnert hatte. Man hatte ihr versprochen, sie würde den Job im nächsten Semester wiederbekommen. Sie wollte nachfragen, ob sie für mich auch einen Job hätten, was echt cool wäre. Meine Eltern erwarteten von mir, dass ich mir das Geld für den täglichen Bedarf selbst verdiente. Benzingeld bekam ich nur, wenn ich nach Hause kam. Alles andere war meine Angelegenheit.

Auf meinem Handy hatte ich gesehen, dass zwei neue Nachrichten eingegangen waren, hatte sie aber noch nicht gelesen. Das kam nach dem Duschen dran. Höchstwahrscheinlich waren sie von meiner Mom oder einem meiner Brüder, die hören wollten, wie es mir ging.

Noch hatte ich kein Heimweh, doch mir wurde schwer ums Herz, wenn ich an zu Hause und an Crawford dachte. Am liebsten hätte ich seine Mutter angerufen und gefragt, wie es ihm ging, befürchtete aber, die Erinnerung, dass ich hier war und er nicht, könnte sie traurig machen. Ich wollte nicht noch Salz in ihre Wunde streuen. Insofern bat ich wohl lieber meine Mom, mich auf Stand zu bringen.

Nachdem ich geduscht hatte, drehte ich widerstrebend das Wasser ab und hüllte mich in meine mit Monogramm versehenen Handtücher, eins fürs Haar und eins für den Körper, bevor ich nach meinem Handy griff und Nachrichten checkte.

Eine stammte von meiner Mutter.

*Gute Nacht, Schatz. Ich hoffe, du hattest einen schönen Tag. Lieb dich.*

Ich antwortete schnell, was ich gemacht hatte und schrieb, ich würde sie auch lieben.

Die andere war von Slate. *Gute Nacht,* mehr stand da nicht.

Wie sollte ich darauf reagieren? Inzwischen war Morgen. Dieser Text war mitten in der Nacht eingetroffen. Ob Everly überhaupt schon wieder hier gewesen war, als er ihn abgeschickt hatte? Aber ich hatte keine Zeit, mir darüber Gedanken zu machen. Und eigentlich war es ja auch schnuppe.

Ich kramte in meinem Korb nach meiner Zahnbürste. Mein Tag war durchgeplant, und mit ein bisschen Glück lief er ohne Gedanken an Slate oder Auseinandersetzungen mit Everly ab. Beide schienen bislang nicht in mein Leben hier zu passen. Everly war nicht gerade die Allernetteste. Aber da ich normalerweise mit jedem auskam, würde sich schon eine Lösung finden.

Das Haareföhnen, Schminken und Anziehen im Halbdunkel erforderte meine ganze Konzentration. Immerhin: Bis ich das Zimmer verließ, hatte Everly nur weitere drei Male über mich geflucht. Eigentlich keine schlechte Bilanz.

Da ich bis zum Treffen mit Knox nicht in meinem Zimmer herumhängen und lesen konnte, nahm ich Kurs aufs Café, um an meine morgendliche Dosis Koffein zu gelangen. So voll wie am Vortag war es nicht, aber es war ja auch Sonntag, weshalb die meisten Studenten vermutlich noch schliefen. Wie Everly eben.

»Du bist vielleicht früh auf«, ertönte eine männliche Stimme hinter mir, und ich drehte mich um und entdeckte Charlie in der Warteschlange. So, wie er dastand, die Hände in die Vordertaschen seiner Jeans geschoben, sah er ziemlich süß aus.

»Na, hör mal, es ist nach zehn!«

Er nickte. »Stimmt, aber es ist Sonntag, und an deinem ersten Campusabend hättest du einen draufmachen müssen. Ich sehe aber keinerlei Anzeichen für Erschöpfung?«

»Dieser Brauch muss mir entgangen sein. Hab um halb elf im Bett gelegen.«

Er grinste. »Na, du bist ja eine ganz Wilde, Vale McKinley!«

»So geht das Gerücht«, witzelte ich.

»Was darf's denn sein?«, fragte das Mädchen hinter dem Tresen.

Ich drehte mich wieder zu ihr und bestellte einen normalen Kaffee, da ich mir wieder nicht hatte ansehen können, was es alles so gab. Immerhin sparte ich auf die Art Geld.

»Da möchte sie aber noch einen Schuss Karamell reinhaben und einen glasierten Zimtmuffin dazu. Das Ganze bitte gleich zweimal.« Charlie trat neben mich und zückte seine Brieftasche. »Das Frühstück geht auf mich«, fügte er mit einem Augenzwinkern hinzu.

Ups, jetzt schuldete ich schon beiden Geschwistern einen Kaffee! Beschweren würde ich mich aber nicht. Dieser Muffin duftete himmlisch.

»Danke schön. Das nächste Mal bin ich an der Reihe.«

Charlie nahm die Muffins und betrachtete mich mit einem belustigten Schmunzeln. »Sollte ich je einer Frau erlauben, meinen Kaffee zu bezahlen, würde meine Mom auf ihrem Besen herfliegen und mir damit eins über die Rübe ziehen.«

Bei dieser Vorstellung musste ich lachen. »Wir verraten es ihr einfach nicht!«

Er riss die Augen auf und beugte sich zu mir. »Hast du den Teil mit dem Besen verpasst? Sie wird es wissen. Sie weiß alles. Ich rechne nachher fest mit einem Anruf von ihr. Sie wird sich erkundigen, wer die schöne Braunhaarige war, mit der ich Kaffee getrunken und Muffins gegessen habe.«

Ich spürte, wie ich rot anlief, weil er mich als »schön« bezeichnet hatte. Mit Komplimenten tat ich mich schwer. Das Problem hatte man nicht, wenn man seit Kindertagen mit demselben Jungen zusammen war. Eine neue Erfahrung.

Charlie reichte mir die beiden Teller mit den Muffins, nahm selbst die beiden Kaffeebecher und führte mich an einen Tisch am Fenster. Im Gegensatz zum Vortag herrschte draußen keinerlei Verkehr. Eichen säumten die Straße, und überall waren Blumen angepflanzt. Selbst oben auf den Abfalltonnen.

»Ich gebe zu, dass ich meine Schwester gestern Abend angerufen und über dich ausgequetscht habe. Auch wenn es noch so aussieht, als würde ich dich anbaggern, bin ich mir dennoch bewusst, dass du zu Hause einen Lover hast. Wenn ich ehrlich bin, war ich deswegen ein bisschen down, betrachte es aber als Schicksal, dass ich dich heute Morgen hier getroffen habe, und denke, vielleicht werden wir ja einfach gute Freunde.«

Bei diesen Worten entspannte ich mich. Ich war mir nämlich nicht sicher gewesen, wie ich darauf reagiert hätte, wenn Charlie mich gebeten hätte, mit ihm auszugehen. Ich wollte nicht, dass mein Verhältnis zu Mae darunter litt. Ich mochte sie und wollte diese neue Freundschaft nicht aufs Spiel setzen.

»Das fände ich schön.« Ich nippte an meinem Kaffee. Ich hatte schon wieder vergessen, dass er einen mit Karamellgeschmack geordert hatte. »Schön cremig. Und der Karamellgeschmack ist mega!«

Grinsend nickte er. »Jepp. Und nur fünfzig Cent zusätzlich. Das Zeug, das meine Schwester bestellt, kostet fast fünf Tacken.«

»Gut zu wissen.«

»Jetzt wart erst mal ab, bis du in diesen Muffin gebissen hast.«

Ich nahm eine Gabel und aß ein kleines Stück davon. Warm und klebrig schmolz es auf meiner Zunge. »Lecker!«, schwärmte ich und nahm mir ein größeres Stück.

»Der beste Muffin der Stadt«, versicherte er mir.

»Ich wette, unter der Woche ist das Café hier morgens rappelvoll«, sagte ich, jetzt schon traurig, dass ich an den meisten Tagen vor dem Unterricht an keine dieser Köstlichkeiten herankäme. Außer, ich stand richtig früh auf. All meine Vormittagskurse begannen schon um acht. Was hatte ich mir nur dabei gedacht, als ich meinen Stundenplan zusammengestellt hatte?

»Da zieht sich die Schlange bis nach draußen. Ich könnte dir allerdings einen Deal vorschlagen. An Tagen, an denen ich in der Nähe bin, könnte ich mich eventuell breitschlagen lassen, an dich zu denken ...«

Ich grinste über seine Neckerei und nahm einen weiteren Bissen. Hach! Freunde zu finden war leichter gewesen als gedacht. Ich vermisste mein Zuhause, und ich vermisste Crawford, aber ich würde zurechtkommen. Wenn Crawford wieder zu sich kam und wieder ganz fit war, würde ich ihm alles zeigen, und wir könnten das alles gemeinsam erleben. Diese Muffins würden ihn umhauen.

»Na, dann erzähl mir doch mal von deinem Kerl. Studiert er an einem anderen College?«

Es war nie leicht, über Crawford zu reden. Ich musste mich um die wahren Fakten herumwinden. »Der bleibt dieses Jahr zu Hause. Er muss sich da um ein paar persönliche Dinge kümmern. Wir sehen einander, wenn ich an den Wochenenden heimfahre. Sobald er kann, gesellt er sich zu mir.«

Charlie lauschte gespannt, als würde er auf weitere Einzelheiten warten. »Wie lang seid ihr schon zusammen?«

»Seit unserem sechsten Lebensjahr.« Ich lachte leise auf. Nach dieser Antwort erntete ich immer überraschte Blicke.

»Wow, dann ist er ja der Einzige, mit dem du dich je gedatet hast!«, sagte er, als könnte er es nicht recht glauben.

Ich nickte. »Jepp.«

»Herrje, und ich habe meine dreijährige Beziehung an der Highschool für lang gehalten.«

»Da schlage ich dich definitiv!«

Er grinste mich schief an. »Da schlägst du alle, denen ich je begegnet bin!«

Ich fühlte mich wohl dabei, so von Crawford erzählen und meinen Kaffee genießen zu können. Wenn er herkam, würden die Leute ihn und unseren Hintergrund kennen. Er würde sich schnell eingewöhnen. Darauf freute ich mich schon. Ich hoffte bloß, es wäre bald so weit.

# 17. Kapitel

Der Montag kam und verging wie im Nebel. Ich musste zusehen, es rechtzeitig zu jedem Kurs zu schaffen und an all die Erstsemesterinfos zu kommen, sodass für den Lunch keine Zeit blieb, platzte gegen fünf schließlich mit einer Tüte Cheetos und einer Diet Coke ins Zimmer und machte mich dann auch schon wieder ans Lernen.

Der Dienstag sah genauso aus, doch statt der Cheetos waren es Goldfischli und eine Flasche Wasser. Ich beschloss, mich gesünder zu ernähren, woraus jedoch nichts wurde, da mir Mae gegen neun ein großes, fettiges Stück Peperonipizza mitbrachte, als ich mir gerade Notizen über die abendliche Lesehausaufgabe machte.

Mittwochs ging es ruhiger zu. An diesem Morgen war ich früh genug aus den Federn gekrochen, um mich an die lange Schlange vor dem Café anstellen zu können. Einen Muffin konnte ich nicht mehr ergattern, denn als ich endlich meinen Kaffee in den Händen hielt, blieben mir nur noch fünf Minuten, um in den Kursraum zu gelangen. Doch zum Glück hatte ich am Nachmittag frei, weshalb ich tatsächlich zum Essen kommen und mir den Lernstoff eintrichtern können würde, den ich bis zur nächsten Woche draufhaben musste.

Nach dem Unterricht machte ich mich zur Bibliothek auf. Mit

dem Lernen hatte es Everly nicht so, denn wann immer ich in unser Zimmer kam, hörte sie die Songs von Justin Bieber und summte schief dazu mit. Insofern war mir inzwischen klar, dass die Bibliothek wohl meine zweite Heimat würde. Doch immerhin ging Everly abends meistens auf irgendwelche Dates. Ich erkundigte mich nicht, ob sie Slate traf, insgeheim fragte ich mich das aber, ehrlich gesagt, schon.

Seit unserer Begegnung im Café am ersten Tag hatte ich Slate nicht mehr zu Gesicht bekommen. Auch getextet hatte er mir nicht mehr. Was okay war. Dass wir gute Freunde würden, konnte ich sowieso vergessen. Dafür war er nicht der Typ. Er verfolgte gewisse Absichten, doch gute Freundschaften zu schließen befand sich nicht darunter.

Ich ging in den dritten Stock der Bibliothek und entdeckte weiter hinten hinter Bücherregalen einen Bereich ganz für mich. Komischerweise schien sich zum Lernen niemand über den ersten Stock hinauszuwagen.

Keine Ahnung, wie viel Zeit vergangen war, als ich ein Kichern hörte, gefolgt von tiefem männlichen Flüstern … dann weiterem Kichern. Ich sah auf, schaute durch das Bücherregal vor mir und entdeckte ein Mädchen, das mit dem Rücken an die andere Seite des Regals gedrückt wurde.

*Slate* war das einzige Wort, das ich verstand. Das Mädchen hauchte zweimal seinen Namen, und dann stöhnte er.

*Ernsthaft*? Ich runzelte die Stirn und versuchte, das Ganze auszublenden und mich wieder ganz meinen Büchern zu widmen.

»Genau so«, keuchte er. Mannomann! Als ein paar Bücher zu Boden fielen und er ein weiteres lustvolles Geräusch von sich gab, funkelte ich das Regal an. Hatte Slate im Verbindungshaus etwa kein Zimmer? Eigentlich sollten derlei Aktivitäten doch eher dort stattfinden, oder nicht?

Unfassbar!

Ich stand auf und ging nach einem tiefen Atemzug um das Regal herum, um genau das vor mir zu haben, was ich erwartet hatte. Slate mit einem Mädchen, das ich nicht kannte, etliche Bücher gedankenlos um sie herum verteilt.

Beide rissen den Kopf in meine Richtung, doch ich brachte es nicht fertig, Slate in die Augen zu schauen. Ich hatte genug gesehen, um zu wissen, dass die Dinge nie mehr dieselben sein würden.

»Ähm, ja, Entschuldigung, aber ich sitze zum Lernen gleich nebenan«, sagte ich. Die Brüste des Mädchens waren entblößt, ein Anblick, den ich mir nicht geben wollte, weshalb ich den Blick auf den Tisch richtete. »Wie gesagt, ich lerne und spiele nur ungern den Voyeur, wenn's euch also nichts ausmacht, dann verlegt das Ganze doch bitte, oh, ich weiß nicht, in euer Schlafzimmer, das Verbindungshaus oder an irgendeinen anderen nicht öffentlichen Ort …« Mit glühenden Wangen verstummte ich. Es war ja nicht so, dass ich nicht wusste, was Sex war, oder ich mit Crawford nicht auch schon welchen gehabt hatte. Beobachtet hatte ich allerdings noch nie jemanden dabei.

»Dafür ist dieses Stockwerk da. Verzieh dich!«, zischte das Mädchen.

»Bin mir ziemlich sicher, die Schulbehörde würde mir beipflichten, dass dieser Ort hier für Studenten zum Lernen gedacht ist und nicht zum Rummachen.« Ich machte kehrt und ging an meinen Tisch zurück, damit ich mich nicht länger mit diesen Halbnackten unterhalten musste.

»Später«, hörte ich ihn sagen. Sie protestierte, und er wiederholte: »Später.«

Es klang, als hätte sie einen kleinen Anfall, und ich fragte mich, ob das so sexy war wie der Blowjob, den sie ihm verpasst hatte.

»Ich sagte, nicht jetzt. Nicht hier!« Diesmal war sein Ton scharf.

»Du bist ein Idiot!«, fauchte sie ihn laut an.

»Na, du warst es doch, die unbedingt herkommen und an meinem Schwanz lutschen wollte!«

Ein paar weitere Bücher flogen zu Boden, und obwohl der Teppich ihre Schritte dämpfte, konnte ich hören, wie sie davonstürmte. Gott, bitte mach, dass er ihr folgt!

Die Wörter auf der Buchseite vor mir fingen an zu verschwimmen, und mein Herz klopfte nervös. Ich wollte nicht, dass er jetzt mit mir sprach.

»Sie hat recht. Wenn du weiter hier oben lernst, wird das nicht die einzige Sex-Liveshow bleiben, die du mitbekommst.«

Na toll. Er tat es.

»Das hier ist eine Bibliothek«, stellte ich das Offensichtliche fest, sah aber nicht auf.

Ich hörte, wie er lachte, und plötzlich hätte ich ihm am liebsten ein Buch an den Kopf geschleudert.

»Yeah, das schon. Aber zwischen den Bücherregalen einen geblasen zu bekommen ist nicht das Schlechteste. Irgendwie hot. Wenn man weiß, es könnte jemand kommen und einen dabei erwischen. Bist du eigentlich noch Jungfrau, Vale?«

Hallo? Ich hob den Kopf und sah ihn direkt an. Zu meiner Erleichterung hatte er sich die Hose wieder hochzogen. »Das geht dich nichts an.«

Er zuckte die Achseln. »So knallrot, wie du bei unserem Anblick angelaufen bist, könnte man meinen, du hattest noch nie Sex.«

Diesem Hurenbock würde ich nicht gestatten, sich über mich lustig zu machen! »Ich habe mit Crawford geschlafen.«

Slate grinste dreckig. »Ich habe nicht von Miteinanderschlafen gesprochen, Sweetheart. Sondern vom Vögeln.«

Wie kam es, dass das Wort aus seinem Mund attraktiv klang? Es war kein nettes Wort, doch wenn er es sagte, schlug mein Herz schneller und in meinem Bauch spielten Schmetterlinge verrückt. Was war nur los mit mir?

»Ich muss lernen, okay?«

»Ich hab dir eine SMS geschrieben. Du hast nicht reagiert.«

Wieso kam er denn jetzt damit an? »Ich habe geschlafen.«

»Ich weiß. Ich hab dich gesehen.«

Das durfte doch nicht wahr sein. »Bitte wie?«

Er kam zu mir und zog sich mir gegenüber einen Stuhl heraus. »Ich bin noch mit Everly in euer Zimmer gekommen. Um dich zu sehen. Und du hast im Bett gelegen und geschlafen. Sehr süß!«

Ich hatte sie nicht mal gehört. Der Gedanke, dass sich die beiden im Zimmer aufgehalten hatten, während ich schlief, gefiel mir gar nicht. Das verletzte meine Privatsphäre. »Sie hätte dich nicht einfach ins Zimmer lassen dürfen!«, schnauzte ich, wütend auf beide.

»Find ich auch. Ich habe sie gewarnt, das nicht noch mal zu machen.«

*Noch mal ... wie?* »Ich bin verwirrt.«

Er lehnte sich auf seinem Stuhl zurück und verschränkte die Arme vor der Brust. »Everly ist eine eigensüchtige Bitch. Folglich hab ich ihr 'ne Ansage gemacht, dass ich, wenn sie je einen anderen Typen in dieses Zimmer lässt, während du da drin schläfst, sicherstelle, dass das nicht noch mal vorkommt.«

Oh. Ich wusste nicht, was ich dazu sagen sollte.

»Sie weiß, dass ich keine leichtfertigen Drohungen ausstoße. Ich drohe überhaupt nur selten. Aber du hast in der Richtung nichts mehr zu befürchten. Versprochen.«

»Was interessiert es dich überhaupt?«, fragte ich, bevor ich mich bremsen konnte.

Er zuckte die Achseln. »Keine Ahnung, um ehrlich zu sein. Aber ich tu's. Nur das zählt.«

# 18. Kapitel

Weiß der Himmel, was an jenem Tag in der Bibliothek eigentlich geschah, aber danach waren die Dinge nicht mehr dieselben. Slate fing an, mir regelmäßig Nachrichten zu schreiben. Und nicht nur schlichte *Gute-Nacht-*Texte. Nein, sie handelten von den Kursen, Everlys Zwangsproblemen, Kaffee, der Tatsache, dass ich mit Charlie wieder einen trinken gegangen war, und sogar darüber, was wir aßen.

Es war, als würde sich Slate einfach nur mit mir austauschen wollen. Nichts weiter. Und obwohl wir uns nur SMSen schrieben, kamen wir uns näher. So nahe, wie ich mich noch nie einem Typen außer Crawford gefühlt hatte. Slate wurde mir wirklich zu einem guten Freund.

Er lud mich häufig zum Kaffee ein, traf mich nach den Kursen, und einmal gingen wir fünf Mal in einer Woche zusammen zum Lunch. Ich war gern mit ihm zusammen. Er brachte mich zum Lachen und machte auch keinen Druck, was mehr als Freundschaft anging. Im Unterschied zu Charlie. Der wollte mich gern daten. Das konnte ich nicht. Ich hatte Crawford.

Slate ließ mich diesen Schmerz vergessen. Wenn ich mit ihm zusammen war, fühlte sich alles besser an. Unbeschwerter. Es war, als könnte ich tatsächlich wieder Freude am Leben finden. Insgeheim dachte ich manchmal über eine Zukunft ohne Crawford nach. Und das, obwohl ich deswegen unglaubliche Gewissensbisse hatte.

Zum ersten Mal seit dem Unfall gab es wirklich einen Grund, Schuldgefühle zu haben. Ich lebte das Leben, das Crawford und ich ursprünglich gemeinsam leben wollten. Dabei dachte ich nicht die ganze Zeit an ihn, und meine Brust zog sich nicht immerzu vor Verlustschmerz zusammen. Manchmal lachte ich und kapierte erst später an diesem Tag, dass mir Crawford gar nicht in den Sinn gekommen war. Stolz war ich nicht darauf, doch ich lernte das Leben zu genießen, so wie es war. Slate half mir dabei. Mae auch. Doch Slate war … mehr.

Ich war mir nur nicht sicher, welcher Art dieses *mehr* eigentlich war. Denn auch wenn Crawford nicht bei mir war, gehörte ihm mein Herz immer noch. Das tat es schon, seit ich sechs war. Konnte sich daran je wirklich etwas ändern?

✡

Everly brezelte sich für eine Party bei Kappa Sigma auf, von der ich gar nichts wusste. Es traf mich, als sie mir davon erzählte. Was mich gar nicht überraschte. Schließlich war mir Slate ein guter Freund geworden. Dass er mich nicht zur Hausparty seiner Verbindung einlud, gab mir das Gefühl, ihm weniger wichtig zu sein als er mir. Ich erwartete ja gar keine Einladung als sein Date oder so was … aber als eine Freundin. Zumindest.

»Klopf, klopf!« Mae steckte den Kopf zur Tür herein, sah sich um, ob die Luft rein war, und kam dann lächelnd ins Zimmer.

»Everly ist im Bad«, sagte ich, bevor Mae womöglich anfing, über sie abzulästern. Mae war kein Fan von Everly. Aber wer war das schon?

»Wer ist denn heute Abend ihr heißes Date?«, flüsterte Mae, ging zu Everlys Bett und hob das winzige Stoffteil in die Höhe, das als Top herhalten sollte.

»Bin mir nicht sicher. Kappa-Sigma-Party.«

Mae sah mit gerunzelter Stirn zu mir. »Du gehst nicht hin?«

Inzwischen war allgemein bekannt, dass ich Slate Allens einziger weiblicher Kumpel auf der Welt war. Ich schüttelte den Kopf und hoffte, man würde mir nicht ansehen, wie verletzt ich war.

»Trottel«, murmelte Mae, marschierte zu meinem Schrank und ging meine Sachen durch, wie auf einer Mission. Schließlich warf sie mir schwarze Leggings und ein trägerloses, silbernes Top zu, das ich normalerweise unter einer Jacke trug. »Zieh das an«, befahl sie und besah sich meine Schuhe.

»Das sind Leggings«, bemerkte ich. »Dazu brauche ich doch ein längeres Shirt!«

Mit einem Paar silbernen Riemchen-High-Heels richtete sie sich wieder auf und verdrehte die Augen. »Nein, Rory Gilmore, das brauchst du nicht! Zieh die dazu an. Schmink dich und richte deine Haare her. Wir machen heute Abend einen drauf. Scheiß doch auf Kappa Sigma und deren beknackte Partys. Charlie und drei seiner Freunde sind unterwegs zum Linc. Wir werden uns dazugesellen.«

»Linc?«

»Das ist ein Collegeclub«, sagte sie strahlend und ging zur Tür. »Und jetzt mach dich fertig.«

Nachdem sich die Tür hinter ihr geschlossen hatte, starrte ich die Klamotten an, die sie mir ausgesucht hatte. Mae hatte recht: Es gab überhaupt keinen Grund, heute Abend nicht wegzugehen. Auf die Art würde ich hier nicht Trübsal blasen. Lang hatte sie mich nicht zu überreden brauchen. Ich wechselte meine Sachen, schminkte mich minimal und peppte meine Haare mit dem Lockenstab auf. Noch immer war Everly nicht wieder aus dem Badezimmer aufgetaucht. Zum Glück hatte ich mir schon die Zähne geputzt. Sah nicht so aus, als käme ich da heute noch rein!

Ich checkte mich in dem Ganzkörperspiegel, den Everly an die Rückseite der Tür gehängt hatte, und wäre um ein Haar zu meinem

Schrank zurückgegangen, um mich umzuziehen. So stylte ich mich normalerweise nicht. Ich war zwar nicht komplett spießig, aber dieses Outfit lag schon extrem eng an.

Völlig klar, dass Everly genau in diesem Augenblick aus dem Bad kommen und mich vor dem Spiegel erwischen musste.

»Was hast du denn vor?« Sie klang überrascht.

»Ich gehe ins Linc«, antwortete ich, als wüsste ich genau, wovon ich redete.

Sie zog die Augenbrauen nach oben. »Mit wem?«

»Mit Freunden«, antwortete ich schnippisch.

»Kerlen?«

»Und Mädchen«, setzte ich hinzu, schnappte mir meine Tasche und öffnete die Tür. »Viel Spaß auf der Party«, wünschte ich im Rausgehen. »Und grüß Slate von mir.« Sobald die Worte heraus waren, bedauerte ich sie. Ich wollte nicht, dass Slate dachte, ich würde mir was aus ihm machen.

Ohne ihre Antwort abzuwarten, schloss ich die Tür hinter mir und steuerte Maes Zimmer an. Wieso hatte ich nicht stattdessen Knox Grüße ausrichten können! Das hätte mehr Sinn gemacht und hätte nicht eifersüchtig oder nach spitzer Bemerkung geklungen.

Ich klopfte an Maes Tür, und Sam öffnete. »Ja, holla!«, kreischte sie bei meinem Anblick und klatschte in die Hände. »Perfekt! Wir werden einen Riesenspaß haben!«

Na hoffentlich! Spaß konnte ich dringend gebrauchen. Außerdem wollte ich vergessen, dass ich Everly gerade gebeten hatte, Slate Grüße auszurichten. Bescheuert, echt.

Mein Handy klingelte in meiner Tasche, und ich zog es heraus und sah, dass ich von Slate eine Nachricht erhalten hatte. *Morgen spätes Frühstück?*

Ich beschloss, seine SMS zu ignorieren. Nach einer Party würde er wohl eher einen späten Lunch brauchen. Und mir ginge es ja vielleicht genauso. Ich stellte mein Handy auf stumm und verstaute es wieder in meiner Tasche. Heute Abend würde ich Slate aus meinem Kopf verbannen.

»Seid ihr bereit?«, fragte Mae und plusterte noch mal ihre Naturlocken auf.

»Und ob!«, erwiderte Sam.

»Dann nichts wie los.« Mae rauschte an mir vorbei und schwang die Tür auf.

In einem Club war ich noch nie gewesen. In keinem einzigen. Jemals. Tanzen konnte ich aber. Ich tanzte gern und war so gespannt! Das war etwas, wovon ich gedacht hatte, ich würde es eines Tages mit Crawford tun. Tja, und hier war ich wieder, sah nach vorn und entdeckte ein Leben ohne ihn. Mit jedem weiteren Tag ließen die Schuldgefühle und der Kummer nach. So musste sich Akzeptanz anfühlen. Ob das okay war?

# 19. Kapitel

Das knallpinke Band an meinem rechten Handgelenk sagte dem Barkeeper und jedem sonst, der sich dafür interessierte, dass ich unter einundzwanzig war. Der schwarze Stempel auf meiner rechten Hand sagte ihnen dasselbe. Anscheinend waren sie hier super vorsichtig. Mich störte es nicht. Ich hatte eh nicht vorgehabt, Alkohol zu trinken.

Allerdings war ich mir nicht sicher, ob dieser Stempel so bald wieder abginge.

Charlie und seine Freunde Drake und Cole trafen uns vor dem Club. Mae hatte es eindeutig auf Drake abgesehen. Er war attraktiv und hochgewachsen, kam aber auch etwas gelehrtenhaft rüber. Ich hätte nicht gedacht, dass sich Mae zu so jemandem hingezogen fühlte. Doch so war's. Sam dockte sofort bei Cole an. Was mich mit Charlie zurückließ.

»Du siehst einfach toll aus«, meinte er, während wir uns durch die Menschenmenge kämpften.

»Danke! Deine Schwester hat meinen Schrank inspiziert und mir mein Outfit verpasst.«

Er lachte. »Da werde ich mich mal bei ihr bedanken müssen.«

Er flirtete. Wie so oft in letzter Zeit. Weshalb es schwieriger geworden war, mit ihm irgendwo hinzugehen. Ich war nicht bereit zu daten. Crawford konnte jeden Moment aufwachen, und ich wollte nicht von ihm lassen.

»Da sind ein paar freie Plätze.« Er bewegte sich auf die Bar zu, wo drei freie Hocker standen. »Ihr Mädchen könnt euch ja hinsetzen, während wir die Getränke bestellen.«

»Wodka Soda«, sagte Mae zu Charlie, der weder ein pinkes Band noch einen Stempel trug. Anscheinend war er über einundzwanzig.

Er verdrehte die Augen. »Versuch's mit Cola, Sis.«

Mae sah ihn finster an, doch er lachte nur.

»Könnte mir genauso gut einen Shirley Temple bestellen«, grummelte sie und wandte sich dann lächelnd an Drake.

»Denkt nicht mal drüber nach!«, warnte Charlie sie und Drake. »Solange sie unter meiner Beobachtung steht, trinkt sie keinen Tropfen!«

»Manno!« Mae verschränkte die Arme vor der Brust.

Charlie drehte sich zu mir. »Was magst du denn?«

»Eine Cola wär mir recht.«

Er wandte sich um und bestellte zwei Cola und ein Bier. Gegen Alkohol hatte er anscheinend nichts, nur dagegen, dass Minderjährige ihn tranken. Respekt!

»Du hast in deinem Freshman-Jahr auch Alk getrunken«, warf Mae ihm vor.

Er zuckte die Achseln. »Den habe ich aber nicht von meinem älteren Bruder gekriegt.«

Da war was dran. Das sagte ich allerdings nicht, aus Angst, Mae würde mit den Krallen über mich herfallen, die sie für ihn ausgefahren zu haben schien.

Ihr Geplänkel endete schließlich, und neben mir wurde ein Platz frei, den sich Charlie schnappte. Er schob mir meine Cola rüber. »Irgendwie hatte ich eigentlich gedacht, du würdest heute auf die Kappa-Sigma-Party gehen. Insofern war ich angenehm überrascht, als Mae erzählte, du würdest mit uns kommen.«

Ich zuckte die Achseln. »Ich schätze, mein älterer Bruder will mich auch nicht darin unterstützen, Alkohol zu trinken oder Party zu machen.«

»Ich habe nicht von Knox gesprochen.« Charlie lehnte sich mit ernster Miene zu mir.

Natürlich nicht. Er hatte auf Slate angespielt. Wenn wir gemeinsam etwas unternahmen, sprach jeder über Slate und mich. Sie konnten sich keinen Reim daraus machen. Sie kamen einfach nicht damit klar, dass wir nur gute Freunde waren. Nach diesem Abend würde ihnen vielleicht aufgehen, dass es stimmte.

»Slate hat garantiert ein Date. Wenn er mich eingeladen hätte, dann hätte er sich vergewissern müssen, dass ich den Abend genieße. Das wollte er wohl nicht. Der wird alle Hände voll zu tun haben.« Als ich es sagte, klang es plötzlich völlig plausibel, und ich verstand fast, warum er mich nicht eingeladen hatte. Fast.

Charlie nickte. »Dann ist dieser Typ bei dir zu Hause also immer noch ein Thema. Da läuft echt nichts zwischen Slate und dir.«

»Ja, er ist immer noch ein Thema, und nein, da läuft wirklich nichts. Wir sind Kumpel. Richtige Beziehungen will Slate nicht. Ich denke, das hat er klargemacht.«

»Fährst du denn bald mal wieder zu deinem Freund nach Hause?«, fragte Charlie. Mit dieser Frage hätte ich rechnen müssen.

Ich nippte an meiner Cola und schaute auf die Tanzfläche. Ich wollte tanzen und alles andere vergessen. Crawford, Slate und meine albernen gekränkten Gefühle.

»Nein, noch nicht. Es gibt da ein paar Probleme.« Mit mehr würde ich nicht herausrücken, weder vor ihm noch vor anderen.

»Das kommt vor. Mir ist das mit dem Mädchen passiert, das ich in meinem Senior-Jahr gedatet habe. Wir sind an verschiedene Colleges gegangen und haben uns aus den Augen verloren.«

So war das bei mir nicht gelaufen. Überhaupt nicht. Andererseits war meine Geschichte auch eher unüblich.

Ich trank noch einen Schluck und schwieg.

»Wenn ich nichts trinken darf, tanze ich!«, verkündete Mae und packte Drakes Hand.

Als Sam Cole auf die Tanzfläche zog, stellte ich meine Cola ab.

»Tanzt du?«, fragte ich Charlie.

Er grinste. »Zur Hölle, ja!«

»Super!«, erwiderte ich, und wir stürzten uns ins Gewühl.

Schon besser. Keine Unterhaltung. Einfach nur tanzen. Ohne dass meinem Kummer auf den Zahn gefühlt würde. Ich konnte alles vergessen und mich bewegen.

Charlie berührte mich nicht zu viel, doch gelegentlich landete seine Hand auf meiner Taille, und wir bewegten uns aufeinander zu. Ich schaffte es aber immer, mich seinem Griff wieder zu entwinden, ehe es für ihn zu gemütlich wurde. Ich mochte Charlie. Ein Typ wie er konnte ein Mädchen glücklich machen. Doch aus irgendeinem Grund reizte er mich nicht. Ich konnte mir keine Zukunft mit ihm vorstellen. Und wünschte mir auch keine.

Mae wirbelte an mir vorbei und drückte sich kichernd näher an Drake. Charlie verdrehte die Augen, und ich lachte.

Die beiden erinnerten mich sehr an Knox und mich. In den vergangenen zwei Wochen hatte ich nicht viel Zeit mit Knox verbracht. Mal hier ein Lunch, mal da einen Kaffee, mehr auch nicht. Er war ziemlich beschäftigt. Und datete sich viel mehr, als mir klar gewesen war.

Nach mehreren Songs kehrte Mae an die Bar zurück, um noch etwas zu trinken. Durst hatte ich auch, hatte aber Angst vor Charlies Fragen, also tanzte ich weiter.

»Du hast Gesellschaft bekommen, glaube ich«, sagte mir Charlie ins Ohr. Ich hörte zu tanzen auf und sah zu ihm auf. Er wies mit dem Kopf in Richtung Bar, und als ich mich umdrehte, entdeckte ich, dass dort Slate mit einer Flasche Bier lehnte. Sein Blick war direkt auf mich gerichtet.

»Warum ist er hier?«, fragte ich, nicht imstande, den Blick von Slate zu lösen.

»Das scheint offensichtlich«, entgegnete Charlie, doch ich konnte nicht zu ihm zurückblicken und antworten. Dass Slate mich so fixierte, stellte lustige Sachen mit meinem Bauch an. Es erregte mich. Da, ich hatte es gesagt. Es erregte mich, dass er hergekommen war.

Wann hatte sich mein Herz davongemacht, dass so etwas passieren konnte? Nach Slate schmachten? Unmöglich! Das wäre von jedem Mädchen bescheuert gewesen. Auf Beziehungen ließ er sich nicht ein.

Ich genauso wenig. Schließlich hatte ich schon eine.

»Musst du mit ihm reden?« Mit seiner Frage erinnerte mich Charlie an seine Gegenwart. Mist! Ich hatte ganz vergessen, wo ich war.

»Äh, ja, sieht ganz danach aus«, brachte ich schließlich heraus und ging auf Slate zu. Noch immer nicht in der Lage, den Blick von ihm abzuwenden.

Was war nur los mit mir? Diese Sorte Mädchen war ich doch gar nicht!

Oder doch? Ohne Crawford war ich mir nicht sicher, wer ich war. Vielleicht war ich ja genau diese Sorte von Mädchen. Die, die sich in gut aussehende Playboys verliebt, die einem nicht mehr als eine gute Zeit versprechen können.

# 20. Kapitel

Ja, möglicherweise war ich so ein Mädchen.

Auf meinem Weg zu Slate sagte ich mir, nein, so war ich nicht. Doch mit jedem Schritt wollte ein Teil von mir es sein. Außerdem: Irgendwas musste ihm ja wohl an mir liegen. Er war hier, oder etwa nicht? In seinem Wohnheim fand eine Party statt, und er war hier. Meinetwegen. Wer hätte das von Slate erwartet?

Was, wenn er diese Sorte Typ war und es nicht wusste? Was, wenn wir beide bis jetzt verloren gewesen waren?

»Wo ist dein Handy?«, fragte er, sobald ich nahe genug bei ihm war.

Mit dieser Frage hatte ich nicht gerechnet. »Ähm, in meiner Handtasche«, erwiderte ich und senkte den Blick, um mich zu vergewissern, dass ich noch immer mein Armband trug.

»Check's mal.«

Checken? Mein Handy? »Hm, was?« Ich konnte ihm nicht folgen.

Er trank einen Schluck Bier und deutete dann mit seiner Flasche auf meine Tasche. »Check dein Handy, Vale!«

Ich angelte mein Handy aus der Tasche und sah, dass mir fünf Nachrichten von Slate entgangen waren. »Hast du was von mir gebraucht?« Ich sah wieder zu ihm auf.

»Ja, und zwar, dass du an dein Handy gehst. Ich hab von einer betrunkenen Everly die Nachricht gekriegt, dass du zu einem Club unterwegs bist und mir Grüße ausrichten lässt. Hast du gedacht, danach rufe ich dich nicht an?«

Ich hatte ja nicht mal damit gerechnet, dass es Everly ihm sagen würde. Ich zuckte die Achseln. »Ich hätte nicht gedacht, dass du das tust. Nein.«

»Du hängst wieder mit Charlie ab. Hast du dich also entschlossen, wieder zu daten?«

Ich datete nicht. Ich war mit Charlie und Mae hier.

»Es war Maes Vorschlag, heute Abend wegzugehen. Ansonsten hätte ich den ganzen Abend allein in meinem Zimmer gehockt. Wir haben Charlie hier getroffen.«

Slate trank noch einen Schluck und sah mich einen Augenblick nachdenklich an. Was mich nervös machte. Keine Ahnung, was er hier tat, doch mein verräterisches Herz gab sich einer bestimmten Hoffnung hin.

»Vale«, sagte er bedächtig und sah mich durchdringend an. »Hast du gewollt, dass Everly mir sagt, dass du hier bist?«

Ja. Nein. Ja. Scheiße!

Ich hielt den Mund. Ich wollte nicht lügen, und mit der Wahrheit konnte ich unmöglich herausrücken.

»Warum, Vale?«, fragte er, als hätte ich ihm eine Antwort gegeben.

»Warum was?«

Er hob die Hand und strich knapp unter meinem Auge über meinen Wangenknochen. »Du hast gar nicht antworten müssen. Deine Augen haben mir alles gesagt. Und nun frage ich dich, warum.«

Mir würde nichts über die Lippen kommen. Das ließ mein Stolz nicht zu. Egal, als welche Sorte Mädchen ich endete.

Grinsend schüttelte Slate den Kopf. »Na komm. Verabschiede dich von deinen Freunden und lass uns gehen. Nur du und ich.«

Das Mädchen, für das ich mich gehalten hatte, hätte abgelehnt und wäre geblieben. Das Mädchen, das ich, da war ich mir ziemlich sicher, mein ganzes Leben gewesen war, nickte.

Mae kam zu uns. Ich drehte mich zu ihr, und anscheinend konnte man mir alles an meiner Miene ablesen. Es schien, als fühlte sie sich im Stich gelassen, hätte aber Verständnis. »Ab mit dir. Wir sehen uns morgen«, meinte sie, bevor ich etwas sagen konnte.

»Es tut mir leid«, erwiderte ich, denn ich verließ sie ungern. Ich konnte nicht Nein sagen zu Slate. Nicht, wenn ich den ganzen Abend schon mit ihm hatte zusammen sein wollen.

»Schon klar. Schwirr ab.«

Schnell umarmte ich sie. »Sag Charlie Bescheid, dass ich gegangen bin, und grüß ihn von mir.« Ich warf einen Blick über ihre Schulter und entdeckte, dass er mit einem Mädchen tanzte. Zum Glück wartete er nicht auf mich.

Sie folgte meinem Blick. »Mach dir um den mal keine Sorgen. Diese Charming-Boy-Masche ist genau das – eine Masche. Er ist ein Schürzenjäger der übelsten Sorte.«

Das bezweifelte ich, aber ich erwiderte ihr Lächeln und wandte mich wieder zu Slate, der sein Bier abstellte und nach meiner Hand griff. Eine Premiere. Wir hatten noch nie Händchen gehalten. Er verflocht seine Finger mit meinen, und so unschuldig das auch war, brachte es doch mein Herz zum Flattern, und ich spürte, wie sich auf meinem Gesicht ein Grinsen ausbreitete. Ich war froh, dass er so auf den Ausgang und nicht auf mich fixiert war. Es wäre mir peinlich gewesen, dabei ertappt zu werden, wie ein Honigkuchenpferd zu strahlen.

Nach den vielen Leuten und der alkoholgeschwängerten Luft, war die Nachtbrise erfrischend. Ich atmete tief ein und versuchte, mich zu fassen. Mit Crawford hatte ich ständig Händchen gehalten. Schon seit Urzeiten. Doch so wie jetzt hatte ich mich dabei nie gefühlt. Na, vielleicht hatte ich auch nie darauf acht gegeben.

Slate ging zu den Taxis hinüber und hielt mir die Tür des vordersten auf. Eigentlich hatte ich damit gerechnet, hier irgendwo seinen Jeep stehen zu sehen. »Hab schon zu viel intus, um noch selbst zu fahren.«

Und einmal mehr verblüffte mich Slate Allen. Er war kein Kind von Traurigkeit, ließ sich in Bibliotheken einen blasen, und doch zeigte er in meiner Nähe Verantwortungsbewusstsein. Ein weiterer Wesenszug, den möglicherweise nur ich zu sehen bekam.

Er stieg hinter mir ein, und ich rutschte ein Stück weiter. »Pancake Haven«, erklärte er dem Fahrer und sah zu mir. »Wir müssen reden, und ich muss was in den Magen kriegen.«

»Warum bist du von deiner Party weggegangen?«

Er lehnte sich zurück und streckte seine Beine, so gut es ging, aus. »Weil du das wolltest.«

Das war unfair. »Das habe ich nicht gesagt.«

Er gluckste. »Nein, hast du nicht. Aber manchmal, Vale, brauchst du etwas gar nicht zu sagen, damit ich es kapiere. Du hast von unserer Hausparty erfahren. Ich hatte sie dir gegenüber nicht erwähnt, und du bist in einen Club abgezogen und hast meine Nachrichten und Anrufe ignoriert. Du wolltest, dass ich herkomme. Also tat ich es.«

*Hatte er recht? Hatte es sich so verhalten?* Ich glaubte es nicht.

»Dein Bruder feiert mit, und ich wollte auf ihn Rücksicht nehmen. Es hätte ihn nervös gemacht, die kleine Schwester bei einer Party dabeizuhaben, wo überall betrunkene Kerle rumlungern.«

»Ich wäre mit dir zusammen gewesen«, entfuhr es mir, ehe es das hätte tun sollen.

»Ich hatte ein Date«, erwiderte er.

Oh. Na ja, das hatte ich mir eh gedacht. »Wo ist sie jetzt?«

»Die habe ich bei einem Freund zurückgelassen.«

Ach, herrje! Wie's aussah, hatte ich ihm den ganzen Abend vermasselt. Und doch war er immer noch bei mir und ging mit mir Pancakes essen.

»Es tut mir leid«, war alles, was ich sagen konnte.

»Bist du sicher?« Er klang belustigt.

»Ja.«

»Mmmhmmm«, erwiderte er mit einem Schmunzeln, gerade, als das Taxi vor dem Pancake Haven anhielt. Slate beugte sich vor, bezahlte den Fahrer, lehnte sich dann über mich und öffnete die Tür. »Ich folge dir.«

Ich war gar nicht mehr darauf aus, mich zu unterhalten. Nein, ich wollte mich die nächsten vier Jahre über in mein Zimmer verkriechen.

Der Pancake Haven roch nach Butter, Sirup und Röstkartoffeln. Slate führte mich an einen Tisch weit weg von der Tür. Ich vermied Augenkontakt, bis die Kellnerin herkam und uns fragte, was wir trinken wollten. Ich entschied mich für einen Kaffee, da ich in dieser Nacht wohl ohnehin nicht viel Schlaf abbekommen würde.

»Ich date nicht, Vale. Ich schleppe nur ab. So mach ich das nun mal«, sagte er, als die Kellnerin wieder weg war.

Ich nickte nur.

»Du und ich ... das passt einfach. Ich genieße deine Nähe. Mag dich. Fand dich diesen Sommer im Krankenhaus nett. Aber du bist die Art Mädchen, die man datet. Etwas anderes als eine Beziehung kennst du gar nicht. Insofern muss ich die Finger von dir lassen.«

»Warum?«, fragte ich, bevor ich mich bremsen konnte.

Seufzend lehnte er sich zurück. »Das entspricht mir nicht. Ich liebe die Freiheit.«

Er war ehrlich, und ich hatte kein Recht, ihn zu verurteilen. »Okay.«

Er zog eine Augenbraue hoch. »Okay, ist das alles, was du dazu zu sagen hast?«

Ich zuckte die Achseln. »Was gibt es dazu sonst noch zu sagen?«

Er fuhr sich mit dem Daumen über das Kinn und musterte mich. »Ich will dich trotzdem weiter treffen.«

»Wir sind Freunde. Und können es bleiben. Nur weil ich denke, ich könnte irgendwann bereit sein zu daten, heißt das nicht, dass wir nicht weiter befreundet sein können.« Huch, wo war das denn hergekommen? Im Ernst mal, hatte ich gerade gesagt, ich würde wieder daten wollen? Was war denn in mich gefahren?

Er zog die Brauen zusammen. »Daten?«

Ich war so überrascht wie er. Doch mir rutschten weitere Äußerungen heraus, von denen ich gar nicht wusste, dass ich sie überhaupt fühlte. »Ja. Ich denke ... Ich denke, es wird Zeit, dass ich date. Keine Ahnung, wann Crawford wieder aufwachen wird. Er würde nicht wollen, dass mein Leben stillsteht. Ich hab zwar nicht vor, irgendwas Ernstes mit jemandem anzufangen, aber ich finde, ich sollte daten. Ich hatte ja nie mit jemand anderem was.«

»Mit wem willst du dich dann daten? Mit Charlie etwa?«

Ich zuckte die Achseln. Ich bezweifelte, dass ich bei dem noch Chancen hatte, nachdem ich ihn heute Abend einfach hatte sitzen lassen. Vorhin noch hatte ich mich förmlich nach Slate verzehrt. Doch der hatte mich mit seiner Erklärung, er würde nicht daten, ziemlich schnell wieder auf den Boden der Tatsachen zurückgeholt.

»Ich weiß nicht«, erwiderte ich, als die Kellnerin uns den Kaffee servierte.

»Wisst ihr schon, was ihr essen wollt?«, fragte sie.

»Nein, wir brauchen noch etwas Zeit, bitte«, er stutzte und betrachtete ihr Namensschild, »Mary.«

Sie lächelte und errötete ein wenig, was ich nachvollziehen konnte.

»Okay«, sagte sie, und ihre Stimme wurde leicht piepsig.

»Bislang warst du immer nur mit Crawford zusammen. Du musst aufpassen, mit wem du ausgehst. Jungs kann man nicht über den Weg trauen.« Er klang aufrichtig. Als würde er mir etwas ungemein Wichtiges erzählen, und ich würde es unbedingt in den Kopf bekommen müssen.

»Ich gebe jetzt keine Anzeige in der Zeitung auf, oder so was«, erwiderte ich leicht genervt.

»Ich mein's ernst. Vertrau mir! Wenn du vorhast zu daten, dann lass mich den Kerl vorher zumindest mal unter die Lupe nehmen.«

Ich wünschte, ich hätte darüber lachen können. Doch die Tatsache, dass er gerade wie einer meiner älteren Brüder geklungen hatte, traf mich so sehr, dass ich mir nicht sicher war, dass ich noch tief Luft holen konnte. Der erste Junge, für den ich neben Crawford Gefühle entwickelte, betrachtete mich als Schwester. Bis zum heutigen Abend und diesem Augenblick hatte ich mir nicht eingestehen können, dass ich Gefühle für Slate hegte.

Ich war nicht darauf gefasst gewesen, dass das alles auf einmal auf mich einprasseln würde. Ich musste weg hier!

»Äh, ja, danke, schon verstanden. Aber du, ich habe schon vier ältere Brüder. Auf einen fünften kann ich verzichten. Und würde jetzt gern nach Hause gehen. Bleib du einfach und iss. Bis … äh, später dann.«

Ich sah ihn beim Reden kaum an, stand auf und hastete zum Ausgang. Nur weg! Da draußen weit und breit kein Taxi zu sehen war, marschierte ich einfach drauflos. Wenn ich erst mal ein Stück gegangen war, würde ich Mae anrufen. Oder ein Taxi googeln. Alles, nur nicht hierbleiben!

# 21. Kapitel

Vale!« Das hatte ich schon erwartet. Meinen dramatischen Abgang hatte ich aus dem schlichten Grund inszeniert, weil ich wegmusste, ehe ich in seiner Gegenwart in Tränen ausbrach. Allerdings hatte ich gehofft, schon weiter weg zu sein, bevor er zahlen und mir hinterherjagen konnte.

Da er mich nun sowieso einholen würde, blieb ich stehen. Ich starrte nach vorn auf die dunkle Straße, die zum Campus führte, holte mehrmals tief Luft und versuchte mir einzureden, dass ich mich nicht gerade komplett zum Affen gemacht hatte.

»Was zur Hölle ist los mit dir?«, fragte er, als er mich erreicht hatte.

Ich mochte ihn, das zur Hölle war los. Sehr. So etwas kannte ich gar nicht, zur Hölle noch mal!

»Ich hab mir Sorgen um dich gemacht. Hab ich irgendwas verpasst, oder ist das ein Grund, im Dunkeln auf der verfickten Interstate das Weite zu suchen?« Er warf die Arme in Richtung der Straße, auf die ich zugesteuert war. Ups, ich war wohl gar nicht in Richtung Campus unterwegs gewesen!

»Ich brauche keinen weiteren Bruder!«, platzte es aus mir heraus.

»Das sagtest du schon. Aber ich versuche auch gar nicht, dir ein Bruder zu sein. Kein bisschen.«

Mir wurde etwas leichter ums Herz. Aber nicht genug.

»Ich bin durchaus imstande, die richtigen Typen zum Daten allein zu finden!«

Er machte ein skeptisches Gesicht. »Das ist dein erstes Mal. Ich … Ich möchte ja nur, dass dir nichts passiert.«

»Warum, Slate? Warum interessiert dich das? Warum hast du mir Kaffee mitgebracht, mir Nachrichten geschrieben, bist vorbeigekommen? Warum hast du dich in mein Herz geschlichen? Warum? Welche Absicht steckte dahinter? Wolltest du beweisen, dass du es schaffst, nur um mich dann hängenzulassen?« Ich hatte das alles eigentlich gar nicht sagen wollen, und trotzdem war es aus mir herausgesprudelt.

Er starrte mich an, als würde er nur Bahnhof verstehen. Kapierte er wirklich nicht, dass er genau das getan hatte? Angefangen hatte das alles mit diesem verflixten Kaffee im Krankenhaus.

»Du brauchtest einen Kaffee und warst allein. Ich wollte dir helfen.«

Nach allem, was ich ihm an den Kopf geworfen hatte, war das seine einzige Antwort?

»Tja, das hast du ja auch«, versetzte ich bitter. Vielleicht zu sehr. Ich marschierte wieder los. Diese Unterhaltung war sinnlos.

»Wohin gehst du?«

»Zurück ins Wohnheim.«

»Das ist die falsche Richtung, außerdem sind wir rund zehn Meilen davon entfernt.«

Na toll!

»Ich organisier uns ein Taxi«, sagte er, und anstatt weiter ganz allein ins Dunkle zu stapfen, blieb ich stehen und wandte mich um.

»Schön!«

»Vale«, seufzte er. »Jetzt lass das doch.«

»Was denn?« Ehrlich sein? Hatte er etwas gegen Aufrichtigkeit?

»Du weißt, was ich meine. Ich mag uns. Wir passen zueinander. Ich kann bloß nicht mehr sein als das, was wir sind.«

»Was sind wir denn, Slate?«

»Freunde. Wirklich verdammt gute Freunde.«

Schön. Das waren wir. Damit konnte ich leben. Das gehörte zu der Phase im Leben, die ich komplett verpasst hatte. Dass man sich nach einem Jungen sehnte, der deine Gefühle nicht erwiderte.

»Okay. Kannst du mich dann zurück ins Wohnheim bringen, mein Freund? Ich will wirklich duschen und dann nur noch ins Bett.«

Er zog sein Handy heraus und tippte eine Nummer ein. Dann deutete er mit dem Kopf in Richtung Pancake House. »Lass uns dort aufs Taxi warten.«

Ich ging los und fühlte mich albern und verletzt zugleich.

»Dadurch ändert sich doch nichts für uns, oder?« Er ging viel zu nahe neben mir her. Und roch so gut!

»Nein.« Ich fragte mich, ob das stimmte.

»Du bist mir wichtig, Vale. Geplant hab ich das nicht, aber es ist so.«

»Okay.« Ich hätte gern gesagt, du mir auch, ließ es aber bleiben.

Zum Glück kam das Taxi so schnell, dass mir weitere peinliche Gespräche darüber, alles solle beim Alten bleiben, erspart blieben. Ich holte mein Handy hervor und schickte Mae und Charlie eine SMS. Dann checkte ich meine E-Mails und mein Instagram, um mich zu beschäftigen. Zum Glück machte Slate keinen Versuch, sich zu unterhalten.

Als das Taxi schließlich vor dem Wohnheim anhielt, steckte ich das Handy in meine Tasche zurück und sah Slate mit einem gezwungenen Lächeln an. »Danke für die Fahrt. Bis dann!« Das war das Beste, was ich tun konnte.

Das Beste, was er tun konnte, war, mich gehen zu lassen. Und das tat er.

*

Als ich rund eine Stunde später ins Bett schlüpfte, nahm ich mir vom Nachttisch das Foto von Crawford und mir. »Ich vermisse dich«, flüsterte ich. Dann zog ich die Schublade auf und steckte es hinein. Heute Nacht würde ich weinen. Um Crawford und alles, was wir verloren hatten. Und dass ich einen anderen gefunden hatte, den ich hätte lieben können, der mir jedoch nie die Chance dazu geben würde.

Es war eigenartig, um eine Beziehung zu trauern, die es nie gegeben hatte. Ich hatte gar nicht gewusst, dass so etwas passieren konnte, doch es war so, und es tat weh. Wenn ich wieder aufwachte, begann ein neuer Tag. Ich würde mich selbst finden und lernen, glücklich zu sein. Das Leben hatte mir ein paar schwierige Karten zugespielt, doch ich würde meinen eigenen Weg finden.

Ich brauchte keinen Typen, der mich vervollständigte. Hatte ich nie gebraucht. Ich hatte nur nie die Gelegenheit gehabt, das herauszufinden. Bis jetzt.

# 22. Kapitel

In der nächsten Woche textete Slate ein schlichtes *Hey, was machst du gerade?*

Ich wartete extra ein paar Stunden ab, bis ich antwortete. Schließlich schrieb ich, *Lernen.*

Und damit hatte es sich. Kein weiterer Small Talk oder irgendwelche Versuche, die Dinge so beizubehalten, wie sie waren. Viel war sowieso nicht dran gewesen. Er hatte ja dafür gesorgt, dass ich ihm nicht zu nahekam.

Ich konzentrierte mich in dieser Woche ganz auf meine Kurse und die Jobsuche, um nicht an ihn zu denken. Nicht zu viel an ihn zu denken. Wobei die Jobsuche kein allzu großes Problem darstellte. Mae hatte bei ihrem Chef mühelos einen Job für mich klargemacht, und heute hatte ich meine erste Schicht. Gleich an meinem ersten Abend warfen sie mich der Wochenendmeute vor, doch Mae würde mich anlernen, weshalb sich meine Nervosität in Grenzen hielt.

Die Arbeitskluft des Polly's bestand aus schwarzen Shorts, die gern ein bisschen länger hätten ausfallen können, und einem engen, blauen T-Shirt mit der Aufschrift POLLY'S BAR AND GRILL. Ich hatte um ein weiteres Shirt gebeten, aber Mae hatte erklärt, Polly wolle, dass die Shirts eng anlägen, da das die männlichen Kunden glücklich machte. Überall im Lokal befanden sich Fernseher, in denen diverse Sportsendungen liefen, und es gab Bier in rauen Mengen. Mir leuchtete nicht ein, wieso wir uns auf eine bestimmte Weise kleiden mussten, um Männer glücklich zu machen. Sie hatten Bier, Burger und Sport. Was brauchten sie mehr?

Mae riet, mich nicht zu beschweren – durch das Outfit kam man an mehr Trinkgeld heran. Na, ich war ja froh, dass ich einen Job hatte und mit meiner Freundin zusammenarbeiten konnte.

Der Abend fing ohne Probleme an, ich folgte Mae und beobachtete sie beim Arbeiten. Nur das Computersystem, in das man die Bestellungen eingeben musste, bereitete mir Kopfzerbrechen. Jedes Mal, wenn sie es benutzte, machte ich mir im Geiste Notizen und hoffte, ich würde es selber auch hinkriegen. Am liebsten hätte ich mir alles aufgeschrieben, doch das schien keine gute Idee zu sein. Vor allem, als sich Mae nicht mal die Getränkebestellungen aufschrieb. Sie merkte sie sich einfach.

Sieben Tische und zwei Stunden später entspannte ich mich gerade ein wenig, als sich Mae lächelnd zu mir umwandte. »Da ist ein Tisch, den du jetzt mal allein übernimmst. Das wird ein gutes Training sein.«

Eigentlich war ich noch nicht so weit, und das wollte ich ihr auch gerade sagen, als mein Blick auf Charlie fiel und mir ein Licht aufging. Ihr Bruder und seine Freunde fungierten als Versuchskaninchen.

»Oh, okay. Das müsste ich eigentlich hinkriegen.«

Mae lächelte, nickte in Richtung der Jungs und verschwand in der Küche. Ich zog den kleinen Notizblock heraus, den sie mir gegeben hatte, denn noch hatte ich Probleme, alle Bestellungen im Kopf zu behalten. Zunächst mal musste ich mir merken, wie man diesen Computer bediente.

Charlie sah, dass ich auf ihn zukam, und sein Lächeln beruhigte mich ein wenig. Ich erkannte Drake und Cole. Den anderen Typen, der bei ihnen saß, kannte ich nicht. Er hatte sich seine Kappe verkehrt herum aufgesetzt und hatte nur Augen für ein Footballspiel.

»Hallo!«, begrüßte ich sie lächelnd. »Was kann ich euch zu trinken bringen?«

Charlie, der noch immer von einem Ohr zum anderen grinste, lehnte sich zurück. »Hach, ich bin ein Fan dieses Outfits!«

Ich verdrehte die Augen. »Ich nicht.«

»Mae hat dich eingewiesen?«

Ich nickte. »Jepp. Ihr seid mein erster Tisch ohne sie, verzeiht mir also bitte, wenn nicht alles so flutscht.«

»Zum Üben sind wir wie geschaffen. Außer, du bringst Cole das falsche Bier – dann wird er ungemütlich«, schaltete sich Drake ein.

»Hör nicht auf ihn. Ich verzeihe jeden Fehler«, erwiderte Cole.

»Du bist letzte Woche abgehauen. Und hast Charlie einfach eiskalt seinem Schicksal überlassen«, setzte Drake hinzu.

Ich richtete meinen Blick wieder auf Charlie. Es tat mir leid, dass ich verschwunden war. Dass ich mich einfach so mit Slate verkrümelt hatte, verdiente er nicht. »Ich weiß. Das war bescheuert von mir. Ich hätte nicht gehen sollen.«

Cole gluckste. »Klingt so, als hätte jemand auf die harte Tour erfahren müssen, wie Slate tickt.«

»Halt's Maul«, schnauzte ihn Charlie an.

»Na, und was kann ich euch jetzt bringen?«, wechselte ich hastig das Thema.

Alle wollten Bier, außer Charlie, der eine Cola wollte. Ich ging zum Computer, um die Bestellung einzugeben. Das Bier konnte ich nicht einschenken – dafür war der Barkeeper zuständig. Doch um die Cola musste ich mich selbst kümmern.

Mae tauchte neben mir auf. »Na, läuft's?«

»Yeah«, versicherte ich ihr.

»Mit dem Tisch kannst du prima üben. Ich bin hier, falls du mich brauchst.«

»Danke.« Ich war so froh, dass Mae in mein Leben getreten war!

Nach einem Nicken ging sie wieder Richtung Küche.

Als Nächstes bestellten die Jungs Vorspeisen, dann Burger. Alles lief prima, und mein Selbstvertrauen wuchs. Es machte Spaß! Den Job hatte ich zwar gebraucht, aber gleichzeitig hatte ich nun in meiner freien Zeit auch etwas zu tun. Und meine Gedanken wanderten nicht ständig zu Crawford oder Slate.

Vielleicht hatte das Schicksal eine komische Art, mit den Dingen umzugehen, vielleicht hatte es aber auch einfach gern was zu lachen. Verdammt, so allmählich fragte ich mich schon, ob es mich ganz einfach hasste. Irgendwann in meinem Leben hatte ich mir das Schicksal zum Feind gemacht.

Ich war im Begriff, Charlie seine Cola zu reichen, als ich ein paar Tische weiter Slate entdeckte. In Begleitung eines Mädchens. Ich stand da und starrte die beiden an. Doch ich musste wegschauen und akzeptieren, dass ich so etwas nun häufiger erleben würde. Wieso konnte es mich denn nicht einfach kaltlassen?

»Bitte schön!« Ich versuchte, fröhlich zu klingen.

Die Jungs rissen ihren Blick kaum von der Mattscheibe, um ein Danke zu murmeln.

»Braucht ihr noch irgendwas?« Ich hoffte, sie würden es bejahen, damit ich beschäftigt war.

»Ja, bring mir doch bitte einen Brownie mit Eis«, meinte Charlie. Die anderen am Tisch echoten, sie würden dasselbe wollen. Vier Brownie Delights also. Zum ersten Mal an diesem Abend verzichtete ich darauf, mir die Bestellung aufzuschreiben.

Als ich am Computer stand, kam Mae zu mir. »Ignorier dieses Arschloch«, flüsterte sie mir in angewidertem Ton zu.

»Der ist eh Luft für mich«, erwiderte ich achselzuckend.

Sie schmunzelte. »Nee, schon klar.«

Okay, sie kannte mich wohl besser, als mir bewusst gewesen war.

»Er war eine schlechte Idee«, erklärte ich ihr. »Und mit schlechten Ideen bin ich durch.«

»Für die meisten Mädchen an diesem College war er eine schlechte

Idee. Immerhin hast du's schneller kapiert als der Rest. Wie etwa die, mit der er heute hier ist – wenn er dann morgen Abend mit einer anderen rummacht, heult sie sich die Augen aus dem Kopf. So läuft das bei Slate Allen nun mal. Einem Mädchen, das sich auf ihn einlässt, muss klar sein, dass es ihm dabei nur um Sex geht.«

Zum Glück hatte ich nicht mit ihm geschlafen. Wie sich das am nächsten Tag anfühlen musste! Ich fand ja so schon alles schwierig genug. Wäre ich auf sein heutiges Date nicht eifersüchtig gewesen, hätte es mir leidgetan.

»Ich muss vier Brownie Delights eingeben«, sagte ich, um das Thema zu wechseln.

Mae nickte. »Okay. Zeig ihm einfach die kalte Schulter.« Mit diesen Worten verschwand sie wieder.

Sobald ich die Desserts bestellt hatte, wollte ich in die Küche abhauen und dort darauf warten. Doch einen einzigen Blick warf ich noch in Slates Richtung …

… Nur um Slate dabei zu ertappen, wie er mich beobachtete.

# 23. Kapitel

Das Einzige, worauf ich an diesem Abend stolz sein konnte, war, dass ich nicht stehen blieb und zurückstarrte. Nein, ich wandte mich eilig um und rauschte wie geplant in die Küche ab. Er hatte ein Date. Dann sollte er gefälligst auch sein Date ansehen!

Leider waren die Desserts ein wenig zu schnell zubereitet, und ich konnte mich ja auch nicht ewig in der Küche verstecken. Ich platzierte sie auf ein Tablett und nahm wieder Kurs auf den Essbereich. Charlie fing meinen Blick auf, und ich konzentrierte mich ganz auf ihn. Seiner Miene nach zu urteilen, hatte er Slate inzwischen auch entdeckt.

Nach dem letzten Wochenende dachte er wahrscheinlich, ich sei eine von Slates abgelegten Mädchen. Das war mir zwar nicht recht, aber ich hatte nun mal den Fehler begangen, mit Slate zu verschwinden. Nach der gemeinsam im Krankenhaus verbrachten Zeit hatte ich diesem Kerl mehr vertraut als mir guttat.

»Die sehen vielleicht lecker aus«, sagte ich und fing an, ihnen die Brownies zu servieren.

»Die sind fantastisch! Magst du was abhaben?«, fragte Cole.

»Besser nicht. Dann lasst's euch mal schmecken!«

Ich spürte, wie steif ich mich hielt, und hasste es, dass die bloße Anwesenheit Slates so eine Reaktion bei mir bewirkte.

»Kommst du klar?«, flüsterte mir Charlie zu, als ich seinen Brownie vor ihm abstellte.

Ich zwang mich zu einem Lächeln und nickte. »Logo. Braucht ihr denn noch was?«

»Milch«, bat Drake. »Ich hätte vorhin schon ein Glas davon bestellen sollen. Sorry!«

»Trink dein Bier!« Charlie klang gereizt.

»Nein, er hat recht. Milch würde super dazu passen. Ich hol dir eine, Drake. Noch jemand?« Ich musste mich dringend beschäftigen.

»Na ja, wenn du ihm eh eine holst, dann bring mir doch auch eine«, meinte der mir unbekannte Typ.

Charlie gab einen verärgerten Laut von sich.

»Bin gleich wieder da.« Ich eilte in die Küche zurück. Dass ich nicht zu Slate geschielt hatte, verbuchte ich als einen Sieg.

Ich ging zu dem großen Gastro-Kühlschrank, holte die Milchflasche heraus und füllte zwei Glasbecher aus dem Gefrierschrank damit.

»Er ist gegangen«, sagte Mae hinter mir, und ich fuhr zusammen. Ich verpasste den Becher und schüttete mir etwas Milch auf die rechte Hand. Darauf wollte ich nicht antworten.

»Hat für die Getränke einen Zwanziger auf den Tisch gelegt und ist abgezogen«, fügte sie hinzu.

Ich griff nach den Bechern und drehte mich zu ihr. »Dann hat den beiden die Speisekarte wohl nicht gefallen.« Ich ging zur Küchentür. Diesmal musste ich einfach schauen. Auch wenn ich wusste, dass er gegangen war, musste ich mich vergewissern. Schwach von mir, aber nun ja. Und Mae hatte recht. Er war weg.

*

Den restlichen Abend erwähnte Mae Slate nicht mehr. Sie begriff, dass das Thema tabu war, und, gute Freundin, die sie war, spielte sie mit. Nachdem Charlie und seine Freunde abgezogen waren, arbeitete ich ihr die übrige Zeit, die nur so zu verfliegen schien, immer zu. Auf dem Rückweg zum Wohnheim verpesteten wir mit dem Geruch von frittiertem Essen Maes Auto. Bloß schnell unter die Dusche!

»Gut gemacht, heute Abend«, lobte mich Mae beim Aussteigen.

In der Hoffnung, den Fettgeruch aus der Nase zu bekommen, holte ich tief Luft. »Danke. War auch alles halb so schlimm.«

Mae nickte beifällig. »Es ist gutes Geld, und wir können zusammenarbeiten.«

»Danach stinken wir zwar nach Küche, aber was soll's!«, meinte ich, und sie lachte.

»Stimmt. Aber daran hast du dich bald gewöhnt, und alles ist nur noch halb so wild.«

Das bezweifelte ich. Und das wollte ich auch gerade sagen, als ich an der Tür eine Gestalt bemerkte und stutzte. Es war spät, und um diese Uhrzeit hatte ein Mann vor einem Mädchenwohnheim nichts verloren.

»Was ist denn?«, fragte Mae, als ich mich nicht rührte.

Ich wollte sie gerade auf die Gestalt hinweisen, als sie sich bewegte, und ich im Mondlicht Slates Gesicht erkannte. Was machte der denn hier?

»Nichts, nichts«, sagte ich. »Ich dachte bloß, ich hätte mein Handy in deinem Auto vergessen, aber das steckt in meiner Tasche.«

»Ach so.« Sonderlich überzeugt klang sie nicht. Ehe wir zur Tür gelangten, drückte sich Slate in eine dunkle Ecke, und ich linste nur kurz zu ihm hinüber, bevor ich Mae ins Haus folgte.

Gern hätte ich behaupten können, mich schnurstracks ins Bett begeben zu wollen. Vermutlich war Slate wegen eines anderen Mädchens hier. Doch nachdem er mich eine Woche ignoriert hatte, dann im Lokal aufgetaucht war und jetzt auch noch hier, war es an der

Zeit, ihm mal ordentlich die Meinung zu geigen. Vor allem, da Typen wie Charlie mich für eine seiner ausrangierten Gespielinnen hielten.

Mae strebte zum Aufzug, und ich wandte mich der Treppe zu. Sobald sie außer Sicht war, machte ich mich wieder auf den Weg nach draußen.

Slate wartete noch immer dort.

»Warum bist du hier? Hat dir der heutige Abend nicht gereicht? Auf dem Campus gibt's noch drei weitere Wohnheime für Mädchen. Kannst du nicht eine flachlegen, die in denen wohnt? Musst du unbedingt immer da auftauchen, wo ich bin, und da mit deinen Dates hausieren gehen? Gibt dir das einen Kick?«

»Fuck«, murmelte er. Dann legte er die Hände um mein Gesicht, und schon spürte ich seine Lippen auf meinen.

Damit hatte ich wirklich nicht gerechnet.

Doch mein Körper schien sich problemlos darauf einstellen zu können. Meine Hände glitten an seinen Armen hinauf und hielten sich an seinen Schultern fest, während sich mein Mund seinem öffnete, und er die Einladung annahm, den Kuss zu vertiefen.

Mein Herz pochte, und meine Knie gaben nach. Dabei hatte ich gar nicht gewusst, dass man von einem Kuss überhaupt weiche Knie bekommen konnte. Und ich konnte nicht genug bekommen. Seine Lippen bewegten sich weich und warm über meine, als wäre ich ein Instrument und er wüsste genau, wie man darauf spielen musste.

Ich bin nicht sicher, wie lange ich das so laufen ließ, bis mir jäh bewusst wurde, dass ich gerade mit Slate herumknutschte. Noch nie hatte ich einen anderen als Crawford geküsst. Und nun, wo ich es tat, suchte ich mir dafür ausgerechnet einen Typen aus, der gerade noch mit einer anderen herumgemacht hatte. Das war der dringend benötigte Eimer kaltes Wasser, der mich wachrüttelte.

Ich riss mich los, hielt die Hand vor den Mund und holte ein paarmal tief Luft. Ich war schockiert über Slate und mich. Das ergab doch keinen Sinn. Das wusste ich besser!

Keiner von uns sagte etwas. Wir standen nur da und starrten einander an. Was sollten wir auch sagen? War er meinetwegen hier gewesen? Nein. Er war auf einem Date gewesen. Und er hatte mich gerade geküsst. Wer tat so was schon? Slate Allen, verdammt. Genau der.

»Ich kann nicht glauben, dass du das getan hast«, fauchte ich ihn an, ließ die Hand von meinem Mund fallen und wich zurück.

»Warum?«

Machte er Witze? Warum? Gott, hatte dieser Kerl denn überhaupt keine Moral?

»Oh, ich weiß nicht, Slate! Vielleicht ja, weil du gerade ein Date hast! Und auf eine andere wartest!«, brüllte ich und deutete auf den Eingang des Wohnheims.

»Nein, Vale, habe ich nicht. Ich habe hier auf dich gewartet.«

*Oh.*

Meine Gedanken fuhren Achterbahn. Wollte ich, dass er auf mich wartete? Nein. Ich wollte nicht, dass mein Name in Verbindung mit seinen vielen One-Night-Stands gebracht wurde. Möglicherweise war das ja schon der Fall, aber ich wollte es nicht noch schlimmer machen.

»Warum?«

»Keine Ahnung. Ich musste dich einfach sehen. Mit dir reden.«

»Du warst heute Abend verabredet!«

Er zuckte die Achseln. »Das bedeutet doch nicht, dass ich dich nicht vermisse.«

Tja, es bedeutete aber, dass er mich verwirrte. Total.

»Slate, was ist das hier? Warum tust du das? Du möchtest, dass wir gute Freunde sind, dann wieder behandelst du mich einfach wie Luft. Nun kreuzt du hier auf, weil du mich angeblich vermisst. Dabei bin ich doch nirgendwohin verschwunden. Du hast dich zuvor nur entschieden, mir aus dem Weg zu gehen.«

Seufzend fuhr er sich mit der Hand durchs Haar. »Ich weiß.«

Diese Unterhaltung war frustrierend. Ich hatte den ganzen Abend gearbeitet und wollte nur noch duschen und ins Bett. Ich wandte mich zum Gehen.

»Vale, nicht. Bitte!« Mehr als seine Worte war es seine Stimme, die mich erweichte.

Ich blieb stehen und sah zögernd zu ihm zurück.

»Ich weiß nicht, was ... inwiefern ... du anders bist. Ich möchte dich sehen, jeden Tag. Aber eine Beziehung kann ich nicht eingehen. So ein Typ bin ich nicht.«

Ich war schon so einer. Dabei ging es allerdings um mich und Crawford. Und nicht um mich und einen anderen. Zu einer Beziehung zu einem anderem als Crawford war ich noch nicht fähig. Wie konnte ich etwas fordern, das ich selbst noch nicht schaffte? Früher oder später würde Crawford aufwachen. Ich gab die Hoffnung nicht auf. Und was dann?

»Ich kann das auch nicht«, sagte ich einfach nur.

Er lächelte traurig. »Das verstehe ich.«

Und was hieß das nun? Sollte ich einfach akzeptieren, dass er jeden Abend ein anderes Mädchen abschleppte, und mich dennoch mit ihm daten und ihn küssen? Konnte ich das überhaupt?

»Können wir daten? Nur einfach nicht exklusiv? Einander öfter sehen?« Er verstummte und ein kleines Lächeln huschte über sein Gesicht. »Und ich möchte dich berühren. Fuck, ich träume davon, dich zu berühren!«

Mein Herz hämmerte so heftig gegen meinen Brustkorb, dass mir einen Augenblick lang die Luft wegblieb. Er wollte mich berühren, und die Bilder, die mir plötzlich im Kopf herumspukten, übernahmen die Kontrolle. Das wollte ich auch! Daher beschloss ich, dass ich das schaffte. Mehr konnte ich auch nicht versprechen. Es wäre unfair gewesen, um mehr zu bitten, wo es doch Crawford gab. An jedem Tag, an dem er nicht aufwachte, wirkte es realistischer, dass er es womöglich überhaupt nicht mehr tat. Je länger er im Koma lag, umso schlimmer die Folgen. Aber ich wollte noch nicht davon ausgehen, dass er nie mehr zu Bewusstsein käme. Ich würde nicht von ihm lassen. Auch wenn mir allmählich klar wurde, dass zwischen uns nicht alles perfekt gewesen war. Ich hatte so viel getan, um ihn glücklich zu machen. Hatte mich verbiegen lassen. Nun wollte ich wieder ich selbst sein. Auch wenn das Crawford nicht gefallen könnte, wenn er wieder aufwachte. Doch inzwischen wusste ich, dass ich ihm nicht immer alle Entscheidungen überlassen durfte.

»Ja«, erwiderte ich. Ich dachte nicht an die Auswirkungen, oder wie ich mich fühlen würde, wenn ich ihn mit anderen Mädchen sah. In diesem Augenblick dachte ich nur daran, wie es sich anfühlte, mit Slate zusammen zu sein, und dass meine Traurigkeit in seiner Nähe wie weggeblasen zu sein schien.

Er trat dicht an mich heran, umfasste meine Taille und zog mich an sich. Bevor ich auch nur tief Luft holen konnte, um mein rasendes Herz zu beruhigen, befand sich sein Mund wieder auf meinem, und ich hielt mich aus Angst, meine Knie könnten nachgeben, wieder an seinen muskulösen Armen fest.

Das hier reichte mir. Mehr konnte keiner von uns dem anderen gerade versprechen. Bei diesem Gedanken zog sich mein Herz zusammen, und ich wollte lieber nicht darüber nachdenken, wieso. Wenn ich mich mit meinen Gefühlen für Slate auseinandersetzte, hieß das, dass ich akzeptierte, dass sich die Dinge für mich veränderten. Wenn Crawford wieder aufwachte, würde ich zu ihm zurückkehren. Wenn ich etwas wusste, dann das.

# 24. Kapitel

F*rühstück?* So lautete die SMS, die mich am nächsten Morgen weckte. Es war Samstag und schon nach zehn, weshalb es sowieso Zeit wurde, dass ich aus den Federn kroch.

Ich hatte mit *Ja* geantwortet. Und war aufgestanden und hatte mich schnell angezogen. Im Dunkeln. Wie immer.

Zwanzig Minuten darauf traf mich Slate vor dem Wohnheim mit einem Becher Kaffee in der Hand. Nach dem vergangenen Abend hatte ich alles Mögliche erwartet, nur das nicht.

Seine etwas zu langen Haare hatte er sich hinter die Ohren geschoben, und er trug ein enges, graues T-Shirt, auf dem das Kappa-Sigma-Wappen prangte. Und in diesen Jeans drehten sich garantiert alle nach ihm um.

»Moin!«, sagte er mit einem verschlafenen Lächeln. Es war schon gut nach zehn, doch für ihn wohl immer noch zu früh.

»Guten Morgen und danke!« Ich nahm ihm den Kaffee ab.

»Gut geschlafen?«

Ich nickte und trank einen Schluck. Ich hatte sogar sehr gut geschlafen. Keine Ahnung, ob das an meiner Erschöpfung gelegen hatte oder an meinem Entschluss, Slate zu daten.

»Lust, nach Nashville zu fahren und einen Happen zu essen?«

»Gern!«

»Ich muss auch meinen Onkel besuchen. Der liegt leider wieder im Krankenhaus. Die Chemo hat ihm zugesetzt. Hast du Lust, mich zu begleiten? Vielleicht auch bei deinen Leuten vorbeizuschauen?«

Das hatte ich nicht vorgehabt. Denn dann müsste ich mich mit Crawford und meinen Erinnerungen auseinandersetzen. Meine Eltern vermisste ich allerdings, und es wäre nett, sie zu sehen. Slate musste zu seinem Onkel und wollte offensichtlich nicht so gern allein hin.

»Okay«, sagte ich, ehe ich es mir noch anders überlegte.

»Ich würde dir Onkel D gern vorstellen. Ich habe ihm diesen Sommer von dir erzählt, und jetzt ist er neugierig.«

»Du hast ihm von mir erzählt?«, fragte ich überrascht.

»Verflucht, ja, schließlich warst du das Interessanteste, was mir im Krankenhaus passiert ist.«

Ich hatte Crawford auch von ihm erzählt. Doch ich fand, dass ich das Slate nicht auf die Nase zu binden brauchte. Wir gingen zu seinem Jeep, und er öffnete mir die Tür. Wieder etwas, das Crawford auch immer getan hatte, womit ich bei Slate jedoch nicht gerechnet hätte.

»Danke.« Ich schämte mich schon fast, dass mich das so überraschte.

Als würde er meine Gedanken lesen, schmunzelte er. In seinem Jeep roch es nach ihm. Nach seinem Rasierwasser. Hier drin gefiel es mir!

Als er auf die Straße bog, sah ich verstohlen zu ihm und kam zu dem Schluss, dass ich eigentlich kaum etwas von ihm wusste. Von mir wusste er viel mehr. Aber er hatte auch nachgefragt. Hatte versucht, etwas herauszufinden. Ich hingegen nicht.

»Hast du schon immer bei deinem Onkel gelebt?«, fragte ich.

»Seit ich sechs bin. Kurz nach meiner Geburt hat sich mein Vater auf und davon gemacht. Hab den Mann nie kennengelernt. Und meine Mom starb an einer schweren Lungenentzündung, als ich sechs war. Sie war nicht krankenversichert, und eines Tages ist sie einfach nicht mehr aufgewacht. Ihr älterer Bruder war ihr einziger lebender Verwandter. Er kam und hat mich abgeholt.«

Bei seinen Worten zog sich meine Brust schmerzvoll zusammen. »Wie lange warst du mit ihr allein, bevor jemand gekommen ist, um nach dir zu sehen?« Ich hatte einen Knoten im Hals.

»Als sie einen ganzen Tag lang nicht aufwachte, hab ich den Notruf gewählt. Das hatte sie mir für alle Fälle beigebracht. Ich hab mich oft gefragt, ob man sie hätte retten können, wenn ich es schon eher getan hätte. Aber ich war nur ein Kind. Onkel D hat mir dabei geholfen, die Schuldgefühle zu überwinden.«

Ich kannte nichts anderes als Geborgenheit. Hatte nie etwas anderes kennengelernt. Weder in meinem Leben noch in Crawfords. Nun musste Slate zusehen, wie der Mann, der ihn großgezogen hatte, allmählich starb, und das kam mir so unfair vor. Er hatte genug gelitten.

Nach dem Unfall war ich so auf Crawford fokussiert gewesen, dass mir nie in den Sinn gekommen war, wie unbeschwert das Leben für uns bis zu diesem Augenblick gewesen war. Und doch konnte es immer noch schlimmer kommen.

»Das war clever von dir, die Notrufnummer zu wählen. An so etwas hätte ich mit sechs nicht gedacht«, gab ich zu.

Er zuckte mit den Schultern. »Hättest du schon. Ich glaube, Kids denken gründlich nach und treffen klügere Entscheidungen als manch Erwachsener. Die brechen nämlich oftmals in Panik aus und reagieren total mies.«

Über Slate wusste ich noch so wenig, doch je mehr ich erfuhr, umso höher stieg er in meiner Achtung. Klar, er vernaschte gerne Mädchen und setzte sein gutes Aussehen ein, um seinen Willen durchzusetzen, andererseits hatte er es im Leben nicht leicht gehabt.

»Als du zu deinem Onkel gezogen bist, hast du also angefangen, auf einer Farm zu arbeiten?«

Er nickte und lächelte dann wie bei einer schönen Erinnerung. »Genau. Onkel D hält nichts davon, in Selbstmitleid zu versinken. Nur einen Tag nach der Beerdigung meiner Mom zeigte er mir auch schon, wie man Hühner füttert und ihre Eier einsammelt. Da hatte ich noch nicht mal meine neue Schule besucht oder auch nur mein Zeug in meinem neuen Zimmer ausgepackt. Zwei Stunden lang hatte ich schon auf der Farm gearbeitet, bevor ich mich für die Schule fertig machen konnte. Das war harte Arbeit, aber ich denke, nur dadurch habe ich diese ersten Monate überhaupt überstanden. Meine Mom zu verlieren, fünf Autostunden von dem einzigen Ort wegzuziehen, den ich je kannte, ein neues Zuhause, einen mir fast unbekannten Mann als einzigen Verwandten … Als Sechsjähriger damit klarzukommen, war schon happig. Die Arbeit auf der Farm half mir. Ich konnte nicht dasitzen und allzu viel darüber nachgrübeln.«

Mit sechs hatte ich mit Puppen gespielt und gebettelt, in den Park zu dürfen. Der Eiswagen fuhr unsere Straße entlang und beschallte uns laut mit Musik, und ich traf mich draußen mit Crawford, wo wir uns zusammen ein Eis kauften. Es war das reinste Bilderbuchleben gewesen, ganz und gar unbelastet.

»Er klingt wie ein guter Mensch.«

Slate lachte leise auf. »Ja, das ist er. Er flucht zwar wie ein Bierkutscher und nimmt auch kein Blatt vor den Mund. Er kann schrecklich launisch sein, wird aber nie verletzend. Er brüllt bloß rum und regt sich ständig auf.«

Ich freute mich darauf, ihn kennenzulernen. Einblick in einen weiteren Teil von Slates Leben zu bekommen. Je mehr ich davon kannte, umso mehr begriff ich, was für ein besonderer Mensch er eigentlich war. Vermutlich ein gefährlicher Gedanke, und ich hätte Slate besser nicht als etwas Besonderes betrachten sollen. Tat ich aber … denn das war er.

# 25. Kapitel

Es fiel mir schwerer als gedacht, wieder das Krankenhaus zu betreten, in dem ich den Großteil meines Sommers verbracht hatte. Alles, was ich während meiner Zeit in Bington verdrängt hatte, kam wieder hoch. Wie etwa der Abend, an dem wir nach dem Unfall hergekommen waren und man uns gesagt hatte, Crawford würde im Koma liegen.

Wenn ich schon hier war, wollte ich ihn auch sehen. Selbst wenn das nicht mit Juliet abgesprochen war. Schluss damit, dass sie alles allein entschied!

Jede zweite Krankenschwester, an der wir vorbeikamen, grüßte Slate, winkte oder zwinkerte ihm zu. Es waren unzählige, wie mir schien.

»Jetzt schau nicht so verkniffen. Ich hab sie nicht alle flachgelegt«, sagte er ein wenig zu laut, als wir in den Fahrstuhl stiegen.

»Tu ich doch gar nicht«, protestierte ich, und er lachte einfach nur und schüttelte den Kopf.

Vermutlich hatte ich es doch getan.

»Nun runzelst du die Stirn.« Noch immer grinste er.

Ich sah zu ihm auf. »Warum guckst du mir überhaupt immerzu ins Gesicht?«

»Weil es süß ist.«

*Oh.*

Die Aufzugtüren glitten auf, und ich bereitete mich gedanklich schon mal auf das Treffen mit Slates Onkel vor. Das war wichtig. Schon jetzt hatte ich Respekt vor diesem Mann. Ganz egal, wie oft er während unseres Besuchs fluchen mochte.

»Onkel D war mal ein echter Kleiderschrank. Doch der Krebs hat ihm schwer zugesetzt. Aber als ich klein war, da kam er mir wie Hulk persönlich vor. Er konnte alles! Es fällt schwer, ihn jetzt in so geschwächter Verfassung zu erleben.«

Slate bereitete mich vor, vielleicht aber auch sich. Der kleine Junge in ihm musste daran erinnert werden, dass es den Hünen von einst nicht mehr gab. Wieder bildete sich ein Kloß in meinem Hals, und ich tadelte mich stumm. Ich durfte jetzt nicht gefühlsduselig werden. Slate brauchte meinen Rückhalt.

»Da sind wir.« Er klopfte einmal an die Tür, ehe er den Türknauf drehte und hineinging.

»Ja, Scheiße noch mal, wird aber auch Zeit, dass du deinen Arsch hierherbewegst und mich besuchst! Teufel noch mal, Junge, in einer Woche könnte ich tot sein!« Eine tiefe Stimme – keine, die man bei einem gebrechlichen Mann erwartet hätte – schallte uns entgegen.

»Na, na, na, hör bloß auf rumzuzicken. Ich bin ja hier. Und habe etwas Hübsches zum Anschauen mitgebracht.«

Ich trat an Slate vorbei und entdeckte einen Mann, der offensichtlich einmal von kräftiger Statur gewesen sein musste, jetzt jedoch abgemagert und blass war. Die Krankheit hatte ihm viel genommen. Er richtete seine blassblauen Augen auf mich und fing zu lächeln an.

»Ja, Jesus, Maria und die Krippe, das ist ja eine spärlich bekleidete Frau, die da an deinem Arm hängt!«

»Onkel D, das ist eine Freundin von mir, Vale McKinley. Ich hab dir diesen Sommer schon von ihr erzählt. Ihr Freund liegt im Koma, du weißt schon. Vale, das ist mein Onkel D.«

Slates Onkel musterte mich weiterhin. »Wie geht's deinem Freund jetzt? Ist er wieder zu sich gekommen?«

Ich schüttelte den Kopf. »Nein, Sir. Leider nicht.«

Er runzelte die Stirn. »Ja, Scheiße, der beeilt sich mal besser, bevor du dich in einen anderen verknallst. Hübsche Mädchen wie du bleiben nun mal nicht lange allein.«

»Hast du heute schon was gegessen?«, unterbrach ihn Slate.

Sein Onkel warf ihm einen vernichtenden Blick zu. »Ich sag nichts, was ich nicht sagen sollte. Also versuch nicht, das Thema zu wechseln. Und nein, den Fraß, den sie mir bringen, ess ich nicht. Reiner alter Pferdedung würde besser schmecken.«

Er wandte sich wieder mir zu. »Nun, jetzt komm bei dem mal bloß nicht auf falsche Gedanken.« Er deutete mit einer knotigen Hand auf Slate. »Für deinesgleichen ist der nicht gemacht. Er kann nicht nur einer treu bleiben. Das hat er einfach nicht in sich. Sobald er begriffen hatte, dass sein Gesicht bei Frauen die Höschen runterrutschen lässt, hat er sich das auch schon zunutze gemacht. Eine Schande ist das! Dabei könnte so ein liebes Mädel wie du ihm das Leben geben, das er immer schon vorgegeben hat zu haben.«

»Du musst was essen«, unterbrach ihn Slate. »Was hättest du gern? Ich besorg's dir.«

Diesmal musste ich mir die Hand vor den Mund halten, um nicht loszukichern, als Onkel D die Augen verdrehte, bevor er wieder zu Slate sah. »Junge, wenn ich was essen will, dann geb ich Bescheid. Und jetzt hör auf, so gottverdammt unhöflich zu sein, und lass mich mit dem Mädel reden. Sie braucht ein paar weise Ratschläge von einem alten Knacker wie mir, der schon alles erlebt hat.«

Seufzend schlenderte Slate zu der Couch am Fenster. »Wir können es uns genauso gut bequem machen. Ich glaube nicht, dass der so schnell einen Gang runterschaltet.«

Ich ließ mich neben Slate nieder. Sein Onkel war unterhaltsam, und ich mochte die Art, wie er und Slate einander neckten.

»Und jetzt erzählt mir vom College und wie's euch beiden dort so geht. Eine gute Ausbildung ist wichtig, sonst endet ihr noch wie ich und müsst euer ganzes Leben auf einer Farm malochen.«

Slate lehnte sich zurück und verschränkte die Arme vor der Brust. »Ich überlasse dir den Vortritt«, erklärte er mir.

»Es ist schwerer als angenommen, aber ich habe viel Zeit in der Bibliothek verbracht.« Bei der Erwähnung der Bibliothek fingen meine Wangen an zu glühen, und ich hoffte, er würde es nicht bemerken. Die Vorstellung von Slate und dem Mädchen zwischen den Bibliotheksregalen brauchte ich gerade gar nicht. »Es hat mir allerdings geholfen, mich von allem anderen abzulenken.«

Onkel D richtete seinen Blick auf Slate. »Und du, Jungchen? Vögelst noch immer in der Bibliothek herum, oder lernst du auch?«

Ich brach in Gelächter aus, und Slate schüttelte nur den Kopf. »Selbst in Gesellschaft verschonst du mich nicht, was?«

Onkel D zog das nach oben, was seine Augenbrauen gewesen wären, wenn er durch die Chemo nicht all seine Kopf- und Gesichtshaare verloren hätte. »Denkst du, sie weiß es nicht? Zur Hölle, ich wette, ihr ist schon alles über dich zu Ohren gekommen. Ein Wunder, dass sie sich in der Öffentlichkeit noch mit dir sehen lässt!«

»Wir sind bloß gute Freunde«, klärte Slate ihn auf.

Onkel D winkte schnaubend ab. »Nichts an diesem Mädchen ist für eine gute Freundschaft gemacht. Man sieht sie, und man will sie. Für dich ist sie allerdings zu gut und zu unschuldig. Oder zumindest denkst du das. Aber hör mir jetzt zu, denn ich weiß, wovon ich rede. Dieses Mädchen würde nicht mit dir deinen kranken Onkel besuchen, wenn ihr nicht an dir läge. Vergiss diesen Scheiß also und sei clever. Sei ausnahmsweise mal verdammt clever. Vermassle dir das nicht, nur weil ein Rock dir 'nen Kick gibt oder schneller Sex lockt. Den besten Sex kriegt man nicht einfach mal eben so. Das weißt du bloß noch nicht.«

Mein Gesicht war knallrot, das wusste ich. Die Wärme, die von meinen Wangen ausstrahlte, reichte, um den ganzen Raum zu beheizen.

»Okay, es reicht«, sagte Slate. »Lass mich dir was zu essen organisieren. Genug der Weisheiten für heute, denke ich.«

Doch sein Onkel D war noch nicht fertig. Er sah zu mir. »Bislang war er der reinste Hurenbock, da will ich dir nichts vormachen. Doch sein Herz hat darunter nicht gelitten. Der Junge hat das größte, das ich je kennengelernt habe. Wenn er liebt, dann so richtig. Er lässt dich nicht im Stich und steht dir beiseite, komme, was da wolle. Ich weiß es, denn er liebt mich. Lass dich von seinen vergangenen und möglicherweise auch künftigen Fehlern nicht davon abhalten, von einem Herzen geliebt zu werden, das so verdammt groß ist.«

# 26. Kapitel

Von Onkel Ds Ratschlag erholte ich mich erst, als er anfing, sich über die heiße Krankenschwester auszulassen, die heute noch nicht hereingeschaut hatte, und dass er Erdnussbutter mit Crackern äße, wenn sie ihn füttern würde.

Ich genoss die Gesellschaft von Slates Onkel. Er hatte schon recht: Onkel D nahm kein Blatt vor den Mund und sagte, was immer ihm durch den Kopf ging. Jedes Mal, wenn ich mich daran erinnerte, dass er im Sterben lag, zog sich mein Herz zusammen. Was für ein trauriger Gedanke! Die Liebe und der Respekt in Slates Gesicht, wenn er seinen Onkel anschaute, waren nicht zu übersehen. Inzwischen war mir auch völlig klar, warum sich Slate so entwickelt hatte, wie er es hatte.

Als Nächstes steuerten wir Crawfords Zimmer an. Ich wusste nicht, was mich nervöser machte – dass ich Slate dabeihatte oder die Frage, wie Juliet auf meinen Anblick reagieren würde.

»Warum gehst du nicht allein rein? Ich besorg mir eine Cola und warte hier draußen.« Ich hätte entgegnen können, dass er mitkommen solle, ließ es aber. Denn genau dieser Gedanke trug ja auch zu meiner Nervosität bei. Es war nicht so, dass Crawford uns sehen und eins und eins zusammenzählen würde. Es war einfach … ja, es war Fremdgehen. Zumindest kam es mir so vor.

»Okay«, stimmte ich zu. Er drückte mir die Hand.

»Geh zu ihm. Red mit ihm. Ich warte auf dich.«

Das. Genau das war es, was Slate zu etwas so Besonderem machte. Welcher andere Junge wäre in so einer Situation so verständnisvoll gewesen? Ich kannte keinen.

Ich klopfte vorsichtig an die Tür, öffnete sie dann und ging hinein. Natürlich, Juliet saß an Crawfords Seite und hatte ein aufgeschlagenes Buch im Schoß liegen. Bei meinem Anblick zog sie überrascht die Augenbrauen hoch.

»Vale, ich wusste gar nicht, dass du wieder zu Hause bist!« Sie musterte mich.

»Ich bin nur heute hier. Und da wollte ich Crawford besuchen. Ich hätte anrufen sollen. Aber es war eine Entscheidung in letzter Minute.«

Sie schien damit kein Problem zu haben. Gott sei Dank. »Er wird sich bestimmt freuen, deine Stimme zu hören. Knox war vor ein paar Tagen hier und hat ihm vorgelesen. Da haben sich seine Gehirnaktivitäten erhöht, glaube ich. Er muss andere Stimmen hören als nur meine.«

Ich ging zu Crawford ans Bett. »Er sieht gut aus«, schwindelte ich. Er war so dürr. Hatte so gar nichts mehr von dem Athleten, der er mal gewesen war. Kein einfacher Anblick. Ich wollte, dass er die Augen aufschlug und mich ansah.

»Ja, in letzter Zeit sieht er besser aus. Ich glaube, er bereitet sich darauf vor, bald aufzuwachen.« Die Hoffnung in ihrer Stimme war nicht zu überhören. Ich hoffte dasselbe, doch das zu sagen fiel schwer.

Sie erhob sich. »Ich lass euch mal allein. Muss mir sowieso was zu essen besorgen. Lass dir Zeit.«

Sie verhielt sich so anders als sonst, andererseits kampierte ich auch nicht mehr im Wartebereich. Ich nickte.

Als sich die Tür hinter ihr schloss, richtete ich meinen Blick wieder auf Crawford. So viele Erinnerungen. Wo ich einst gedacht hatte, es seien nur gute, wusste ich inzwischen, dass dem nicht so war. Wie etwa die Art, wie ich mich für ihn verändert hatte. Ganz unbeabsichtigt. So würde es nie mehr sein. Ich liebte ihn. In jeder Erinnerung, die ich ans Erwachsenwerden hatte, kam er vor. Doch ich musste ich selbst sein. Und er musste mich um meiner selbst willen lieben.

»Das College läuft eigentlich genauso, wie wir es uns vorgestellt haben. Ich habe Freunde gefunden, die dir gefallen würden. Ach, alles an Bington würde dir gefallen. Eine gute Wahl! Ich bin froh, dass du es ausgesucht hast. Selbst wenn ich zunächst gar nicht so drauf angesprungen bin.«

Er schlief. Also redete ich weiter. »Ich vermisse dich, finde aber langsam einen Weg, nach vorn zu sehen. Zu leben. Dabei konnte ich mir ein Leben ohne dich anfangs gar nicht vorstellen. Ich war nicht mal bereit, es auch nur zu versuchen. Aber ich wusste, du würdest das wollen. Also hab ich's doch probiert.«

Wieder: nichts. Nur Stille. Ich stand da und beobachtete ihn beim Atmen, bis seine Mutter mit einer Mineralwasserflasche in den Händen zurückkehrte. Der Abschied fiel mir leichter als gedacht. Mein Leben befand sich wirklich im Umbruch.

*

Als wir wieder im Jeep saßen, fragte mich Slate weder über Crawford aus, noch ließ er sich über irgendeine der Bemerkungen seines Onkels aus. Eigentlich hatte ich beides erwartet, aber er tat so, als gäbe es nichts zu bereden. Also spielte ich mit. Er war still, und ich merkte ihm an, dass der schlechte Zustand seines Onkels ihn sehr getroffen hatte. Am schwierigsten war es wohl gewesen, ihn wieder zu verlassen.

Meine Eltern erwarteten uns, genauso wie anscheinend auch der Rest der Familie, denn bei unserer Ankunft standen sämtliche Autos vor unserem Haus. Nach dem Frühstück hatte ich meine Mom angerufen und ihr Bescheid gegeben, dass wir Slates Onkel und Crawford besuchen und danach noch bei ihnen vorbeischauen würden. Sie hatte darauf bestanden, dass wir bei ihnen zu Abend aßen.

Slate schien nichts dagegen zu haben. Nur Knox, der wieder in Bington war, fehlte. Samstagabends arbeitete er bei einem lokalen Radiosender. Ich hatte ihm aber auch nichts davon erzählt, dass ich mit Slate unterwegs sein würde, da ich keine Lust auf weitere Warnungen und Ermahnungen von ihm hatte.

»Sieht so aus, als würde sich die restliche Familie auch noch zum Abendessen hinzugesellen.« Ich fand das ja ein bisschen unfair. Zu dem familiären Gesamtpaket hatte sich Slate eigentlich nicht bereit erklärt. »Meine Brüder und ich stehen uns nahe. Sie sind es nicht gewöhnt, dass ich die ganze Zeit weg bin. Jonah wirst du heute Abend nicht zu Gesicht kriegen, er ist Marinesoldat und im aktiven Dienst. Doch die anderen sind da.«

Slate nickte und lächelte, allerdings nicht mehr ganz so unbeschwert wie vor dem Besuch bei seinem Onkel. Wieder hätte ich ihn am liebsten umarmt und ihm gesagt, alles werde gut. Doch das stimmte nun mal nicht, und das wussten wir auch beide. Viel Zeit blieb Onkel D nicht mehr.

»Das ist okay. Bislang mag ich alle McKinleys, die ich kennengelernt habe. Bestimmt sind alle anderen genauso cool.«

Das waren sie. Ich liebte meine Familie, und nachdem ich den Tag mit Slate und seinem Onkel verbracht hatte, begriff ich, was für ein unglaubliches Glück ich hatte, so eine große Familie zu haben. Ganz ohne Krankheits- und Todesfälle. Crawford war die größte Tragödie, mit der wir bislang konfrontiert worden waren.

»Okay. Nun, das Essen wird bestimmt lecker. Höchstwahrscheinlich wird es eines meiner Lieblingsgerichte geben. Und zum Nachtisch kannst du mit einem Red-Velvet-Cake rechnen.«

»Mamis Baby kommt zu Besuch«, neckte er mich.

Ich nickte. »Jepp.«

Ich öffnete die Tür und winkte ihn herein. »Da wären wir.«

Besonders groß war das Haus nicht. Aber doch groß genug für uns. In der Diele gab es eine Garderobe, an der zwei Regenjacken, ein Schirm, Moms Handtasche und ihre Stoffeinkaufstaschen hingen. Gleich um die Ecke befand sich die Treppe, die zu vier Zimmern hochführte. Eins gehörte meinen Eltern, eins mir, eins hatten sich Knox und Jonah geteilt und eins Dylan und Michea. Seit ihrem Auszug hatte sich nichts darin verändert. Außer, dass jetzt in Dylans und Micheas altem Zimmer ein Kinderbettchen stand. Die Zwillingsmädchen waren für das Bett zwar schon zu groß, deshalb stand es nun eben schon für das nächste Enkelkind bereit.

Die Stimmen aus Küche und Wohnzimmer waren so laut, dass sie von unserer Ankunft sicher gar nichts mitbekommen hatten. Typisch für meine Familie. Jeder versuchte, die anderen zu übertönen.

»VALE!« Maddy entdeckte uns als Erste. Sie kreischte meinen Namen und rannte mit ausgebreiteten Armen auf mich zu.

Gerade ging ich in die Knie, um sie aufzufangen, da kamen meine Mutter, mein Vater, Malyn und Catherine aus der Küche angelaufen. Michea und seine Verlobte Hazel tauchten mit Dylan aus dem Wohnzimmer auf.

»Ich habe euch nicht mal reinkommen hören!« Mom wischte sich die Hände an ihrer pinkfarbenen Pünktchenschürze ab, die die Mädchen am letzten Muttertag für sie bemalt hatten.

»Bei den lauten Unterhaltungen hier drinnen habe ich das auch gar nicht erwartet. Hört mal, ihr alle, das ist Slate Allen. Er ist ein guter Freund von mir und in derselben Studentenverbindung wie Knox«, erklärte ich. Dann wandte ich mich zu Slate. »Dylan und die Mädchen hast du ja schon kennengelernt. Das ist Catherine, Dylans Frau und die Mama der beiden Mädchen.« Ich stellte einen nach dem anderen vor.

Dad schüttelte ihm die Hand, und Michea auch. Als ich fertig war, beschloss Maddy, uns daran zu erinnern, dass sie mitbekommen hatte, wie er eine Krankenschwester küsste. Das würden die Mädchen noch in hundert Jahren aufs Tapet bringen! Dylan brachte sie schnell zum Schweigen, und ich lächelte zu Slate hinüber. Tja, man sollte halt besser darüber nachdenken, wo man jemanden küsste.

Der Tisch war bereits gedeckt, dazu hatte Mom Catherine und die Jungs wohl gleich nach ihrer Ankunft verdonnert. Es war ein langer, breiter Bauerntisch, den mein Dad gleich nach der Hochzeit getischlert hatte. Inzwischen füllten wir ihn aus, und mit den Jahren hatte er zwei Bänke für jede Seite bauen müssen, damit alle daran Platz hatten.

Das Essen wurde herumgereicht, damit sich jeder bedienen konnte. Ich rutschte neben Maddy auf die Bank und überließ Slate den Platz am Rand. »Wie geht's deinem Onkel«, erkundigte sich meine Mutter, sobald die Teller gefüllt und alle zufrieden waren.

»Er schlägt sich tapfer«, erwiderte Slate. »Aber eine Besserung ist nicht mehr in Sicht.«

Mom sah ihn auf eine Art an, wie es nur eine besorgte Mutter konnte. »Nun, wir sind hier, falls du je jemanden brauchst, der ihm was zu essen bringt. Oder auch einfach nur mal bei ihm reinschaut. Zögere bitte nicht anzurufen.«

»Das würde ihm bestimmt gefallen. Das Krankenhausessen hasst er nämlich. Und sonderlich viel Appetit hat er diese Tage eh nicht mehr.«

Mom nickte, und ich wäre jede Wette eingegangen, dass Onkel D künftig jeden Tag ein warmes Essen bekam. Crawford allerdings erwähnte sie gar nicht und erkundigte sich auch nicht nach meinem Besuch bei ihm. Vermutlich schwieg sie sich Slate zuliebe darüber aus.

»Ich hatte gehofft, Knox könnte es schaffen, heute Abend heimzukommen. Er hatte schon neulich keine Zeit vorbeizuschauen, dabei fällt mir die Umstellung schon schwer, wo jetzt das Haus so leer ist.« Mom sah auf ihren Teller hinunter.

»Ja, Michea und ich reichen nicht zu ihrem Glück. Wäre schön, wenn Michea und Hazel sich beeilen würden, zu heiraten und ein paar Kids in die Welt zu setzen. Dann hätte Mom wieder was, worüber sie sich Sorgen machen könnte.« Dylan scherzte nur, doch in seinen Worten steckte ein Körnchen Wahrheit.

»Lass eure Mom in Ruhe. Die kommt prima zurecht. Wir sind alle froh, dass sich Vale entschieden hat, aufs College zu gehen. Keiner wünscht sich, sie wäre hiergeblieben«, mischte sich Dad ein, ehe er sein Maisbrot in Stielmus stippte und davon abbiss.

»Wie sind die Kurse?«, wechselte Catherine schnell das Thema, bevor die Jungs weiter darauf herumreiten konnten.

»Gut. Schwerer als gedacht, aber ich komme zurecht.«

»Und kommt Knox mit dem Leben im Verbindungshaus klar?«, wollte Michea von Slate wissen.

Der Rest des Abendessens verlief genauso angenehm. Slate lachte über Geschichten, die meine Brüder aus meiner Kindheit zum Besten gaben, und auch wenn ein paar megapeinlich waren, brachten sie Slate zum Lachen, weshalb ich nicht dazwischenfunkte.

*

Als wir aufbrachen, erklärten sowohl mein Dad als auch meine Mom, Slate sei jederzeit herzlich willkommen. Dass es nicht mich dazu brauche, um etwas Gutes zu essen zu bekommen. Dafür umarmte ich meine Eltern. Einfach weil sie keine Ahnung hatten, was sie ihm da angeboten hatten. Etwas, das er nie wirklich gehabt hatte. Eine große Familie.

# 27. Kapitel

Everly war schlecht drauf. Und man brauchte nicht lang herumzurätseln, warum das so war. Dabei war ich eine gute Zimmergenossin. Ich übersah die abgedunkelten Fenster, wenn eigentlich Sonnenschein das Zimmer hätte erhellen sollen, sodass ich beim Anziehen etwas sehen konnte. Ich ging darüber hinweg, dass ich für meinen Kram im Badezimmer keinen Platz hatte und dass sie ihre Schuhe und Klamotten überall herumliegen ließ – manchmal sogar auf meinem Bett. Verflixt, ich nahm ja sogar das pinkfarbene Plüschkissen und die lächerlichen Zeichnungen hin, die sie überall aufgehängt hatte.

Insofern hatte sie überhaupt keinen Grund, auf mich sauer zu sein. Und doch war sie es. Und alles nur wegen Slate. Inzwischen holte er mich nämlich morgens ab und begleitete mich zu meinem ersten Kurs. Ich dachte nicht weiter darüber nach, außer, dass ich es echt nett fand und ich mir auf die Art keinen Kaffee zu besorgen brauchte, da er mir immer einen mitbrachte. Doch im Wohnheim gab es deswegen ein großes Getuschel, da Slate Allen so was nun mal nicht tat.

In meinem Fall aber schon.

Den anderen zu erzählen, wir wären nur gute Freunde, kam mir aber auch nicht richtig vor, denn inzwischen dateten wir. Nicht exklusiv, aber immerhin. Ich versuchte, nicht zu viel über diesen Exklusivkram nachzudenken. Ich wollte gar nicht wissen, mit wem er sich noch traf. Für den Moment schien es sich ausschließlich um mich zu handeln.

*

Als ich am nächsten Freitagmorgen aus dem Bad kam, stand Everly an der Tür und schien mich am Verlassen des Raums hindern zu wollen. Normalerweise lag sie um diese Zeit noch im Bett.

»Warum du? Hast du eine Zaubervagina, oder was? Gibst du Weltklassen-Blowjobs? Ich mein, worum geht's hier eigentlich? Ich bin hundertmal attraktiver als du. Ich bin absolut vögelnswert. *Schau mich doch an!*« Sie deutete an ihrem Körper herab, als müsste ich bei dem Anblick hin und weg sein. »Wieso trifft er dich also immer und immer wieder? So was tut Slate Allen nicht. Er ist der Typ ›Einmalficker‹. Das weiß doch jeder.«

Ich wusste, dass besagter Typ unten auf mich wartete. Gerade hatte er mir eine SMS geschickt.

»Geh zur Seite, Everly. Ich muss in meinen Kurs.«

Sie lief knallrot an und donnerte an die Tür. *»Antworte mir, verdammt!«*

Ich hatte schon zuvor mitbekommen, wie sie ausrastete, aber das hier toppte alles. »Vielleicht ja, weil ich mich nicht so benehme wie du gerade.«

Sie schaute verwirrt. »Wie benehm ich mich denn?«

»Na, wie eine Psychobitch. Und jetzt beweg deinen Hintern zur Seite!«

»Hast du mich gerade *Bitch* genannt?«, kreischte sie. Allmählich fragte ich mich, wer alles mithörte und ob sich inzwischen vor unserem Zimmer schon eine ganze Mädchentraube gebildet hatte, die uns belauschte.

»Vergiss das *Psycho* nicht. Das ist wirklich wichtig.«

In ihren Augen blitzte purer Hass auf, und ich fragte mich, ob ich zu weit gegangen war. Ich war noch nie in meinem Leben mit jemandem so richtig aneinandergeraten und wollte jetzt auch nicht damit anfangen.

»Das wirst du bereuen. Ich kriege immer, was ich will. *Immer!*«

Das war eine Drohung, die keinen Sinn ergab. Was wollte sie? Slate? Dann machte sie sich mal lieber auf eine Enttäuschung gefasst.

»Notiert. Kann ich jetzt bitte gehen?«

Sie verdrehte die Augen und trat von der Tür weg.

Als ich sie öffnete, standen drei der Mädchen aus unserem Gang mit großen Augen davor. Hatte ich's doch gewusst! Bis zur Lunchzeit wusste es der ganze Campus. Ich würde Slate Bescheid geben müssen. So albern das war.

Als ich in seinen Jeep stieg, reichte er mir einen Kaffee. »Du bist spät dran.«

Normalerweise war ich überpünktlich. »Everly«, lautete meine Erklärung, bevor ich meinen ersten Schluck Kaffee trank.

»Hast du dich wieder im Dunkeln fertig machen müssen?«, Slate kannte meinen Kummer mit Everly schon.

»Nope. Das kriege ich inzwischen ja hin. Heute ist sie aufgestanden und hat mir deinetwegen gedroht. Sie ist nicht glücklich über das hier.« Ich deutete auf ihn und mich. »Mehr als einmal solltest du dich mit keinem Mädchen treffen.«

Slate lachte in sich hinein. »Herrje, sie spinnt komplett. Deshalb habe ich ihrem ständigen Flirten auch erst nach einem Jahr nachgegeben, um es schnell hinter mich zu bringen.«

»Sehr romantisch!«

Er zuckte die Achseln. »So bin ich. Mr Romance persönlich!«

Grinsend nippte ich wieder an meinem Kaffee. Für den anstehenden Kurs war ich nicht ausgeschlafen genug, mir stand ein voller Tag bevor, abends dann Arbeit. Endlich war es so weit, dass ich ohne

Mae arbeiten durfte, und ich war nervös, freute mich aber auf das Trinkgeld.

»Arbeitest du heute Abend?«, fragte er, und ich nickte.

Fast rechnete ich damit, er würde fragen, wann ich Schluss hatte, aber nichts dergleichen. Schweigend tranken wir unseren Kaffee. Als er vor dem Collegegebäude anhielt, in das ich gehen musste, lehnte er sich zu mir. »Komm her.«

Ich kam ihm auf halbem Weg entgegen, und er küsste mich. So, wie ich es inzwischen jeden Morgen erwartete. So, dass es mir schwerfiel, mit seinem Geschmack auf der Zunge und seinem Duft, der mich immer noch umgab, in den Unterricht zu gehen. Für mich war das das Schönste am ganzen Morgen.

»Bis später!«, flüsterte er nach dem Kuss an meine Lippen.

Ich konnte nur nicken. Meine Atemzüge kamen immer noch etwas unregelmäßig. Die beste Art, mich wieder einzukriegen, war, daran zu denken, dass Crawford diese Gefühle nie in mir hervorgerufen hatte. Das gestand ich mir endlich ein, als ich meinen Kursraum ansteuerte. Es ernüchterte mich und erinnerte mich zugleich, dass sich mein Leben wandelte. Ich war wieder glücklich. Ohne Crawford.

Dass ich das Leben ohne ihn genießen könnte, hatte ich nicht für möglich gehalten. Doch ich hatte ja meine Erinnerungen. Unsere Kindheit war schön gewesen, und diese Erinnerungen würde es immer geben. Manchmal konfrontiert uns das Leben mit Veränderungen, die uns stärker machen und uns zeigen, dass wir nicht immer wissen, was das Beste ist. Ich setzte mich in den Kursraum, holte meinen Laptop aus der Tasche, damit alles bereit war, wenn der Professor kam. So machte ich das immer: Laptop aufklappen, im Internet einloggen und meinen Kaffeebecher an den rechten Platz stellen.

»Sie ist die Einzige. Zu der Kappa-Sigma-Party heute Abend nimmt er Babs mit. Die ganze letzte Woche hat die über nichts anderes gesprochen, als dass Slate Allen sie ausführt. Ich glaube, Vater und Sohn sind nur Freunde. Vielleicht ist sie lesbisch.«

Das war ein künstliches Flüstern gewesen. Das Mädchen tat, als wolle sie nicht, dass ich sie belauschte, doch die Tonlage ihrer Stimme sagte mir, dass sie mich definitiv auf sich aufmerksam machen wollte. Wenn sie mich damit verletzen oder ärgern wollte, dann hatte sie es geschafft. Nicht, weil Slate irgendetwas Unrechtes tat – er hatte mir ja zu verstehen gegeben, dass das mit uns nichts Exklusives war. Sondern einfach, weil er für mich der Eine war. Ich konnte ihn nicht küssen und dann hingehen und einen anderen daten. Das wollte ich auch gar nicht. Er jedoch schon. Autsch!

So etwas hätte Crawford nie getan. Aber ich hatte es ja so gewollt. Hatte es akzeptiert. Aber würde ich es auch durchhalten?

# 28. Kapitel

Als mich Slate zum Lunch treffen wollte, behauptete ich, in dieser Zeit an einer Arbeitsgruppe teilnehmen zu müssen. Er gab sich damit zufrieden, und ich schrieb nichts mehr. Ich blieb sogar bis zur allerletzten Minute in der Bibliothek, bevor ich mich umzog und auf den Weg zur Arbeit machte, falls er in meinem Wohnheim nach mir schaute. Ich wollte ihm nicht begegnen. Nicht, wenn ich wusste, dass er mich am Morgen noch geküsst hatte und am Abend eine andere datete.

Und er würde Sex haben. So lief das bei ihm nun mal. Ich wusste das, und doch küsste ich ihn jeden Morgen und nachmittags, wenn wir uns wiedersahen. Doch wie viele Male hatte er mich verlassen und danach mit einer anderen geschlafen? Bei mir hatte er es grundsätzlich beim Küssen belassen. Dem Ruf nach hatte er wilden, heißen Sex, doch in meinem Fall berührte er nie mehr als meine Hand, wenn er sie hielt, mein Gesicht, wenn er mich küsste, und manchmal meine Taille.

Na, vielleicht fühlte er sich sexuell eben nicht von mir angezogen. Daran musste es liegen. Ich hatte gedacht, es würde ihm Spaß machen, mich zu küssen, doch allmählich ging mir auf, dass er es tat, damit ich mich besser fühlte. Vielleicht hatten die Küsse auf ihn ja gar nicht dieselbe Wirkung wie auf mich. Er wurde nicht von Lust und dem Bedürfnis übermannt weiterzugehen. Heute würde er das allerdings schon. Er würde sein Date mit auf sein Zimmer nehmen und mit ihr schlafen. Das würde sie dann fleißig herumerzählen, und ich würde als seine lesbische Freundin gelten.

Fantastisch.

Mein Handy vibrierte, und ich sah, dass er mir simste, wo ich stecke. Ich spielte mit dem Gedanken, ihn zu ignorieren, entschied mich aber, ihm zu schreiben, ich sei unterwegs zur Arbeit.

Darauf antwortete er nichts mehr. Am liebsten hätte ich mein Handy jedes Mal weggeschleudert, wenn ich seinen Namen darauf entdeckte. Und dabei durfte ich nicht mal sauer auf ihn sein. Ihn traf keine Schuld. Ich wollte halt mehr, und er nicht. Zumindest war er mir gegenüber in diesem Punkt ehrlich gewesen.

Zum Glück war mein erster Abend allein als Bedienung so hektisch, dass ich gar keine Zeit hatte, an Verbindungspartys oder Slate Allen zu denken. Ich war zu sehr damit beschäftigt, mir die Getränkebestellungen zu merken, und die Art, wie die Gäste ihre Burger gebraten haben wollten.

Dreihundert Dollar und fünfundvierzig Cent an Trinkgeld zu kassieren, nachdem ich den Barkeeper und die Bedienungshilfen ausbezahlt hatte, war nett. So viel Trinkgeld hatte ich gar nicht erwartet, und wenngleich mir Mae schon prophezeit hatte, dass die Freitagabende besser waren als die anderen Wochentage, freute ich mich riesig darüber. Ich musste zusehen, dass ich jeden Freitag arbeiten konnte!

Das war nicht das einzige Unerwartete, das an diesem Abend geschah.

Als ich aus der Hintertür trat und zu meinem Auto gehen wollte, sah ich Slate daran lehnen, die Arme vor der Brust verschränkt und mit ernster Miene. Huch? Hätte er jetzt nicht mit seinem Date auf der Party sein müssen?

Ich blieb stehen und starrte ihn einen Augenblick an. Eigentlich hatte ich jetzt gar keine Lust, mich mit ihm auseinanderzusetzen. Schließlich war er bestimmt nur hergekommen, weil er erfahren hatte, dass ich von seinem Date wusste. Was, wenn er bereits mit dem Mädchen gevögelt und sie dann verlassen hatte? War er derart dreist? Dachte er, er könnte danach zu mir gerannt kommen?

»Warum bist du hier?« Es kam wütend heraus, aber das war ich ja auch.

»Weil ich dich sehen wollte.«

Kopfschüttelnd ging ich an ihm vorbei zu meiner Wagentür. »Du hast mich gesehen. Und jetzt verpiss dich und geh dahin zurück, wo du hergekommen bist, zu irgendeiner Schlampe und lass mich in Ruhe!« *Autsch* ... das hatte ich eigentlich nicht sagen wollen. Die Worte waren mir einfach so herausgeflutscht.

»Was soll das denn bitte heißen?«, fragte er, was mich nur noch zorniger machte.

Ich riss mit viel mehr Wucht als nötig meine Wagentür auf und funkelte ihn an. »Das heißt, dass ich es mir anders überlegt habe. Ich kann das nicht.« Ich hielt kurz inne. »Was auch immer das ist. Diese Art Mädchen bin ich nicht. Und werde es auch nie sein.«

Als Nächstes wollte ich in mein Auto steigen und wegdüsen. Leider war Slate schneller als ich. Im Nu stand er hinter mir und hielt mich an den Armen fest, sodass ich mich nicht bewegen konnte.

»Du kannst *was* nicht tun, Vale? Sprich's aus! Was genau kannst du nicht tun?«

Er wollte es hören. Na schön! Ich schüttelte ihn ab und wirbelte herum. »Ich kann nicht das Mädchen sein, mit dem du gern abhängst, weil sie dich sexuell nicht interessiert, währenddessen du massenweise andere flachlegst. Ich kann nicht zulassen, dass du mich küsst und dann irgendein Mädchen vögelst, das dich antörnt. Ich reiche dir nicht? Prima! Dann bin ich raus aus der Nummer. Dafür bin ich zu stolz. Ich ...«

Dann war sein Mund auf meinem, und ich brachte kein Wort

mehr hervor. Ich legte beide Hände auf seine Brust, um ihn wegzustoßen, doch er umklammerte meine Armgelenke und hielt mich fest, während er mich küsste, als ginge es ums Überleben. Als könnte er mir gar nicht nah genug sein. Und es dauerte nur ein paar Sekunden, da schmiegte ich mich auch schon an ihn und fuhr mit den Händen in sein Haar.

Slates Hände glitten zu meiner Taille, bewegten sich tiefer, bis sie sich auf meinem Po befanden und er mich gegen sich presste. Die pralle Härte, die sich nun in meinen Bauch drückte, sagte mir, dass ich mir in einem völlig sicher sein konnte: Ich törnte Slate an.

Ich drückte mich an ihn, wollte es fühlen. Ihn fühlen. Das Stöhnen, das ihm entfuhr, ließ mich erschaudern, und ich krallte mich in seine Haare und versuchte, mich noch näher an ihn zu drängen.

Slate fuhr mit der rechten Hand an meinem Oberschenkel hinunter, schlang sie um meine Kniekehle und riss mein Bein hoch, bis ich für ihn offen war. Bis seine Härte dorthin drücken konnte, wo ich es am meisten brauchte. Ich schrie auf und rieb mich an ihm, um die Lust zu spüren, nach der sich mein Körper so sehnte.

»Fuck!«, murmelte Slate gegen meine Lippen, nachdem er den Kuss beendet hatte, und küsste sich dann von meinem Hals nach unten. Mit jedem Zentimeter, den er meinen Brüsten näher kam, wurden meine Atemzüge schneller. Ich wollte das hier. Ich wollte das mit Slate. Inzwischen war es mir egal, mit wem er zuvor zusammen war. Ich wollte ihn so sehr!

»Vale«, flüsterte er, hob den Kopf und sah mich an. Ich konnte nicht sprechen, weshalb ich einfach nur seinen Blick erwiderte. »Steig in meinen Wagen.«

Ich nickte. Die Frage war allerdings, ob meine Beine noch funktionierten. Slate hob mich hoch und trug mich zu seinem Jeep im dunklen Bereich des Parkplatzes. Bei der Beifahrertür blieb er stehen, stellte mich wieder auf die Füße und presste mich an das kühle Metall. »Lass mich eines klarstellen. Seit ich dich zum ersten Mal gesehen habe, wollte ich mit dir schlafen. Dass ich es nicht getan habe, liegt nicht an mangelndem Verlangen, ich habe es aus Respekt dir gegenüber nicht getan.«

*Oh!*

Und schon drückte er seine Lippen wieder auf meine und machte sich an meinen Shorts zu schaffen, knöpfte sie mit geschickten Fingern auf. Hier, auf dem Parkplatz meiner Arbeitsstelle! Meine Shorts rutschten hinunter und lagen am Boden. Slate kniete sich hin, hob sie auf und fuhr mit der Hand an meinem bloßen Bein entlang bis ganz nach oben.

Als er einen Kuss auf den pinkfarbenen Satin meines Höschens drückte, hielt ich den Atem an. So etwas hatte ich mit Crawford nie gemacht. Wir hatten nur ein paarmal Sex gehabt. Wie alles andere mit Slate war das hier anders. Es veränderte mein Leben.

# 29. Kapitel

Slate drückte mich an sich, öffnete die Tür hinter mir, umfasste meine Taille und hob mich auf den Sitz. Dann zog er mir den Slip aus, warf ihn auf den Rücksitz, legte die Hände auf meine Knie und schob sie auseinander. Nichts blieb seinem Blick mehr verborgen. Noch so was, das ich noch nie getan hatte.

»Ich muss dich schmecken«, flüsterte er heiser, bevor er sich hinunterbeugte und den Kopf zwischen meine Beine senkte. Als er zum ersten Mal seine Zunge einsetzte, rief ich seinen Namen und packte ihn am Kopf. Das war anders als alles, was ich je erlebt hatte. Ich wollte mehr davon.

Je mehr er mich dort küsste und mit der Zunge die Stellen verwöhnte, die sich am meisten nach ihm verzehrten, umso verzweifelter wurde ich. Sein Name war das Einzige, was ich überhaupt herausbrachte, während ich mich dem Höhepunkt näherte. Für dieses Gefühl hätte ich alles getan!

Gerade, als ich glaubte, meine Lust laut herausschreien und Slate alle Haare herausreißen zu müssen, fegte der Orgasmus über mich hinweg und ließ mich bebend und zitternd zurück. Slate küsste sich an meinem Bauch hinauf und zog mich in seine Arme. »Das hast du genossen.« Er klang erfreut, und ich lachte schwach auf.

»Ja«, hauchte ich.

»Ich auch. Und damit lassen wir es erst mal gut sein.«

*Moment mal. Was?*

»Nicht sauer sein. Aber ich möchte dich ganz relaxt und entspannt in meinen Armen. Mit dir lasse ich's langsam angehen. Du bist anders. Deshalb möchte ich dich auch nicht wie die anderen behandeln. Das kann ich nicht. Meine Gefühle … Es ist einfach so … Ich kann es nicht.«

Konnte mir das genügen? So mit ihm zusammen zu sein und zu wissen, dass er auch noch mit anderen Mädchen zusammen war? Der Gedanke, dass er eine andere so verwöhnte wie mich gerade schmerzte über alle Maßen. Damit würde ich nicht umgehen können.

»Ich kann es auch nicht«, sagte ich und löste mich aus seiner Umarmung. »Das gerade war unglaublich … aber ich könnte nicht auf diese Art mit dir zusammen sein und gleichzeitig wissen, dass ich nur eine von vielen bin.«

Slate seufzte und umfasste mein Gesicht. Ich mochte es, wenn er das tat. Es war, als würde er Anspruch auf mich erheben. Mir zeigen, dass er mich anbetete. Mich wollte. »Du bist die Einzige. Ich habe mich schon seit zwei Wochen mit keiner anderen mehr getroffen. Je mehr ich mit dir zusammen bin, umso mehr möchte ich mit dir zusammen sein. Nur mit dir. Ich halte es in der Nähe anderer Mädchen ja nicht mal mehr aus, weil sie nicht du sind.«

Das wollte ich so gern glauben. Es klang so schön. Gelogen war's trotzdem.

»Ich weiß von deinem Date heute Abend.«

Er nickte. »Yeah. Das hab ich mir schon gedacht. Aber weißt du auch, dass ich das Ganze abgeblasen habe, nachdem ich dich heute Morgen vor dem Rauslassen geküsst habe? Ich wollte es nicht. Ich wollte nur dich.«

*Oh.*

Er drückte mir einen Kuss auf die Nasenspitze. »Es geht nur um dich, Vale. Zum ersten Mal in meinem Leben schaue ich mich nicht um. Ich habe gefunden, was mir fehlte.«

Mein Herz zog sich zusammen, und ich spürte, wie mir die Tränen kamen. Ich wollte aber nicht weinen, weshalb ich den Kopf an seine Schulter drückte und tief einatmete. Ich fühlte mich geborgen. Vor allem aber glücklich. Vollständig. Und das, obwohl er nicht Crawford war.

»Weinst du?« Er klang belustigt.

Dankbar, dass keine Tränen geflossen waren, schüttelte ich den Kopf und sah zu ihm auf. »Quatsch!«

Er lächelte mich an. »Du bist so verdammt umwerfend, das verwirrt mich. Und dann finde ich heraus, dass du auch innerlich so schön bist! Dass du die Welt mit ganz eigenen Augen siehst und ich sie auch so sehen möchte. Und das passiert, wenn ich mit dir zusammen bin.«

»Danke«, sagte ich mit vor Gefühlen belegter Stimme.

»Für die galaktischen Lustgefühle gerade eben oder dafür, dass ich total in dich verknallt bin?« Wieder neckte er mich.

»Beides«, flüsterte ich und spürte, wie ich bei seinen unverblümten Worten rot anlief.

»Für den Fall, dass du dich gefragt hast, du schmeckst genauso gut, wie du aussiehst.« Er schob eine Hand unter mein Shirt, ließ sie zu meinem nackten Po hinabgleiten und umfasste ihn.

Kichernd vergrub ich mein Gesicht wieder an seinem Hals.

»Gott, und süß bist du auch. Ich glaube, ich bin dir verfallen!«

Gut. Genau so sollte es auch sein.

*

Es fiel mir schwer, an diesem Abend einzuschlafen. Das Lächeln auf meinem Gesicht, während ich an die Decke starrte und an all das dachte, was er gesagt hatte, wie auch an unseren Gutenachtkuss, fühlte sich richtig an. Und es erlosch selbst dann nicht, als Everly um zwei Uhr früh betrunken reingestolpert kam und über mich fluchte, auch wenn sie dachte, ich schliefe, denn ich verbarg mein Lächeln vor ihr.

Gern hätte ich Mae alles erzählt, doch ich wollte sie nicht aufwecken. Es dämmerte ihr eh schon, wie ich für Slate empfand und mehr wollte als nur Freundschaft, auch wenn ich anderes behauptet hatte. Es würde Spaß machen, es ihr zu gestehen, es würde dadurch real erscheinen. Bisweilen hatte ich das Gefühl, mich in einem Traum zu befinden. Vor allem jetzt mit Slate.

# 30. Kapitel

Am nächsten Abend saß Slate an einem meiner Tische und schaute Football, als Knox hereinkam und direkt auf ihn zusteuerte. Ich beeilte mich, die zuletzt georderten Getränke zu servieren, und begab mich dann schleunigst zu ihnen. Schon seit einer Woche hatte ich mich mit Knox nicht mehr über den Stand der Dinge unterhalten. Doch nachdem Slate am vergangenen Abend die Party ausgelassen hatte, um mit mir zusammen zu sein, und nun während meiner Arbeitszeit an einem meiner Tische saß, war klar, dass die Dinge anders lagen. Wir waren ein Paar.

Slate lauschte, Knox redete. Angesichts der ernsten Miene meines Bruders geriet ich ein wenig in Panik. Er brauchte sich nicht in meinen Kram einzumischen. Ich wusste, was er von Slate hielt. Und ich wusste, wie falsch er damit lag.

»Warum bist du hier, Knox?« Ich bemühte mich nicht mal, meine Verärgerung zu verbergen.

»Muss nur mit Slate reden, das ist alles«, lautete seine knappe Antwort.

Blödmann.

»So, so. Und, hast du auch vor, was zu essen …?«

Er hob eine Hand. »Beruhige dich, Sis. Ich plaudere doch nur mit ihm.«

Ich hasste es, wenn er mich wie ein kleines Kind behandelte. »Und ich frage, warum?«

Er lehnte sich zurück. »Weil ihr Gerüchten zufolge eine Beziehung haben sollt und ich Slate noch nie in einer Beziehung erlebt habe. Du dagegen kennst es gar nicht anders. Ich möchte nicht, dass du verletzt wirst.«

Ich wollte darauf antworten, doch Slate war schneller. »Ich würde ihr nie wehtun. Das könnte ich gar nicht. Dafür bedeutet sie mir zu viel.«

Genau wie bei dem Kuss gestern Abend und dem Moment, als er diese süßen Sachen gesagt hatte, gaben meine Knie nach und mein Herz spielte verrückt.

Knox drehte sich zu Slate. »Ist das so?«

»Ich schwör's«, erwiderte der, ohne zu zögern.

Knox sah zu mir zurück. »Möchtest du das? Mit ihm?« Ich wusste, indirekt fragte Knox nach Crawford. Schließlich war ich mein ganzes Leben mit ihm zusammen gewesen. Meine Familie dachte, daran wäre nicht zu rütteln. Wie erklärte ich ihm das nun alles?

»Ja. Die Menschen ändern sich. Das Leben ändert sich.«

Knox schien sich das durch den Kopf gehen zu lassen. Ich wusste, er verstand, worauf ich hinauswollte. Schließlich nickte er. »Na, schön. Wenn du es denn willst.«

»Tue ich.«

»Dann bring mir bitte zwölf Hot Wings und eine Coke.«

Das war's. Ich hatte es hinter mir! Und Knox blieb. Ich seufzte erleichtert auf, nickte und machte mich daran, seine Bestellung aufzugeben und mich um meine anderen Gäste zu kümmern.

Vor diesem Gespräch hatte ich mich gefürchtet und war froh, dass es ausgestanden war. Ich wollte mich wegen meiner Beziehung zu Slate nicht verteidigen müssen. Schon gar nicht vor meiner Familie.

Ein paar der anderen Kellnerinnen fiel auf, dass sich Slate grundsätzlich einen Platz in meinem Bereich aussuchte, und horchten mich über ihn aus. Manche kannten ihn, andere wollten ihn gern kennenlernen. Mae sah mich vielsagend an, als wir aneinander vorbeigingen, und ich wusste, ich musste ihr reinen Wein einschenken. Sie war meine Freundin.

Nachdem klar war, dass Knox den Abend über bei Slate am Tisch sitzen bleiben würde, kam Mae schließlich zu mir herüber, stemmte die Hände in die Hüften und zog beide Augenbrauen nach oben. »Nun …?«

»Wir daten. Exklusiv«, erzählte ich ihr, denn mehr als ihr »Nun« brauchte ich nicht, um zu wissen, worauf sie hinauswollte.

Sie riss die Augen auf und sah zu ihm hinüber. »Slate Allen gibt's auch exklusiv? Echt jetzt?«

»Jepp.«

»Heilige Scheiße!«, murmelte sie. »Ich dachte, vielleicht würdest du heute Abend mit ihm schlafen wollen, oder irgend so was Dummes.«

»Das haben wir gestern Abend beschlossen. Es ist … Wir sind anders.«

»Ach nee, wirklich?«, prustete sie. »Slate Allen datet nicht exklusiv. Das muss bei euch definitiv was anderes sein!«

Nicht imstande, mir ein Grinsen zu verkneifen, nickte ich.

»Dann ist Knox also deshalb hier. Und ich hatte schon Angst, die beiden würden über deine Tugendhaftigkeit in einen handfesten Streit geraten!«

»Nee, der wollte nur die Große-Bruder-Nummer abziehen.«

»Charlie wird am Boden zerstört sein.«

Mit Charlie hatte ich schon seit einer Woche nicht mehr gesprochen. Er wusste, dass ich eine Schwäche für Slate hatte. Das hatte ich ja nur schwer verbergen können. Als wir uns vor zwei Wochen zum Lunch trafen, hatten wir auch tatsächlich darüber diskutiert.

»Oh, oh. Du kriegst Probleme«, flüsterte Mae mit Blick auf Slates Tisch. Ich wandte mich um und entdeckte Everly und eine ihrer Freundinnen, die neben Knox und Slate Platz nahmen.

Slate sah auf, und unsere Blicke trafen sich sofort. Ich wusste, er hatte sie nicht dazu angestiftet, hoffte aber, er würde das in den Griff kriegen. Er schien streng auf Everly einzureden und sah dabei zu mir.

Sie lehnte sich zu ihm und legte ihm die Hände auf den Brustkorb. Sofort schoss Slate von seinem Platz hoch. Er sagte etwas von wegen, sie sei verzweifelt, und marschierte davon, sodass mein amüsiert grinsender Bruder mit den beiden Mädchen zurückblieb.

Ich rührte mich nicht von der Stelle, bis Slate bei mir war. Er schlang einen Arm um meine Taille, zog mich an sich und küsste mich inmitten des Lokals.

»Ich warte draußen in meinem Jeep, bis du fertig bist«, flüsterte er, drückte mir Geld in die Hand und ging.

Ich konnte die Dolche spüren, die Everly auf mich richtete, doch das war mir schnuppe. Mit einem bescheuerten Grinsen im Gesicht beobachtete ich, wie Slate mit lässigem Hüftschwung das Lokal verließ.

»O mein Gott!«, japste Mae, die neben mich getreten war. »Das glaubt mir Sam nie im Leben!«

Ich wollte eigentlich nicht an Sam oder irgendeine andere denken, mit der Slate in der Vergangenheit geschlafen hatte. Viel lieber erinnerte ich mich daran, was er gerade getan hatte. Dieser Auftritt dürfte nicht der erste dieser Art gewesen sein. Er war Slate Allen, und Frauen erwarteten von ihm deutliche Worte. Ich hatte nie wirklich darüber nachgedacht, wie so etwas eigentlich ablief, bis ich ihn jetzt in Aktion erleben durfte.

Als ich mich umwandte, trafen sich Knox' und mein Blick, und er bedachte mich mit einem kleinen Lächeln und nickte dann leicht. Völlige Zustimmung bedeutete das zwar nicht, doch er deutete an, dass er das mit Slate und mir okay fand. Ich brauchte sein Einverständnis zwar nicht, aber es machte die Dinge leichter.

Everly flirtete inzwischen mit Knox und gab vor, Slates Abfuhr hätte es nie gegeben. Dabei hatte das garantiert das gesamte Lokal mitbekommen. Nun würde sie mich wirklich hassen. Vielleicht hielt ich künftig beim Schlafen lieber immer ein Auge offen. Oder wartete zumindest, bis sie betrunken heimkam und dann wegtrat. Was fast jeden Abend der Fall war. Ein Wunder, dass dieses Mädel ihre Kurse bestand.

»Ich übernehme diesen Tisch, okay?«, meinte Mae. »Ich möchte deinetwegen während der Arbeit keine Bitch verprügeln müssen. Und wenn du da rübergehst, sagt sie garantiert etwas Bescheuertes, und ich muss ihr den kleinen Barbiepopo versohlen.«

Sie hatte recht. Um Everly machte ich besser erst mal einen Bogen.

# 31. Kapitel

Zum Glück tauchte Everly in dieser Nacht nicht mehr im Wohnheim auf. Zwischen eins und zwei Uhr hörte ich schließlich auf, auf der Lauer zu liegen, und döste weg. Als ich am nächsten Morgen entdeckte, dass ihr Bett leer war, zog ich die Vorhänge auf und ließ den Sonnenschein herein. Seltsam, wie man so etwas wie Sonnenschein morgens in seinem Zimmer vermisst. Und wenn er einem völlig abgeht, begreift man, wie sehr man ihn liebt.

Es war Sonntag, und da ich abends frei hatte, holte mich Slate zu einer Wanderung auf dem Mossy Ridge Trail ab. Mir gefiel der Gedanke, Bington den Rücken kehren und mit Slate allein sein zu können. Und ich wanderte eh gern. Crawford und ich waren oft zusammen wandern gewesen. Daran wollte ich mich auch mit Slate erinnern können.

Ja, ich wollte anfangen, mir mit Slate Erinnerungen zu schaffen, und war bereit, die Erinnerungen mit Crawford hinter mir zu lassen. Jeder Tag, der verging und an dem er nicht aufwachte, war ein weiterer Schritt weg von unserer gemeinsamen Zeit.

Slate wartete unten schon mit einer Tüte Muffins und Kaffee auf mich. Wir wollten auch ein Picknick machen, und ich hatte das Essen bei einem Deli im Ort bestellt. Wir müssten es unterwegs noch abholen.

»Guten Morgen!« Er beugte sich zu mir und küsste mich.

»Morgen«, sagte ich an seine Lippen.

»Hat dich die Böse Hexe heute Nacht noch irgendwie schikaniert?«, fragte er, als wir uns wieder voneinander lösten.

»Sie hat zum Glück woanders geschlafen.«

Er nickte. »Wenn sie dir Schwierigkeiten macht, sag Bescheid. Ich kümmere mich drum.«

Lächelnd nahm ich ihm meinen Kaffee ab. »Würdest du sie verprügeln? Jungs sollen Mädchen nicht schlagen, schon klar, oder?«

»Dessen bin ich mir bewusst, aber ich habe auch so meine Mittel und Wege, um sicherzustellen, dass sie Ruhe gibt.«

Welche das waren, wollte ich lieber gar nicht wissen.

»Das ist äußerst 007-artig von dir«, scherzte ich, öffnete meine Tasche und holte einen Banana-Nut-Muffin heraus.

»Ich gebe mein Bestes!« Er streckte die Hand nach seinem Chocolate-Chip-Muffin aus.

»Wir müssen bei dem Deli in der Sixth Street vorbeifahren. Dem mit dem rosa Flamingo davor. Dort hab ich nämlich unser Lunch bestellt. Die verstauen das sogar in einem Korb.«

Er lachte. »Kommt man mit einem Fresskorb im Gepäck als seriöser Wanderer rüber?«

Ich zuckte die Achseln. Mich scherte es nicht, ob wir seriös aussahen. »Der Inhalt wird so lecker sein, dass die anderen Wanderer uns beneiden werden.«

»Und das ist definitiv das Einzige, was zählt«, räumte Slate ein.

»Jepp.«

Nachdem wir unseren Lunch abgeholt hatten, brauchten wir noch ungefähr zwanzig Minuten, bis wir bei dem Park ankamen, in dem wir wandern wollten. Mir gefiel es, durch Nashville zu fahren. Ich war in einer Vorstadt davon aufgewachsen, und es war immer ein großes Ereignis gewesen, in die Stadt zu fahren. Jedes Mal, wenn ich durch Nashville fuhr, kam in mir wieder das kleine Kind zum Vorschein.

»Onkel D hat heute Morgen angerufen. Sie schicken ihn wieder nach Hause. Er meinte, Jeffrey, sein Nachbar und guter Freund, wollte nach ihm zu sehen, und Wilma, Jeffreys Frau, werde ihn mit Essen versorgen. Ich weiß nicht so recht, was ich von der Entlassung halten soll, aber Jeffrey und Wilma sind herzensgut. Ich ruf sie heute Abend mal an. Hake mal nach.«

Es musste ihm schwerfallen, nicht bei seinem kranken Onkel sein zu können. Ich las die Besorgnis und die Angst in seinen Augen. Ich wünschte, ich könnte etwas tun, aber was?

»Vielleicht fahren wir nächstes Wochenende ja mal hin? Ich könnte mir freigeben lassen, dann könnten wir das ganze Wochenende in Huntsville verbringen. Und du könntest gucken, ob er alles hat, was er braucht.«

Slate hielt bei einer roten Ampel an und sah zu mir. »Das würdest du tun?«

»Na klar!«

Er lächelte mich an und beugte sich dann schnell herüber, um mich zu küssen. »Danke, Vale. Das bedeutet mir eine Menge.«

»Kein Ding.«

Die nächsten Meilen fuhren wir schweigend und parkten dann auf dem für Wanderer gekennzeichneten Parkplatz. »Der ganze Trail führt nur über rund fünf Meilen. Allerdings ist er nicht ohne. Vielleicht magst du den Inhalt dieses wirklich hübschen Korbs ja doch stattdessen in meinen Rucksack packen? Es würde den Transport erleichtern.«

»Gar nicht so schlecht, die Idee.« Ich räumte unser Lunch um.

»Gute Wanderstiefel hast du!«, bemerkte er mit Blick auf meine Füße.

»Alle in unserer Familie sind echte Wanderfreaks.«

Dass Crawford und ich früher auch viel gewandert waren, ließ ich unter den Tisch fallen. An diesem Tag sollte es nur um uns beide gehen.

»Onkel D und ich sind auch ganz ordentlich gewandert. Vor allem, als ich noch kleiner war.«

»Hast du die Tour hier auch schon mit ihm gemacht?«, fragte ich, während er sich den Rucksack auflud.

»Jepp. Ich schätze, so an die zehn Male.«

Gut zu wissen. Zumindest kannte er sich hier aus.

»Los geht's«, sagte ich, als er seinen Jeep abgesperrt und die Schlüssel in die Seitentasche seines Rucksacks gesteckt hatte.

Auf dem Parkplatz stand nur ein einziger weiterer Wagen, wir würden unterwegs also kaum jemandem begegnen. Ich war froh darüber.

Wir unterhielten uns über vergangene Wanderungen, erzählten uns lustige Geschichten und hielten an, wann immer sich besonders schöne Ausblicke auf die unberührte Natur boten. Einmal blieb Slate stehen, zog mich an sich und küsste mich, da er mich, wie er sagte, nicht länger ansehen könne, ohne zumindest eine Kostprobe zu bekommen. Wenn er solche Dinge tat, verspürte ich Schmetterlinge im Bauch, und mir wurde ganz anders.

Als wir eine Art Plattform mit ein paar Tischen und einem schönen Blick auf einen Bach erreichten, in dem zwischen Felsgestein Fische herumschwammen, stellte Slate seinen Rucksack auf einem der Tische ab.

»So, hier machen wir Rast, hm?«

»Ja, ich bin am Verhungern!« Ich machte mich daran, Sandwiches mit Hühnersalat, Obst, Kartoffelchips und Brownies auszupacken. Zum Glück hatte ich mehrere Sandwiches bestellt, denn ich konnte locker zwei verdrücken und war mir sicher, Slate auch, wenn nicht mehr.

»Wie viele davon bekomme ich?« Er griff nach einem Sandwich.

»Ich nehme zwei. Die anderen drei sind also für dich.«

Er beugte sich über den Tisch und küsste mich noch einmal, bevor wir uns setzten und reinhauten.

# 32. Kapitel

Der Tag war vollkommen. Je mehr Zeit ich mit Slate verbrachte, umso mehr Dinge bewunderte ich an ihm. Dass er seinen Onkel liebte, war offensichtlich, auch wenn das Leben bei ihm nicht einfach gewesen sein mochte. Slate hatte hart arbeiten müssen. Das kannte ich aus meinem Leben gar nicht. Und Crawford genauso wenig.

Fast hatten wir die Kurve erreicht, die meines Wissens zum Parkplatz zurückführen würde, als Slate die Hand um meinen Oberarm schlang. Ich blieb stehen und sah ihn verwirrt an.

»Hörst du das?«, flüsterte er.

Ich spitzte die Ohren und lauschte, hörte aber nichts. Also schüttelte ich den Kopf.

Er drückte mich fester an sich und beugte sich zu meinem Ohr hinunter. »Hör noch mal hin. Bist du sicher?«

Allmählich wurde ich ein wenig nervös. Ich wusste, dass es hier draußen Bären gab, und hatte keine Lust auf persönlichen Kontakt. Doch sosehr ich auch lauschte, hörte ich doch nichts außer dem plätschernden Bach und ein paar Vögeln.

»Ich höre nichts Ungewöhnliches«, sagte ich schließlich, so leise ich konnte.

Er nickte. »Gut. Ich auch nicht.« Damit legte er die Hände auf meine Hüften und küsste mich.

Das Lächeln, das meine Lippen umspielte, zeigte sich auf seinen auch. Gegen so einen süßen Trick hatte ich nichts einzuwenden. Wie oft dachte ich an Slates Küsse! Heute mindestens alle dreißig Sekunden. Sein Mund lud einfach dazu ein.

Er beendete den Kuss und sah mich mit leidenschaftlichem Blick an. »Vertraust du mir?«

Das tat ich. Total. Daher nickte ich.

Er griff nach dem Saum meines Shirts und zog es mir über den Kopf, sodass ich in meinem Sport-BH dastand. »Ich möchte alles von dir sehen.«

Die Art, wie seine Stimme bei diesen Worten ganz tief und belegt wurde, verscheuchte alle Gedanken, es könnte vielleicht keine so gute Idee sein, sich in aller Öffentlichkeit zu entblättern.

Ich zog den Sport-BH aus und warf ihn auf das Laub zu unseren Füßen. Allerdings scheute ich mich nun, Slate wieder in die Augen zu sehen. Ich spürte, wie heftig sich mein Brustkorb hob und senkte, als ich meine Leggings in Angriff nahm. Doch ich kam nicht weit, da er mein Gesicht umfasste und mich wieder küsste.

Ich schlang die Arme um ihn und erschauerte, als meine Brüste seinen Brustkorb berührten. Toppen lassen hätte es sich nur noch, wenn er dazu kein Shirt getragen hätte. Also griff ich danach, raffte möglichst viel Stoff zusammen und zog es nach oben. Nachdem Slate ein Stückchen zurückgetreten war, konnte ich es ihm ganz ausziehen.

Als ich mich wieder an ihn schmiegte und seine warme Haut spürte, breitete sich in mir ein köstliches Kribbeln aus. Er stöhnte lustvoll auf, und ich versuchte, noch näher an ihn heranzukommen. Das hier übertraf all meine Vorstellungen. Es war berauschend, mit Slate zusammen zu sein. Fühlte sich so richtig an. Als ob nichts je wieder so perfekt sein könnte.

Seine Hände wanderten zu meinen Leggings, und er zog sie langsam von meinen Hüften, bis wir unseren Kuss unterbrechen mussten, damit ich aus meinen Schuhen schlüpfen und mich ihrer entledigen konnte. Jetzt stand ich nur noch im Höschen da, und Slate trat zurück. Während er mich betrachtete, blähten sich seine Nasenflügel.

»Du bist zu gut für mich. Das wusste ich auf Anhieb. Zu perfekt, zu schön, zu unerreichbar.«

*Nein. War ich nicht!* Ich war überhaupt nicht perfekt. Ich zog ihn zu mir zurück und machte mich daran, seine Wandershorts zu öffnen. »Das sehe ich anders!«

Er legte seine Hand auf meine. »Vale«, seufzte er, »wenn du das tust, dann will ich mehr. Meine ganze Selbstbeherrschung ist nötig, dich nicht zu packen, an diesen Baum zu drücken und völlig den Verstand zu verlieren, einfach nur, weil ich in dir bin.«

Äußerst direkte Worte, aber aufrichtig, anschaulich – und ich wollte es. Mein Körper pulsierte danach. »Bitte«, sagte ich, ganz ohne Angst. Denn vor Slate hatte ich keine Angst. Ich vertraute ihm.

»Vale«, flüsterte er mit gepresster Stimme. Ich machte mich weiter an seinen Shorts zu schaffen, bis sie auf dem Boden lagen. Dann zog ich mit auf ihn gerichtetem Blick mein Höschen aus. Gab mich mutig. Verhielt mich schamloser als je zuvor in meinem Leben. Selbst mit Crawford war ich nie so kühn gewesen. Wenn wir Sex gehabt hatten, war das eine eher schüchterne, gelegentlich sogar peinliche Angelegenheit gewesen.

Ich stand nackt mit einem Mann in der freien Natur und wollte es wissen. Wie anders es mit Slate doch war!

Als er sich völlig ausgezogen hatte, hielt er inne. Griff nach seinen Shorts und zog ein Kondom aus der Tasche. Ich ließ das unkommentiert, schließlich handelte es sich um Slate Allen, und ich war dankbar, dass er vorbereitet war. Verhütung war das Letzte, was ich im Kopf gehabt hatte, aber dass er für meine Sicherheit sorgte, hieß ja was.

Er schnappte sich sein Shirt vom Boden, hob mich hoch und ging, mich küssend, zu einem Picknicktisch. Dort stellte er mich wieder auf die Füße, breitete das Shirt auf dem Tisch aus, legte dann die Hände auf meine Hüften und hob mich aufs Shirt. »Ich habe mir das ausgemalt. Verdammt, eine Million Male! Jedes Mal hast du dich dabei an ganz besonderen Orten befunden, auf keinen Fall aber auf einem Picknicktisch im Wald.«

Bei seinen Worten musste ich grinsen. Ich konnte mir keinen perfekteren Ort vorstellen. Ich lehnte mich vor und gab ihm einen Kuss. »Das ist genau so, wie ich es mir vorgestellt habe«, scherzte ich und brachte ihn damit zum Schmunzeln.

»Gott, ich will dich.« Er zog mich eng an sich, presste meine Brüste an seinen Brustkorb. Meine Schenkel öffneten sich, und ich spürte seine Erektion genau dort, wo ich sie brauchte. »Bitte!«, flehte ich und hob meine Hüften.

Er glitt in mich, und ich wusste, meine Welt würde nie mehr dieselbe sein. Ich umklammerte seine Arme und warf den Kopf zurück, während er mich immer und immer wieder erfüllte. Ich verging fast vor Lust.

»Fuck!«, stöhnte er, als ich mit den Hüften hart gegen ihn stieß, da ich nicht genug kriegen konnte. Mehr brauchte er nicht als Einladung, um tiefer und kraftvoller in mich zu stoßen. Genau das brauchte ich. Das sagte ich ihm auch, und er keuchte heiser meinen Namen.

Ich hob die Beine und drückte die Knie gegen seine Hüftknochen, und er drang noch tiefer in mich hinein, sodass wir beide aufschrien.

»Fuck, ich bin im Himmel!« Er packte mich an den Hüften, wurde gröber, und seine Augen weiteten sich derart, dass die grünen Pupillen fast verschwanden. Er sah aus wie ein Mann, der in seiner eigenen Lust völlig verloren war, und das gab mir den Rest. Ich fiel auf meine Hände zurück, hob die Hüften und stöhnte seinen Namen, während ich von einer Welle der Ekstase nach der anderen erfasst wurde.

Mit lautem Stöhnen kam Slate, und ich hatte noch nie etwas Sexyeres gehört. Seine Finger bohrten sich dabei in meine Haut, und ich hoffte, sie würden Abdrücke hinterlassen. Als Erinnerung, wie schön das hier gewesen war.

Als ich allmählich wieder normal atmete, nahm er mich in seine Arme und glitt langsam aus mir hinaus. Ich schlang die Arme um seinen Rücken, und so verharrten wir mehrere Augenblicke. Mir fiel nichts ein, was diesen Moment hätte ruinieren können. Es war sogar noch besser als erwartet.

»Ich habe mich in dich verliebt.« Slates Worte hätten mich schockieren müssen. Taten sie aber nicht. Nicht nach dem, was wir gerade erlebt hatten. Denn ich hatte es gespürt. Das war die Veränderung in meinem Leben, die ich nie hatte kommen sehen. Das Geschenk, das ich mir gewünscht hatte, ohne es zu wissen. Mein Weg würde nun anders verlaufen. Und ich war glücklich.

Könnte dieser Augenblick doch nie vergehen!

Doch wie bei allen guten Träumen muss man … irgendwann aufwachen.

# Teil Zwei

I wake to sleep, and take my waking slow
I feel my fate in what I cannot fear.

*Theodore Roethke,*
*»The Waking«*

# 33. Kapitel

Es war verschwommen. Keine Ahnung, was verschwommen war, aber mir fiel es so schwer, mich zu fokussieren. Auch aus den Geräuschen um mich herum konnte ich mir keinen Reim machen, und es kam mir vor, als sei ich festgeschnallt. Ich öffnete den Mund und versuchte, etwas zu sagen, als jemand so laut schrie, dass es in meinen Ohren klingelte.

»Sie ist wach!«

*Wer ist wach?* fragte ich mich. Dann entdeckte ich in meinem Blickfeld jemanden, den ich kannte. Ein Gesicht, das mich beruhigte. Meine Mutter.

»Vale? Schätzchen?« Sie sprach nun klarer und leiser. Ich mochte das Gefühl, dass ihre Stimme in mir auslöste.

Ich war Vale McKinley. Auch das wusste ich. Warum also hatte ich keine Ahnung, wo ich mich befand und was gerade geschah?

»Jonathan, geh und ruf die Jungs«, bat meine Mutter. Jonathan war mein Dad, und die Jungs waren meine Brüder. Sie waren zu viert. Dylan, Michea, Jonah und Knox. Warum rief sie nach ihnen?

»Mom«, sagte ich schließlich. Meine Kehle fühlte sich wund an.

»Ssscchhh, noch nicht reden.« Mit Tränen in den Augen sah sie auf mich herab. Mir fiel auf, dass ihr Gesicht schmaler war und sie dunkle Ringe unter den Augen hatte. War sie krank?

Gerade wollte ich sie das fragen, als zwei Frauen und ein Mann meine Mutter beiseiteschoben und anfingen, um mich herum zu hantieren. Mit mir zu reden und mich bei meinem Namen anzusprechen. Es dauerte einen Moment, bis ich begriff, dass es sich dabei um Krankenschwestern und einen Krankenpfleger handelte. Ich drehte den Kopf, bemerkte meine Umgebung und begriff, dass ich mich in einem Krankenhaus befand.

*Warum war ich hier?*

Das Quietschen von Reifen und mein eigener Schrei echoten plötzlich in meinen Ohren, und ich sah das Entsetzen in Crawfords Gesicht, bevor alles um mich herum schwarz wurde. Dann erinnerte ich mich an nichts mehr. *Crawford*. Wo war Crawford? Ich musste ihn finden. Er war verletzt.

»Sie hat versucht aufzustehen«, sagte eine Krankenschwester, während eine andere mich wieder sanft niederdrückte. »Nicht so schnell. Noch darfst du dich nicht bewegen.«

»Crawford«, brachte ich mit heiserer Stimme hervor und versuchte, mich ihrem Griff zu entwinden. Ich musste Crawford finden.

Die Krankenschwestern drückten mich aufs Bett zurück und redeten sanft auf mich ein, doch ich hörte ihnen nicht zu. Wo war meine Mom? Wo war Crawford? Der Lkw war direkt auf uns zugefahren. Daran erinnerte ich mich. Er hatte so Angst gehabt.

»Süße, Schätzchen, bitte!« Wieder war Moms Stimme zu hören, sie beugte sich über mich, legte die Hand auf meine Stirn und liebkoste mich so, wie sie es immer tat, wenn sie mich beruhigen wollte.

»Crawford!«, wiederholte ich.

Sie sah zu den Krankenschwestern auf.

»Der Arzt ist unterwegs«, versicherte eine der Krankenschwestern meiner Mutter.

Was hatte der Arzt damit zu tun? Ich hatte geschlafen. Jetzt war ich wach und musste Crawford sehen. Er war verletzt, das wusste ich.

»Er soll sich beeilen«, sagte meine Mutter. Sie klang aufgelöst.

Und sah so krank aus. Warum war sie hier, wenn sie eigentlich im Bett hätte liegen müssen?

»Mom«, sagte ich.

»Baby, bitte, versuch noch nicht zu sprechen. Warte erst mal den Arzt ab.«

»Die Jungs sind unterwegs«, hörte ich meinen Vater sagen, dann beugte auch er sich über mich. »Hey, meine Kleine. Wurde aber auch Zeit, dass du aufwachst. Ich habe dich so schrecklich vermisst.«

Bei seinen Worten kamen mir die Tränen, und ich war nicht sicher, ob das daran lag, dass ich ihn auch vermisst hatte, oder weil ich Angst hatte. Angst davor hatte, was ich gleich herausfinden würde. Angst davor, was ich nicht wusste.

»Daddy«, sagte ich, und er beugte sich zu mir und drückte mir einen Kuss auf die Stirn.

»Alles okay mit dir. Gott hat sich um dich gekümmert, und alles wird wieder gut.« Er sagte das so, als würde er sich selbst beruhigen wollen, nicht mich.

»Crawford«, sagte ich, und wie meine Mutter zuvor, hob er den Blick und sah zu ihr, dann zu den Krankenschwestern.

»Dornröschen ist aufgewacht«, ertönte eine neue, tiefe Stimme, und meine Eltern traten beide einen Schritt zurück. Dabei wollte ich sie bei mir haben! Ich kannte doch nur sie beide.

»Sie erkundigt sich nach Crawford«, sagte meine Mutter, und er nickte mit einem Lächeln.

»Ihr Gedächtnis scheint zu funktionieren. Da können wir froh sein. Weiß sie, wer sie ist?«

»Ja, und sie kennt uns«, erwiderte mein Vater.

»Sie hat nach Crawford gefragt und zu reden versucht«, setzte die blonde Krankenschwester hinzu.

Bei dem Arzt handelte es sich um einen jungen, rothaarigen Mann mit freundlichen Augen. Ich fühlte mich wohl in seiner Nähe, aber ich wollte Antworten … und wenn man sie mir nicht gab, dann stand ich eben auf! Ich bewegte meine Beine und beobachtete, wie sie sich unter der Bettdecke beide regten. Schon mal gut …

Der Arzt warf einen Blick zu den Geräten hinüber, mit denen ich verbunden war, und sah dann wieder zu mir. »Ich bin Doktor Haufman, aber dasselbe gilt für meinen Vater, weshalb ich von Patienten, die ich über einen längeren Zeitraum betreue, lieber einfach Doktor Charlie genannt werde. Was ja bei dir der Fall ist. Und nun wollen wir doch mal dein Erinnerungsvermögen checken. Erinnerst du dich an deine Telefonnummer?«, fragte Dr. Charlie. Warum wollte er so was wissen? Das war doch unwichtig!

Doch als ich zur Antwort ansetzte, begriff ich, dass ich ihm die Nummer nicht nennen konnte. Meine Adresse hingegen kannte ich. Also nannte ich ihm stattdessen die.

»Sie wird ein paar Erinnerungslücken haben. Das ist normal, aber die wichtigen Dinge scheint sie zu wissen.«

Ich stemmte mich mit beiden Armen hoch und sah meine Mutter an. »Wo ist Crawford?«, fragte ich, diesmal schon mit kräftigerer Stimme.

»Besorgen Sie ihr etwas Eis und ein Glas Wasser, an dem sie nippen kann«, bat der Arzt eine Krankenschwester. Dann sah er wieder zu mir. »Das ist Krankenschwester Everly. Im vergangenen Monat haben zumeist sie und Schwester Mae dich betreut. Du wirst sie auch weiterhin oft zu Gesicht bekommen.«

Schwester Everly hatte langes, blondes Haar, das zu einem Pferdeschwanz zusammengebunden war. Sie erinnerte mich an eine Barbiepuppe. Ich hätte gern wieder nach Crawford gefragt.

Meine Kehle war so trocken!

»Am besten erfährt sie jetzt alles. Sie erinnert sich.« Der Arzt sah zu mir.

»Trink etwas Wasser. Bis gestern Abend, als du anfingst, dich zu regen und zu stöhnen, hattest du Schläuche in deinem Hals. Wir haben schon damit gerechnet, dass du aufwachst. Deine Kehle wird noch eine Weile rau sein. Kleine Schlückchen Wasser mit einem Strohhalm helfen da. Wenn du später Lust auf Eis verspürst, schicken wir dir eins hoch.«

Das war nicht die Antwort, die ich wollte. *Moment mal ... Schläuche?*

»Wozu die Schläuche?«

Der Arzt kam herum und setzte sich auf die Bettkante, als wäre er ein alter Freund, der zu einem Plausch hergekommen war. »Du hast im Koma gelegen, Vale. Einen Monat und drei Tage lang. Du warst in einen Autounfall verwickelt, an den du dich vielleicht noch erinnerst.« Er hielt inne, damit ich antworten konnte.

Die rothaarige Krankenschwester reichte mir einen Plastikbecher mit Eiswasser und einen Strohhalm. Ich nippte daran. Ich musste dringend besser reden können. Die kalte Flüssigkeit war ein Schock für meinen Hals, stillte den Schmerz jedoch ein wenig. Ich trank ein paar weitere Schlucke. Dann stellte ich den Becher ab.

»Crawford. Der Lkw hat nicht gebremst.« Ich dachte an den Lkw. Es sah aus, als hätte er die Kontrolle verloren, und kam direkt auf uns zugerast. Er war auf der zweispurigen Straße auf unsere Seite geraten, und ich erinnerte mich, dass Crawford das Steuer herumgerissen hatte, damit der Lkw ihn traf, und nicht mich oder die Vorderseite des Autos. Sondern nur seine Seite. Dann hatte er mich angesehen, und das Entsetzen in seinen Augen war alles, woran ich mich noch erinnerte.

»Der Fahrer des Lkw, an den du dich erinnerst, war eingeschlafen. Der Lkw kam auf euch zu, und Crawford lenkte den Wagen nach rechts. Dadurch hat er dir das Leben gerettet.«

»Wir rufen ihn an. Ihm geht's gut. Gerade vor ein paar Tagen erst war er wieder zu Besuch. Für den Moment musst du dich allerdings erst mal beruhigen, Baby.«

*Gerade vor ein paar Tage erst war er wieder zu Besuch?* Das klang seltsam. So gar nicht nach Crawford. Wo steckte er?

»Ich habe Crawford angerufen.« Knox' Stimme erfüllte den

Raum. »Er ist beim Training. Ich hab ihm eine Nachricht hinterlassen.«

Training? Ich war verwirrt. Training, wo denn? Wofür?

Mom nickte, als würde das Sinn ergeben, dann strich sie mir beruhigend über die Stirn. »Es tut so gut, deine Augen zu sehen.«

Knox trat neben sie. »Hey!«, sagte er nur, und sofort füllten sich seine Augen mit Tränen.

»Hey!«, wiederholte ich, und machte mir Sorgen um ihn. Noch nie hatte ich Knox weinen sehen. Nicht mal, als er sich in der Middleschool ein Schlüsselbein gebrochen hatte.

»Wurde auch Zeit, dass du aufwachst. Bald fängt dein erstes Collegejahr an. Wäre ja noch schöner, wenn du das nach den ganzen Planungen und Vorbereitungen verpassen würdest.«

College. Ich würde aufs College gehen! Ich versuchte, mich an mehr zu erinnern, doch in meinem Kopf begann es zu hämmern, und ich zuckte zusammen.

»Sieht so aus, als würde das an Stimulierung erst mal reichen«, meinte Dr. Charlie. »Gönnen wir ihr eine Pause, damit sie sich an die Situation gewöhnen und ausruhen kann. Ich nehme an, der Rest der Familie wird auch bald hier sein.«

Mom nickte, bewegte sich jedoch nicht von meiner Seite. »Ist es denn gut, wenn sie so bald schon wieder die Augen schließt?« Sie klang panisch.

»Ja. Sie ist jetzt bei Bewusstsein. Das Koma ist vorbei.«

Diese Worte hörte ich in Endlosschleife in meinem Kopf, während ich langsam wegdöste.

# 34. Kapitel

## VALE

Als ich das nächste Mal die Augen aufschlug, war das ganze Zimmer voller Besucher. Dylan, mein ältester Bruder, stand am Fenster und schaute hinaus. Michea, der Zweitälteste, hockte mit einer Fernbedienung in der Hand auf meiner Bettkante und sah fern. Jonah, der eigentlich im aktiven Militärdienst war, stand mit vor der Brust verschränkten Armen da und sah ebenfalls fern. Knox saß neben meinem Dad auf dem Sofa und starrte auf sein Handy.

Meine Mutter war es, die entdeckte, dass ich aufgewacht war. Sie sprang von ihrem Stuhl auf und kam zu mir. »Hey, Schätzchen«, sagte sie sanft.

Ihr Gesicht war besorgniserregend schmal. Seit meinem Highschool-Abschluss schien sie zehn Jahre gealtert zu sein. Ich wollte sie darauf ansprechen, doch dann erinnerte ich mich.

»Na, endlich!«, Dylan kam und stellte sich auf die andere Seite meines Bettes. »Du bist wieder eingeschlafen, bevor ich herkommen und dir in deine himmelblauen Augen schauen konnte.« Er drückte mir sanft die Hand. Auch er hatte dunkle Ringe unter den Augen. Ich sah mich im Raum um, betrachtete die Menschen, die ich liebte, und entdeckte müde Gesichter. Sie hatten gelitten. Meinetwegen.

»Wie geht's den Zwillingen?« Meine Kehle war wieder rau.

Meine Mutter drückte auf einen Knopf, um meine Rückenlehne

ein Stück hochzufahren, und hielt mir dann wieder wortlos den Becher mit dem kalten Wasser an den Mund.

»Maddy und Malyn vermissen dich schrecklich. Sie wissen, dass du wieder bei Bewusstsein bist, und werden Catherine nun wahrscheinlich so lange in den Wahnsinn treiben, bis wir sie herholen. Ich dachte bloß, die ganze Unruhe wäre vielleicht noch etwas zu viel für dich.«

Ich wollte meine Nichten sehen. Und meine Schwägerin Catherine auch. »Sagt ihr, sie soll sie doch bitte herbringen.«

Dylan nickte, beugte sich zu mir herunter und küsste mich auf die Stirn. »Noch nie in meinem Leben war ich so froh darüber, dich wach zu sehen. Du hast uns einen Riesenschreck eingejagt, Kleines.«

Ich brachte ein Lächeln zustande.

»Jetzt hör auf, sie so zu vereinnahmen. Verdammt, ich war ein halbes Jahr weg. Jetzt bin ich mal dran!«, beschwerte sich Jonah und schob unseren älteren Bruder beiseite. Zuletzt hatte ich Jonah gesehen, als er zu Weihnachten zwei Tage hergekommen war. Nachdem seine Mähne früher meistens bis zu den Schultern gereicht hatte, fand ich seine raspelkurzen Haare noch immer gewöhnungsbedürftig.

»Ich hab dich vermisst«, erklärte ich ihm.

Seine Augen glänzten verdächtig, als würde er Tränen zurückhalten, und mir schnürte es das Herz zusammen. Für sie alle. Hätte einer von ihnen im Krankenhaus gelegen, wäre es mir genauso ergangen. Wir standen uns alle so nahe.

»Hab dich auch vermisst.« Er drückte mir die Hand.

»Es hat sich rausgestellt, dass man Sonderurlaub bekommt, wenn deine kleine Schwester im Koma liegt.«

*Koma.* Dieses Wort wirkte so fremd, und doch so vertraut. Ich hatte im Koma gelegen.

»Wann ist der Unfall passiert?«, fragte ich.

Jonah sah zu Mom auf, die noch immer an meiner anderen Bettseite stand.

»Am Abend deines Highschool-Abschlusses«, sagte sie mit leiser Stimme.

Daran erinnerte ich mich. »Dann haben wir jetzt Juli?«

»Noch nicht ganz. Heute ist der 28. Juni«, erwiderte meine Mutter.

»Der Sommer ohne dich war scheiße.« Knox nahm auf meinem Bettende Platz. »Da komm ich in den Semesterferien nach Hause, und du verpennst die erste Hälfte!«

Ich lächelte. Typisch Knox. Immer am Scherzen. Er war der Spaßvogel der Familie.

»Ich frage mich, ob das jetzt so lustig war?«, meinte Michea besorgt. Er war der Beschützertyp.

»Doch, doch«, beruhigte ich ihn, und Knox zwinkerte mir zu.

»Besorgen wir Vale doch mal das Eis«, schlug mein Vater vor, und Michea erklärte sich sofort dazu bereit.

»Gerade läuft *Grey's Anatomy*. Passt irgendwie. Lust auf eine Folge?«, fragte Knox und setzte sich aufs Sofa zurück, als die Folge begann.

Ich war mir nicht sicher. Fühlte mich verloren. Als würde jemand fehlen oder als ob ich fehlen würde. Ein Leben, das ich zu führen geglaubt hatte, war verschwunden. Was ich nicht ganz verstand. Doch meiner Familie zuliebe durfte ich mir nichts anmerken lassen. Ihren Gesichtern war anzusehen, welchen Stress und welche Sorgen das Ganze verursacht hatte. Ich war aufgewacht. Hatte überlebt. Da schuldete ich es ihnen, wieder auf dem Damm zu sein. Selbst wenn ich es innerlich nicht war.

»Klar!«, stimmte ich zu. Meine Mutter lächelte unverzüglich, und genau das musste ich sehen. Ihre Sorgenfalten bewiesen, dass sie dazu im vergangenen Monat keinen Grund gehabt hatte und es ihr schlecht gegangen war. Vor allem ihr zuliebe musste ich mich zusammenreißen.

»Ich hole Catherine und die Mädchen. Die wollen sich doch das Eis nicht entgehen lassen«, verkündete Dylan.

»Okay … Aber gib Acht«, rief Dad ihm hinterher, und ich sah, wie Dylan vor dem Verlassen des Raums die Stirn furchte und dann nickte. Ich glaubte nicht, meinen Dad je schon einmal *Gib Acht* sagen gehört zu haben, wenn einer von uns lediglich jemanden abholen wollte. Viele Dinge hatten sich geändert.

Nicht nur mein Leben, sondern auch ihres. Bislang war unsere Familie von derartigen Ängsten verschont geblieben. Dieses Ereignis hatte uns erschüttert, denn alle hatten wir nur unbeschwerte, glückliche Erinnerungen an unser Leben wie etwa sommerlichen Sonnentee, Lutscheis, nachbarschaftliche Grillabende und das Stibitzen von Cookies aus Moms großer Keksdose. Wahren Schmerz kannten wir nicht.

Bis jetzt.

Ich legte den Kopf zurück und schloss die Augen. Im Fernseher sprach gerade Meredith Grey, und Jonah erzählte Dad von dem neuen Stützpunkt, an dem er demnächst stationiert würde. Doch ich konnte nur atmen. Denn das Leben, in das ich erwacht war, verunsicherte mich. Crawford war noch immer nicht hergekommen. Außerdem … ging mir noch jemand ab. Jemand Wichtiges. Aber wer denn nur?

»Sie schläft. Macht den Fernseher leiser«, ließ sich Michea vernehmen. Er war mit dem Eis zurückgekehrt, das ich aber erst essen würde, wenn die Mädchen da waren. Ich wünschte mir bloß, mich einen Augenblick hinter meinen geschlossenen Augen verstecken zu können. Für den Moment war das meine einzige Fluchtmöglichkeit. So bald würden sie mich nämlich nicht allein lassen. Und das wollte ich wohl auch gar nicht. In der Dunkelheit lauerten Dämonen. Die schrecklichen Erinnerungen an jenen Abend würden mich nie mehr loslassen.

# 35. Kapitel

## SLATE

Full House, Motherfucker!«, erklärte Onkel D und knallte seine Karten auf das ausziehbare Tablett des Nachttisches zwischen uns.

So vulgär der Alte war, so unschlagbar war er im Pokerspiel. Ich wusste, wenn ich mich dennoch mit ihm auf ein Spiel einließ, würde er danach eine Woche lang große Töne spucken, aber ich tat es trotzdem. Gerade hatte er eine weitere Operation überstanden, bei der die Tumoren in seinem Körper hatten entfernt werden sollen. Doch hatte man dabei entdeckt, dass er vom Krebs schon zerfressen war und keine Chance mehr bestand, alles zu erwischen. Er würde eine Chemo machen müssen, durch die ihm vielleicht noch ein paar Monate Aufschub gewährt würde. Doch augenblicklich wollte er davon nichts hören.

»Ich brauch eine Coke. Kann ich dir auch was mitbringen?«, fragte ich und stand auf.

»Gibst du auf?«, fragte er spöttisch.

»Nie im Leben! Hab nur Durst. Und dachte, ich schaue mal bei Knox und seiner Schwester vorbei. Den hab ich heute noch gar nicht gesehen.« Eine Woche nach der Einlieferung seiner Schwester ins Krankenhaus war ich meinem Verbindungsbruder über den Weg gelaufen. Noch vor Onkel Ds Operation. Nach einem Autounfall lag seine kleine Schwester im Koma. Er war leichenblass und sah aus, als hätte er wochenlang nicht mehr geschlafen. Seitdem hatte ich mich bemüht, jeden Morgen mal bei ihm reinzugucken und ihm einen Kaffee mitzubringen. Heute allerdings hatte Onkel Ds Arzt mich im Flur angesprochen und mir mitgeteilt, mit Chemo gäbe er Onkel D noch maximal sechs Monate. Ohne vielleicht nur noch einen.

Onkel D lehnte eine Chemo ab, doch er war alles, was ich hatte, und ich wollte ihn noch nicht verlieren. Entsprechend versuchte ich, den alten Dickkopf umzustimmen.

»Arme Familie. Sag dem Jungen, wenn er will, kann er gern mal reinschauen.« Er schüttelte den Kopf. »Na, und lass dir Zeit, aber bring mir einen gottverdammten Kaffee und 'ne Fluppe mit!«

Wir befanden uns in einem Krankenhaus, und Rauchen war verboten, das wusste er genau. Und doch bat er darum. »Ein Kaffee ist drin«, antwortete ich. »Willst du die Fernbedienung?« Ich reichte sie ihm.

»Yeah, ich gucke ein bisschen Trash-TV. Besser als der echte Scheiß.«

Lächelnd verließ ich sein Zimmer. Nachdem meine Mutter tot aufgefunden wurde, war er erschienen und hatte mich bei sich aufgenommen. Hätte er mich nicht zu sich geholt, hätte mich der Staat von einer Pflegefamilie in die nächste verfrachtet. Im Gegenzug hatte ich hart für ihn gearbeitet, und er hatte mir beigebracht, meinen Mann zu stehen.

Als ich auf den Flur trat, der zum Zimmer von Knox' Schwester führte, steuerte er gerade den Aufzug an. In Vales Zimmer war ich willkommen. Ihre Familie bot mir immer etwas zu essen an und erkundigte sich nach meinem Onkel. Mit solch freundlichen Menschen hatte ich sonst wenig Umgang. Es hatte mir das Herz gebrochen zu sehen, dass Knox' Schwester nicht ansprechbar und an Geräte angeschlossen war. Sie war so jung und schön! Auch wenn sie bislang noch nicht die Augen aufgemacht hatte, kannte ich deren

Farbe. Ich hatte nämlich Fotos von ihr gesehen. Darauf lachte oder lächelte sie grundsätzlich. Sie hatte etwas Warmes und Bodenständiges an sich, das mich sehr zu ihr hinzog. Ihrer Familie erging es offensichtlich genauso. Knox stand ihr sehr nahe. Ich verstand die Sorge, einen geliebten Menschen verlieren zu müssen. Ich machte dasselbe durch.

*

»Hey, Alter, wie läuft's?«, fragte ich Knox, sobald ich ihn erreicht hatte. Er lächelte. Ein echtes Lächeln. Eins, wie ich es seit der Jahresabschlussparty von Kappa Sigma bei ihm nicht mehr gesehen hatte.

»Sie ist wach! Und ist okay so weit. Sie redet, erinnert sich an alles.« Sein Lächeln wich einem Stirnrunzeln. »Und sie fragt nach Crawford, den ich aber immer noch nicht erreichen konnte. Der Bursche scheint das Collegeleben ein bisschen zu sehr zu genießen!«

Die Ärzte hatten heute schlechte Nachrichten für mich gehabt, doch Knox' Neuigkeiten bauten mich wieder ein wenig auf. Bestimmt würde sich Onkel D freuen zu hören, dass Knox' Schwester wieder bei Bewusstsein war. Seitdem ich ihm vom Schicksal der Schwester meines Freundes erzählt hatte, hatte er mit ihm und ihr mitgelitten. Er war ein mürrischer alter Mann, doch er hatte ein Riesenherz.

»Das sind ja tolle Neuigkeiten! Ich wollte dir gerade einen Kaffee besorgen und bei dir reinschauen. Freut mich zu hören, dass sie aufgewacht ist. Deiner Familie wird ein Stein vom Herz fallen.«

»Allerdings! Keine Ahnung, wie lange meine Mom sonst noch durchgehalten hätte. Vale ist ihr Baby – ach was, sie ist unser aller Baby! Mom hat es fertiggemacht. Sie hat rund sieben Kilo verloren, und dabei war sie zuvor auch schon zierlich gebaut.«

»Kann ich denn irgendwas für euch tun? Kann ich deiner Schwester was besorgen?« Ich musste helfen. Was merkwürdig war, denn Knox und ich waren zwar Freunde, aber keine besonders engen. Erst hier im Krankenhaus waren wir etwas zusammengerückt. Durch den Kontakt mit ihm und seiner Familie hatte ich besser mit Onkel Ds Krebs umgehen können. Vales Anblick hatte mich immer sehr mitgenommen. Und so eigenartig es auch klingen mag, war es mir immer so vorgekommen, als bestünde eine Verbindung zwischen uns. Vielleicht lag es ja daran, dass ihr Unfall und der Tag, an dem ich von der Schule heimkam und Onkel D in einer Blutlache liegend in der Scheune entdeckte, nachdem er bei einem Hustenanfall dort zusammengebrochen war, ungefähr zur selben Zeit stattgefunden hatten. Onkel D wusste da bereits von den Tumoren in seiner Lunge. Er hatte mir nur noch nichts davon erzählt.

»Danke, aber alles gut so weit. Michea besorgt ihr ein Eis, und sie ruht sich aus. Sag deinem Onkel, ich schau später noch bei ihm rein und lass mich von ihm beim Poker plattmachen.«

Im letzten Monat hatte er uns mindestens dreimal in der Woche besucht. Hatte uns etwas zu essen von seiner Mutter mitgebracht und mit Onkel D eine Partie Poker gespielt. Onkel D mochte Knox. Dadurch, dass er den Jungen kannte, dessen Familie am Bett des Mädchens eisern Wache hielt, war ihr Schicksal für ihn realer geworden. Ich freute mich darauf, ihm verkünden zu können, dass sie aufgewacht war.

»Ich richt's aus. Musste gerade eine herbe Schlappe einstecken und brauche eine Verschnaufpause.«

»Hey, Slate!« Eine kurvige, blonde Krankenschwester, die, glaube ich, Hope hieß, zwinkerte mir im Vorbeigehen zu und warf mir eine Kusshand zu. Vor drei Tagen hatten wir in der Wäschekammer miteinander gevögelt, nachdem sie zuvor immer ihre Titten herausgestreckt und sich über die Lippen geleckt hatte. Ich hatte mir gedacht, ein heißer Fick könnte mich von meiner stressigen Situation ablenken, und ein Weilchen hatte es wirklich geholfen.

Unsicher, ob ich mit dem Namen richtiglag, nickte ich. »Hey!«

Knox gluckste. »Ernsthaft? Die hast du gepoppt, oder?«

Ich zuckte die Achseln. Sie war nicht die erste Krankenschwester hier, die ich gepoppt hatte.

Stolz war ich nicht darauf. Nur daran gewöhnt. Seit meinem fünfzehnten Lebensjahr war ich leicht zu haben gewesen. Besonders für ältere Frauen. Meine Unschuld hatte ich unter der Footballtribüne an Maria Grace verloren, die achtzehn war und gigantische Brüste hatte. Ich war Freshman, sie Senior. Das waren noch Zeiten!

Soviel ich wusste, hatte sie inzwischen zwei Kinder, war aber noch immer unverheiratet. Eine Schande, dass sie nicht aufs College gegangen war. Im Stangentanz war sie dafür ziemlich erfolgreich. Vor zwei Jahren hatte ich ihre Show in Murphy's Titty Bar gesehen.

»Wie lang bleibt dein Onkel eigentlich noch hier?«, fragte Knox.

Ich zuckte die Achseln. »Von einer Chemo will Onkel D nichts wissen. Insofern: keine Ahnung. Vielleicht ein paar Tage, vielleicht eine Woche.«

Knox sah aufrichtig besorgt um mich und Onkel D aus. »Sag Bescheid, wenn ich was für euch tun kann.«

»Mach ich. Danke. Umgekehrt gilt dasselbe. Wenn ihr jemanden braucht, um irgendwas zu erledigen, lasst es mich einfach wissen. Ich brauche immer mal eine Pause von dem alten Knaben.«

Wir verabschiedeten uns, ich blickte ihm noch hinterher und sah dann den Gang entlang zum Zimmer seiner Schwester. Ich war so froh, dass sie wieder zu sich gekommen war und alles gut würde. Neugierig war ich auch, was sie anging. Inzwischen kam es mir vor, als würde ich sie kennen, und das, obwohl ich noch nie auch nur ein Wort mit ihr gewechselt hatte. Doch ihr Gesicht kannte ich in- und auswendig. Ich hatte sie beim Schlafen beobachtet. Hatte ihr vorgelesen. Ihr von Onkel D erzählt. Hatte ihrer Familie an vielen Abenden eine Pause gegönnt, damit sie nach Hause gehen und baden oder schlafen konnten. Vale war mir wichtig geworden, auch wenn ich nicht mal wusste, wie ihre Stimme klang.

Das wollte ich so gern.

# 36. Kapitel

## VALE

Drei Tage, nachdem ich das Bewusstsein wiedererlangt hatte, kam Crawford in mein Zimmer marschiert, ein Dutzend roter Rosen in der Hand, in deren Mitte eine Margarite steckte. Ich hatte ferngesehen, war mit den Gedanken jedoch weder bei dem Film noch den Dingen gewesen, die meine Mutter unterdessen so von sich gab.

»Crawford!« Meine Mutter klang entzückt.

Ich sah ihn an, und er mich. Wortlos. Solange er nichts sagte, schwieg ich. Vor drei Tagen war ich aus dem Koma erwacht. Wo war er gewesen? Beim Footballtraining? Bington lag lediglich eine Autostunde entfernt!

»Hey!«, sagte er.

Ich schwieg noch immer.

Mom erhob sich und murmelte irgendeine Ausrede, warum sie gehen müsse, damit wir allein sein konnten. Ich antwortete ihr nicht, doch die Worte *Nimm ihn mit* lagen mir auf der Zunge.

»Sorry, dass ich nicht hier war, als du aufgewacht bist. Alle meinten, du würdest wollen, dass ich zum Training gehe. Wäre ich dort nicht erschienen, hätte ich mein Stipendium verloren. Ich musste eine Entscheidung treffen, Vale.«

Mochte ja sein. Aber seitdem waren drei Tage vergangen. »Ich kann verstehen, warum du hingefahren bist und deshalb nicht hier sein konntest.«

Er konnte zwischen den Zeilen lesen. Schließlich war er ein cleveres Bürschchen. Schon immer gewesen. Deutlicher brauchte ich nicht zu werden.

Er steckte die Blumen in die silberne Vase auf dem Nachttisch und griff nach meiner Hand. »Anfangs war ich hier. Bin nicht weggegangen. Aber meine Eltern und deine Familie redeten immer wieder auf mich ein, das sei ungesund, und du würdest es nicht wollen.«

Erstaunlicherweise kapierte er es noch immer nicht. Vielleicht hatte sein Kopf beim rauen College-Football ja etwas abgekriegt. Wer hätte gedacht, dass ich ihm gegenüber so harte Gefühle hegen könnte? Wut hatte ich jedenfalls keine empfunden, nachdem ich aufgewacht war und er mit Abwesenheit geglänzt hatte. Es hatte mich seltsamerweise gar nicht berührt. Irgendwie hatte ich wohl einfach akzeptiert, dass sich die Dinge geändert hatten, ohne dass damit Tränen oder Liebeskummer verbunden gewesen wären.

»Ich verstehe, warum du nicht hier warst«, wiederholte ich.

Er zog die Brauen zusammen und strich mir mit dem Daumen über die Hand. »Und jetzt freust du dich gar nicht, mich zu sehen?«

»Na ja, seitdem sind drei Tage vergangen …«, sagte ich schließlich.

Seufzend nickte er. »Ich weiß. Knox' Nachricht hab ich erst gestern gekriegt. Wir trainieren den ganzen Tag und abends falle ich todmüde ins Bett. Bis gestern Abend hatte ich nicht mal mein Handy aufgeladen.«

Ah, ja. Seine Freundin lag im Koma. Und er hatte sein Handy nicht aufgeladen. Noch immer fand er daran nichts merkwürdig. Vielleicht war er ja immer so gewesen, und ich hatte es einfach hingenommen. Scheinbar hatte ich mich während der Zeit im Koma verändert. Nicht er. Ich.

»Verstehe«, lautete meine Antwort.

Zuvor hätte ich ihn geküsst, ihn an mich gedrückt und ihm gesagt, ich sei so glücklich, ihn zu sehen. Ich hätte mich nach seinen Footballspielen erkundigt und gefragt, wie es ihm ergangen war. Ich hätte alles getan und gesagt, was nötig war, um ihn zum Lächeln zu bringen. Jetzt … pfiff ich darauf.

»Du bist verletzt.« Er machte ein betroffenes Gesicht. »Gut, Vale. Es tut mir so leid. Wenn ich nicht jeden Tag so verdammt groggy vom Training gewesen wäre, dann hätte ich daran gedacht, mein Handy immer aufzuladen. Ich hätte hier sein müssen, sobald du die Augen öffnest. Ich werde mir das nie verzeihen.«

Er wirkte aufrichtig. Doch mein Herz, über das er immer so viel Macht besessen hatte, erreichte er mit seinen Worten nicht mehr. Lag es daran, dass ich so lang geschlafen hatte? Keine Ahnung, was da passiert war.

Die Tür ging auf, und Schwester Mae kam herein. »Ah, ich sehe, du hast Gesellschaft. Aber es ist Zeit für die Reha. Deine Muskeln wollen bewegt werden! Ich bin so gespannt, was du heute schaffst, nachdem du uns gestern mit deiner Entschlossenheit alle überrascht hast.«

Gestern hatte ich mich bei der Reha bis zur Erschöpfung verausgabt. Schließlich wollte ich hier raus, und mein altes Leben zurückhaben. Vielleicht auch ein anderes Leben zurückhaben. »Kein Problem. Mein Besuch wollte eh gerade gehen.« Ich sah zu Crawford.

»Danke für deinen Besuch. Und viel Glück beim Football«, erklärte ich, und er zuckte zusammen. Eine kalte Dusche, klar, aber warme Gefühle brachte ich gerade nicht für ihn auf.

»Ich warte unterdessen hier. Ich möchte dich nicht verlassen.«

Nach dem anstrengenden Work-out, das mir bevorstand, wollte ich bei meiner Rückkehr nur noch meine Ruhe. »Ach, lass mal. Bis bald!«

Er wirkte niedergeschlagen, und ich verspürte leise Gewissensbisse. Lag das daran, dass ich mich bislang immer bemüht hatte, ihn glücklich zu machen, oder sollte ich wegen meines Benehmens wirklich ein schlechtes Gewissen haben?

Dann erinnerte ich mich daran, dass er drei Tage gebraucht hatte, um herzukommen und mich zu besuchen. *Drei!* Selbst sein bester Freund war schon vor ihm hergekommen, um nach mir zu sehen. Sprach das nicht Bände?

»Morgen komme ich wieder«, versprach er.

»Okay«, war alles, was ich erwiderte, und ich glaubte ihm auch nicht so recht.

Nach einem letzten abwartenden Blick in meine Richtung, ob ich nicht vielleicht noch etwas hinzusetzte, verließ er den Raum.

Sobald er weg war, drehte ich mich wieder zu Mae, mit der ich mich inzwischen angefreundet hatte – sofern man sich denn mit einer Krankenschwester anfreunden konnte. Sie war nett und brachte mich gern zum Lachen. Ich mochte sie lieber als die andere Krankenschwester, Everly. Tatsächlich hatte ich darum gebeten, dass mich Mae jeden Tag zur Reha brachte. Wenn sie frei hatte, kam eine andere Krankenschwester namens Sam und half mir.

»Lass mich raten. Crawford?« Sie zog die Augenbrauen nach oben.

Ich nickte. »Jepp.«

»Ist ihm bewusst, dass er ein bisschen spät dran ist?«

Ich zuckte die Achseln. »Ja, aber ich glaube nicht, dass es der Mühe wert ist, mich ihm gegenüber noch weiter darüber auszulassen. Zuvor war er meine Welt. Doch das ist … vorbei. Ich möchte mich lieber auf wichtigere Dinge konzentrieren.«

Sie nickte beifällig. »Wie etwa, dir heute im Fitnessraum so richtig den Arsch aufzureißen?«

Wie so oft nach einer Bemerkung Maes musste ich lachen. »Genau!«

# 37. Kapitel

## SLATE

Das zweigeschossige Backsteingebäude war größer als das, in dem ich aufgewachsen war, viel allerdings nicht. Eigentlich hatte ich gedacht, eine Familie mit fünf Kindern bräuchte mehr Platz.

Noch immer unsicher, ob es keine Schnapsidee gewesen war herzukommen, ging ich die Veranda hinauf zur Haustür. Knox hatte angerufen und mich zum Dinner eingeladen. Hatte gesagt, seine Mutter werde für mich kochen und mir für Onkel D etwas zu essen mitgeben wollen. Mit großen Familienessen hatte ich es nicht so, einfach weil ich so etwas überhaupt nicht kannte.

Doch wenn ich ganz ehrlich war, trieb mich meine Neugierde auf Vale hierher. Ich wollte sie wach erleben. Sie reden hören. Sie zusammen mit ihrer Familie beobachten. Beide hatten wir zur selben Zeit etwas durchgemacht, das unser Leben verändert hatte. Vielleicht war es das, was mich zu ihr hinzog, aber hey, vielleicht war ich auch einfach ein neugieriger Scheißkerl. Warum auch immer, jedenfalls war ich hier. Ihretwegen.

Selbst die Ärzte hatte sie mit ihrem eisernen Willen bei der Reha überrascht. Nach nur einer Woche hatte man sie aus dem Krankenhaus entlassen. Einmal pro Woche musste sie zwar noch zum Check hin, doch ansonsten konnte sie nun wieder ihr Leben leben.

Ich war gerade zu ihrem Zimmer unterwegs gewesen, als mir

Everly, eine Krankenschwester, die ich in diesem Sommer mal besser nicht vernascht hätte, sagte, Vale sei entlassen worden. Um mich gleich darauf über Nacht bei sich einzuladen. Diese Frau war mindestens fünf Jahre älter als ich, und ich war mir nicht ganz sicher, ob sie nicht verheiratet war. Sie hatte etwas Geheimnistuerisches an sich.

Ich hob meine Hand, um zu klopfen, als die Tür aufschwang und ein grinsender Knox vor mir stand. »Da bist du ja!«

»Na, logisch«, erwiderte ich. »Ich werde mir doch keine Hausmannskost entgehen lassen!«

»Wem sagst du das. An manchen Wochenenden muss ich einfach zu Mom heimfahren, weil ich ihr Essen so vermisse. Das Fast Food und den Cafeteriafraß, den man unter der Woche isst, hat man schnell über.«

Ich kannte nichts anderes, doch ich nickte trotzdem. Onkel D und ich hatten uns von Mikrowellengerichten ernährt. Als er mal versucht hatte, Spaghetti zu kochen, hatte er den Herd in Brand gesetzt, und wir waren schließlich in einer Burgerbude gelandet.

»Sei froh, dass heute nicht die ganze Familie versammelt ist. Mom hat die Runde Vale zuliebe kleingehalten. Damit sie sich erst mal wieder an zu Hause gewöhnen kann.«

Das hörte ich doch gern. Ich war neugierig auf Vale, auf Knox' andere Brüder weniger.

»Wie kommt sie zurecht?« Ich folgte Knox ins Haus.

Er zuckte die Achseln. »Gut, schätze ich. Allerdings ist sie ziemlich in sich gekehrt. Längst nicht mehr so lebhaft und gesprächig wie zuvor. Aber die Ärzte meinen, das sei normal. Sie wird bald wieder ganz die Alte sein.«

Auf alten Fotos, die ich von ihr gesehen hatte, lächelte sie grundsätzlich. Dieses Lächeln und die Art, wie ihre Augen tanzten, waren zwei der Dinge, die mich so fesselten und den Wunsch in mir weckten, mehr über Vale zu erfahren.

»Von wegen. Komm, Mama, lass mich das machen«, hörte ich

eine weibliche Stimme sagen, und ich stutzte. Das war sie. Selbst ohne je Vales Stimme gehört zu haben, wusste ich, dass sie es war. Gut, das war auch nicht weiter schwer, sie war ja wohl das einzige Mädchen im Haus, aber trotzdem. Der Klang ihrer Stimme passte zu dem Gesicht, das ich gesehen hatte.

»Okay, schön. Du bestreichst den Teig mit Butter. Dann bereite ich den Tee zu!«

»Komm rein und lern meine Schwester kennen.« Knox führte mich in eine helle, in Weiß und Gelb gehaltene Küche. »Der Besuch ist da!«, verkündete er.

Mein Blick richtete sich sofort auf Vale. Ihr dunkles Haar sah so anders aus – gewaschen und voller Volumen. Es hing ihr am Rücken herab und wellte sich an den Enden. Sie und Knox hatten die gleichen klaren blauen Augen. Fast so, als könnte man hindurchsehen. Die von Knox hatten mich nie so fasziniert, wie es nun die Augen seiner Schwester taten.

»Mom, Slate kennst du ja«, sagte Knox.

Ich wandte mich seiner Mutter zu. »Hallo, Mrs McKinley. Vielen Dank für die Einladung!«

Sie hob mahnend die Hand. »Also, wie oft habe ich dir schon gesagt, mich einfach Karen zu nennen? Das steife ›Mrs McKinley‹ haben wir doch hinter uns. Dafür haben wir schon zu oft zusammen Kaffee getrunken und Kuchen gegessen.« Ihr Lächeln war ehrlich. Zudem hatte sie mir immer das Gefühl gegeben, sich zu freuen, wenn ich im Krankenhaus bei Vale vorbeigeschaut hatte.

»Ja, Ma'am«, erwiderte ich mit einem Lächeln.

Knox trat zu seiner Schwester, und so konnte ich meinen Blick wieder auf sie richten.

»Und das ist Vale, wie du ja weißt. Vale, das ist Slate, wir sind in derselben Studentenverbindung. Er hat zwar jede Menge Zeit in deinem Krankenzimmer verbracht und dir vorgelesen, aber so richtig kennengelernt habt ihr euch noch nicht.«

Sie versuchte zu lächeln, doch ihr Blick wirkte verloren.

»Nett, dich kennenzulernen, Slate.« Sie kam zu mir und schüttelte mir die Hand, was ich süß fand. Leider zog sie ihre kleine Hand viel zu bald wieder weg und machte sich wieder an die Zubereitung des Brotes.

»Das Essen ist gleich fertig. Euer Dad ist noch draußen und versucht, auf Teufel komm raus, unseren alten Rasenmäher wieder flottzukriegen. Dieser Sturkopf! Wir brauchen einfach mal einen neuen, Himmel noch mal!«

Knox nickte. »Willst du mir damit sagen, ich soll ihn holen gehen?«

»Genau, und sag ihm bitte auch, er soll sich die Hände waschen. Slate, warum suchst du dir am Tisch nicht schon mal einen Platz aus, und ich bringe dir ein Glas Eistee? Ich würde gern erfahren, wie es deinem Onkel geht.«

Knox klopfte mir auf den Rücken. »Sorry, Bro, aber meine Mom ist einfach neugierig«, flüsterte er und stapfte dann zum Hinterausgang der Küche.

»Onkel D kämpft mit harten Bandagen. Er will keine Chemotherapie, und man erwägt nun, ihn nächste Woche heimzuschicken. Aber ich weiß, dass er sich zu Hause wieder täglich eine Schachtel Kippen reinzieht, und das finde ich gar nicht gut.«

Ich linste zu Vale hinüber, die mich beobachtete. Lauschte. In ihren Augen spiegelte sich Besorgnis wider, und ich wusste, sie galt meinem Onkel. Das rührte mich. Ein Mädchen, das gerade erst aus dem Koma erwacht war und entdecken musste, dass sie einen Monat ihres Lebens verpasst hatte, machte sich Gedanken um die Probleme anderer. Die meisten Mädchen aus meinem Bekanntenkreis waren dafür zu oberflächlich.

»Was passiert, wenn er keine Chemo bekommt?«, wollte Vale wissen. Was für eine tolle Stimme sie hatte! Doch ihr trauriger Blick machte mir zu schaffen. Ein Mädchen wie sie sollte beschützt und von allem Mist ferngehalten werden.

»Er wird früher sterben. Andererseits heilt die Chemo ihn ja nicht, sondern verlängert sein Leben lediglich.«

Seufzend legte sie das Messer weg. »Keine Ahnung, ob ich ihm das verdenken kann. Chemo klingt schrecklich. Aber für dich tut mir das sehr leid. Ich würde auch nicht wollen, dass meine Eltern eher gehen als nötig.«

Ihre Direktheit war erfrischend. Sie beschönigte nichts. Genau das brauchte ich.

»Könntest du ihn nicht dazu bringen, mit dem Rauchen aufzuhören? Das wäre doch schon mal was!«, warf Karen ein. Diesen Vorschlag hörte ich nicht zum ersten Mal.

»Ich finde, das wäre unfair, Mom. Er ist sehr krank und hat nicht mehr lange zu leben. Wenn er gern raucht, warum es ihm dann verbieten? Würde das zu diesem Zeitpunkt wirklich noch helfen?« Vale sprach aus, was ich mir dachte. Sie kapierte es. Gleich fühlte ich mich menschlicher. Meine Gedanken dazu machten also doch Sinn!

Karen nickte und stieß einen Seufzer aus. »Ich schätze, du hast recht.«

Ohne zu antworten, schob Vale den Brotteig in den Ofen, wusch sich die Butter von den Händen und trocknete sie sich ab. Keine ihrer Bewegungen entging mir. Ich fand dieses Mädchen faszinierend, über das ich in den vergangenen Wochen so viel nachgedacht hatte. Selbst, als sie noch im Koma gelegen hatte.

# 38. Kapitel

## VALE

Beim Dinner fiel es mir schwer, den Blick von Slate Allen zu lösen. Klar, er war sehr attraktiv, aber das allein war es nicht. Seltsamerweise kam es mir vor, als würde ich ihn schon kennen. Während ich im Koma lag, hatte er mir vorgelesen. Was ich verstand, denn er war mit Knox befreundet und wegen seines Onkels ohnehin im Krankenhaus unterwegs. Er hatte einfach nett sein wollen.

Dafür wollte ich mich revanchieren. Mom hatte Slate und seinem Onkel in den vergangenen Wochen zwar immer schon mal etwas zu essen mitgegeben, dennoch hatte ich das Gefühl, den beiden noch ein Dankeschön zu schulden. Slate, weil er meiner Familie durch seine Unterstützung die Möglichkeit gegeben hatte, ab und zu mal durchzuschnaufen, und seinem Onkel, weil er zu diesen Zeiten mir zuliebe auf Slate verzichtet hatte. Die Frage war, wie ich das anstellen sollte.

»Ich glaube, ich habe Mom und Dad so weit bearbeitet, dass sie Vale nächsten Monat aufs College gehen lassen. Ich habe versprochen, sie einmal wöchentlich für die Reha nach Hause zu kutschieren, bis sie keine mehr braucht. Aber, verdammte Scheiße noch mal, eigentlich ist sie eh schon wieder fit wie ein Turnschuh …« Knox wurde von Mom durch ein Räuspern unterbrochen.

»So wird hier nicht gesprochen!«, sagte sie und bedachte ihn mit einem finsteren Blick.

Knox gluckste nur. »Klar. Sorry.« Grinsend warf er einen Blick zu Slate. Auf dem College warfen sie unter Garantie noch mit ganz anderen Ausdrücken herum. In diesem Jahr würde Knox ins Verbindungshaus ziehen. Ob Slate wohl auch dort wohnte?

»Fühlst du dich denn bereit dazu?«, fragte Slate, und ich spürte, dass sein Blick auf mir ruhte.

Das tat ich. Und auch wieder nicht. Früher war dieses College Crawfords und mein Traum gewesen. Nun nur noch meiner. Nach seinem ersten Erscheinen war er am nächsten Tag wieder im Krankenhaus aufgetaucht, und wir hatten es geschafft, uns etwas übers College und meine Pläne zu unterhalten. Immer wieder hatte er gesagt, er würde mich vermissen und in meiner Nähe sein wollen.

Das hatte mich zwar etwas milder gestimmt, doch das Mädchen von früher war ich noch immer nicht wieder. Und wollte es auch nicht mehr sein. Es hatte sich verloren. Und ich hatte es wiedergefunden.

»Ich bin schon eingeschrieben, und mein erstes Semester ist bezahlt, weshalb ich es schrecklich fände, es zu verpassen. Außerdem gibt es keinen Grund hierzubleiben.« Das war die beste Antwort, die ich geben konnte. In Wahrheit war Bington nämlich Crawfords Wahl gewesen war. Nicht meine.

»Klingt so, als seist du dir nicht sicher.« Slate sah mich forschend an. Es schien ihm nichts auszumachen, dass mein Bruder und meine Mutter sich auch im Raum befanden und zuhörten. Es war, als wären wir beide allein da.

»Ich bin nervös. Unsicher, schätze ich.«

»Das kriegst du hin. Ich bin ja auch da.« Knox tätschelte mir beruhigend den Rücken.

Das war mir schon klar, Albträume hatte ich aber trotzdem. Von dem Unfall. Von jenen letzten Sekunden, ehe alles um mich herum schwarz geworden war. Meine Familie redete nicht darüber, aber sie wussten es. Mom hatte letzte Nacht bei mir geschlafen, um mich zu wecken, wenn die Albträume wieder begannen.

Es klingelte an der Tür, und Mom erhob sich und legte die Serviette von ihrem Schoß neben den Teller. »Wer könnte das denn sein?«, sagte sie, mehr zu sich selbst als zu jemandem sonst. »Entschuldigt mich. Bin gleich zurück.«

»An welchem Tag hast du denn vor umzuziehen?«, wollte Slate wissen. Es schien ihn zu interessieren, wie es mit mir weiterging. Das fand ich seltsam, doch nachdem er mich so erwartungsvoll ansah, wollte ich ihm antworten.

»Weiß nicht. Darüber haben wir uns noch nicht unterhalten. Nur, dass ich es überhaupt tue.«

Bevor irgendjemand noch etwas sagen konnte, kam Mom zurück, und hinter ihr erschien ... Crawford. Er sah mit einem Nicken zu Knox, dann zu Slate, der ihn aber nicht weiter zu interessieren schien, denn er wandte sich daraufhin sofort mir zu.

»Sieht so aus, als hätten wir einen weiteren Gast zum Abendessen«, erklärte Mom und bedeutete Crawford, mir gegenüber Platz zu nehmen.

»Nein, Ma'am. Ich habe schon gegessen, aber vielen Dank. Ich wollte nur eine Minute mit Vale reden, wenn das okay ist?«

»Natürlich«, erwiderte Mom, und ich hätte liebend gern darauf hingewiesen, dass wir gerade zu Abend aßen, wollte aber nicht unhöflich sein. Also stand ich auf und nickte mit dem Kopf in Richtung Küchentür.

»Da entlang«, wies ich ihn an und begriff, dass ich bestimmt hatte, wo wir uns unterhalten würden, anstatt die Entscheidung Crawford zu überlassen. Nun verließ ich einfach den Raum, sodass er mir notgedrungen folgen musste.

»Ich bin nach dem Training zurückgekommen. Es fühlt sich anders an zwischen uns, und das will ich in Ordnung bringen, Vale. Ich weiß nur nicht, wie!«

Ich war nicht sicher, ob es sich überhaupt in Ordnung bringen ließ. Aber Crawford war ein fester Bestandteil meiner Vergangenheit.

Ich kannte ihn den Großteil meines Lebens, und ich liebte ihn. Es war nur so, dass sich meine Gefühle für ihn verändert hatten, seitdem ich aus dem Koma aufgewacht war, und das lag nicht daran, dass er nicht da gewesen war.

»Das weiß ich auch nicht so genau«, antwortete ich ihm aufrichtig.

Seufzend fuhr er sich durchs Haar. »Ich liebe dich, Vale.«

Und ich liebte ihn. Doch etwas hatte sich verändert. Nachdem ich mir das selbst nicht so genau erklären konnte, sagte ich bloß: »Ich weiß.«

Er trat ganz nah zu mir, legte eine Hand auf meinen Arm und küsste mich. Es war nett. Sicher. Alles, was ich kannte … und doch fehlte etwas. Der Kuss unterschied sich nicht von den anderen Küssen, die er mir gegeben hatte … Vielleicht war er ein bisschen behutsamer, sanfter. Aber irgendwie leer, nichtssagend. Als hätte ich inzwischen eine leidenschaftlichere Art kennengelernt und wünschte mir diese zurück. Dabei wusste ich, dass er der einzige Junge war, den ich je geküsst hatte. Es hatte nie einen anderen gegeben.

Ich erwiderte seinen Kuss in der Hoffnung, die Leere füllen zu können, doch selbst als er endete und Crawford mich anlächelte, wie er es immer getan hatte, fühlte ich mich noch ein bisschen verloren.

In dieser Nacht träumte ich von mehr. Von Leidenschaft, atemloser Erregung und einem Wonnegefühl, wie ich es noch nie erlebt hatte. Es war das *Mehr,* das mich erfüllte. Ich fühlte mich nicht länger verloren, sondern glücklich. Und es war nicht Crawford, der mir diese Gefühle vermittelte. Der Junge aus meiner Kindheit, der Junge, dem ich mehr trauen konnte als jedem anderen, war in diesem Traum gar nicht vorhanden. Fast war es so, als würde er nicht existieren.

Für den Moment befanden sich in dieser Welt nur ich und … Slate Allen.

# 39. Kapitel

## SLATE

Nachdem ich meine Taschen in mein Zimmer gebracht hatte, sah ich mich im Verbindungshaus um. Dieses Jahr würde Knox mein Zimmergenosse sein. Ich hatte ihn mir aussuchen dürfen, und mir war die Entscheidung nicht schwergefallen. In diesem Sommer waren wir uns nähergekommen, als das je mit einem anderen Kumpel der Fall gewesen war. Beide hatten wir im Krankenhaus einiges zu verkraften gehabt.

Knox war allerdings noch nicht da. Er hatte mir gesimst, er werde erst noch seiner Schwester beim Einzug in ihr Wohnheim helfen. Seine Eltern würden sich ein bisschen fürchten, sie allein zurückzulassen, auch wenn sie tolle Fortschritte mache. Sie brauche lediglich noch einen weiteren Monat Physiotherapie.

Seit jenem Abend bei ihr zu Hause, als ihr Freund aufkreuzte und sie für den Rest des Abends in Beschlag nahm, hatte ich Vale nicht mehr gesehen. Doch ich hatte mich bei Knox nach ihr erkundigt. Immer hieß es, es gehe weiter bergauf. Mehr Info lieferte er mir nie. Und mal ehrlich, wozu zum Teufel hätte er mir mehr erzählen sollen? Ich machte mir Sorgen, weil sie die Schwester meines Freunds war. Das redete ich mir so lange ein, bis ich es tatsächlich glaubte.

Eigenartigerweise erkundigte sich auch mein Onkel regelmäßig nach ihr. Es war, als seien wir beide auf eine sonderbare Weise fasziniert von diesem Mädchen. Oft erwähnte er, sie sei etwas Besonderes, was völlig verrückt war. Woher wollte er das schließlich wissen? Er hatte doch nur in den Nachrichten von ihr gehört.

»Hey, Slate«, gurrte eine weibliche Stimme hinter mir. Katie, eine Blondine, die auch hier studierte, stand lächelnd an meiner Tür.

»Katie?« Auf die hatte ich gerade so gar keinen Bock.

Das ganze letzte Jahr war Katie hinter mir her gewesen. Dabei hatte sie schon mit dreien meiner Freunde geschlafen. Mit mir lief da gar nichts. Ich wusste, wie sehr sie klammerte. So eine hielt ich mir lieber vom Hals.

»Wie war dein Sommer?« Mit Shorts, die mit Mühe ihre Pobacken bedeckten, schlenderte sie in den Raum.

»Mein Onkel hat Krebs und liegt im Sterben. Hab die meiste Zeit im Krankenhaus verbracht.« Ich kam zu dem Schluss, dass ich sie locker wieder loswürde, wenn ich ehrlich und direkt war.

Wie erwartet stutzte sie, als hätte sie keine Ahnung, wie sie darauf reagieren sollte. So, wie sie angezogen war, wollte sie es wissen. Und nicht über meinen dahinsiechenden Onkel reden. »Oh, ähm, tut mir leid, das zu hören.«

O ja, darauf konnte ich wetten. Ich wandte mich um, öffnete meine Tasche und begann auszupacken.

»Nun, wenn du irgendwas brauchst, dann weißt du ja, wo du mich findest.«

Tat ich, ja. Aber ich hatte keinen Bedarf. »Yeah«, erwiderte ich.

Sie faselte irgendeine Ausrede, verabschiedete sich und verzog sich. Ich sah ihr nicht mal hinterher. Das hätte sie zu sehr ermutigt.

Als die Tür hinter ihr ins Schloss fiel, ließ ich das Shirt in meiner Hand fallen und sank auf mein Bett. Stille. Allein. Das brauchte ich. Bald schon hätte ich kaum noch wirklich Zeit für mich selbst. Im Verbindungshaus war immer was los. Man hatte selten Zeit, einfach nur dazusitzen und nachzudenken. Wenn überhaupt.

Letztes Jahr hatte ich das cool gefunden. Ständig nur Party, haufenweise Mädchen … Nun hatte ich andere Dinge im Kopf. Es fiel mir nicht leicht, so weit weg von meinem Onkel D zu sein. Ich machte mir Sorgen um ihn. Im Falle eines Falles würde ich nicht schnell genug bei ihm sein können. Das war das Schlimmste. Eine Chemotherapie lehnte er ab, aber seitdem man ihm gesagt hatte, ohne sie würde ihm nicht mal mehr ein Monat bleiben, lebte er schon fast zwei Monate. Er war schwach und hatte Schmerzen. Die Schmerzmittel halfen zwar, doch nur unzureichend. Er nahm nicht genügend, um sie ganz zu stillen, da er dann ohne Bewusstsein wäre und er doch wach sein wollte. Die Zeit, die ihm blieb, wollte er noch genießen.

Ich hatte versucht, dieses Semester auszusetzen und zu Hause zu bleiben. Um bei ihm zu sein. Aber davon wollte er nichts hören. Er wollte mich im College wissen. Sagte, er müsse diese Welt in dem Bewusstsein verlassen, dass ich meinen Abschluss machte und mehr im Leben erreichte als er. Dabei fand ich ja, dass er auf sein Leben stolz sein konnte, doch das sah er anders. Für mich wünschte er sich mehr.

Trotzdem, es fühlte sich falsch an, hier zu sein. Als würde ich ihn im Stich lassen, wenn er mich am meisten brauchte. Es fiel so schwer. Doch es war unmöglich, das diesem dickköpfigen alten Mann beizubringen. Ich hatte dieses Semester aufs College zu gehen, Schluss, aus, basta!

Die Tür wurde geöffnet, und ich setzte mich auf und wappnete mich für das nächste Mädchen. Doch es war Knox. »Sie hatte acht Kartons voller Scheiß und drei Koffer dabei, außerdem treiben mich meine Eltern in den Wahnsinn. Aber sie ist hier, und dafür bin ich dankbar.«

Weitere Erklärungen brauchte ich nicht. Ich wusste, dass er von Vale sprach. »Sie ist jetzt also mit Sack und Pack eingezogen?«

»Allerdings. Mit Sack und Pack. Und wohnt jetzt mit einer weiteren Freshman-Studentin zusammen, die genauso nervös wirkt wie sie. Ich bin nur froh, dass sie nicht irgendeine durchgeknallte Bitch erwischt hat. In meinem ersten Jahr habe ich mir das Zimmer mit einem Psycho geteilt, der auf einem Regal bei seinem Bett kleine Brettspiel-Figürchen stehen hatte, mit denen er sich nachts unterhielt. Echt abgefahren.«

Er warf seine Tasche aufs Bett und setzte sich.

»Hoffentlich spricht ihre Zimmergenossin nicht auch mit Spielfiguren«, erwiderte ich, froh, über etwas anderes nachdenken zu können als Onkel D.

Knox grinste. »Ich glaube allerdings nicht, dass meine Eltern sich je loseisen können. Am liebsten würden sie Vale in Watte packen! Als könnte sie zerbrechen. Es würde mich nicht wundern, wenn sie angerannt käme und sich hier vor ihnen verstecken würde.«

Der Gedanke, dass sie angerannt käme, gefiel mir sehr. Was ich mal hinterfragen sollte. Mir würde doch jetzt nicht immerzu dieses Mädchen im Kopf herumspuken?

»Duke und Neil teilen sich einen Raum. Das hab ich beim Hochgehen mitgekriegt. Wusstest du das? Die werden sich gegenseitig umbringen!« Knox lachte.

»Wessen Idee war das denn?« Zwei unterschiedlichere Menschen konnte es nicht geben.

»Weiß der Himmel. Aber das könnte echt lustig werden!«

Da stimmte ich ihm zu. Die beiden zu beobachten würde ein großer Spaß werden. Und ihnen zuzuhören. Wäre Duke nicht so ein großer, braver Teddybär, würde er Neil samt seiner Zwangsneurosen aus dem Fenster werfen. Na ja, vielleicht tat er es trotzdem. Ja, dieses Jahr würde hier definitiv keine Langeweile aufkommen.

»Ich muss auspacken und dann schauen, ob Vale was mit mir essen gehen will. Mom hat Angst, dass sie sich in ihrem Zimmer verkriecht. Magst du mitkommen?«

Unbedingt! Doch ich bremste mich, bevor ich es sagte. Wenn Knox vermutete, ich sei in irgendeiner Hinsicht an seiner Schwester interessiert, würde er mich windelweich prügeln. Wir waren Freunde, aber er kannte mich zu gut, als dass er mich auch nur ansatzweise als gut genug für seine Schwester betrachtet hätte. Das war mir klar, aber verdammt, ich wollte ihr einfach gern nahe sein.

»Klar. Mein Magen knurrt eh schon.« Das klang weniger aufgeregt und mehr nach mir.

Er zog sein Handy aus der Hosentasche. »Dann simse ich ihr mal schnell, bevor sie sich ins Bett verkriechen kann.«

# 40. Kapitel

## VALE

Meine Zimmergenossin hieß Jude. Ein Mädchen mit diesem Namen war mir noch nie begegnet, doch ich fand's cool. Einzigartig. Zudem war sie unglaublich schüchtern. Damit kam ich klar. Ich würde definitiv auch mal meine Ruhe haben können, und darüber war ich froh.

Als meine Eltern schließlich nach Hause gefahren waren, schrieb mir mein Bruder, er würde mich zum Dinner ausführen. Er fragte nicht. Er stellte es fest. Dabei hätte ich lieber erst mal alles ausgepackt. Dann vertagte ich das eben. Jude war damit beschäftigt, ihre vielen Plüschtiere auszupacken und auf dem Bett zu platzieren.

Sie hielt ein blaues Plüschhäschen in den Händen, mit dem sie behutsamer umging als mit dem Rest. Meine Neugierde gewann die Oberhand, und ich beschloss nachzufragen.

»Sammelst du Kuscheltiere?«

Sie hielt in ihren Überlegungen inne, wo sie das Häschen hinstellen sollte, und drehte sich zu mir um. Sie hatte große, braune Augen und ein pausbäckiges, sommersprossiges Gesicht. Das dunkelblonde Haar trug sie kurz geschnitten, und sie sah jünger aus als ein College-Freshman. Aber wer war ich, das zu beurteilen?

»Nicht direkt«, sagte sie mit leiser Stimme. Ob sie wohl je lauter sprach?

Ich wartete einen Moment, ob sie vielleicht noch etwas hinzusetzte.

Gerade, als ich nachhaken wollte, platzierte sie das Häschen auf ihrem Bett, nahm einen alten gelben Bär und zeigte ihn mir. »Der hier war mein erstes Stofftier. Meine leibliche Mutter hat ihn mir zu meinem zweiten Geburtstag geschickt. Danach hat sie mir zu jedem Geburtstag ein neues geschickt. Meine Mom meinte, damit wolle sie mir zeigen, dass sie an mich denke und froh sei, dass ich ein gutes Zuhause habe. Also habe ich sie nachts immer mit in mein Bett genommen. Um mich daran zu erinnern, dass ich zwei Mütter habe, denen an mir liegt, und dass das ... etwas Besonderes ist.«

Diese Antwort hatte ich nicht erwartet.

»Das finde ich schön«, sagte ich ehrlich.

Hierauf lächelte sie, und ihr Gesicht wirkte nun richtig hübsch. »Ja, nicht?«

Ich würde Jude ins Herz schließen.

»Wie alt warst du, als du adoptiert wurdest?«, erkundigte ich mich, ohne darüber nachzudenken, ob es angebracht war, eine solche Frage zu stellen.

»Nach meiner Geburt haben meine Eltern mich aus dem Krankenhaus zu sich geholt. Meine leibliche Mutter war erst fünfzehn und noch nicht in der Lage, ein Kind großzuziehen.«

Ich war mit einer fünfzehnjährigen Mom in die Highschool gegangen. Es musste hart für sie gewesen sein. Ich erinnerte mich, wie sie nach der Geburt des Kindes zu spät in den Unterricht gekommen war und erschöpft ausgesehen hatte. Mit ihrem Neugeborenen war sie bis spätabends auf und schaffte es in diesem ersten Jahr trotzdem noch, in die Schule zu gehen. Als das Baby ein Jahr war, war sie dann allerdings abgegangen und hatte ihren Schulabschluss mittels Fernunterricht gemacht. Ich konnte es ihr wirklich nicht verdenken.

»Woher kommst du denn?«

»Aus Oklahoma City«, erwiderte Jude. »Hab's also ganz schön weit nach Hause.«

Dagegen war ich mit dem Auto in einer Stunde zu Hause. Ich konnte mir nicht vorstellen, so weit weg von meinen Eltern zu sein. »Allerdings!«

Sie seufzte und angelte ein weiteres Stofftier aus dem Karton. Einen rosa Elefanten, den sie ganz vorn hinstellte. »Das ist mein neuestes. Letzte Woche hatte ich Geburtstag.«

Ich hätte ja gern gewusst, ob sie ihre leibliche Mutter je kennengelernt hatte, dachte mir aber, ich hätte sie fürs Erste genug gelöchert. Also fragte ich lieber nicht.

»Tja, ich schätze, ich sollte mich auch mal ans Auspacken machen«, sagte ich stattdessen, stand auf und knöpfte mir einen Karton vor. Bis Knox mich zum Essen abholte, hatte ich noch eine Stunde Zeit.

»Im Badezimmer gibt es zwei Ablagen. Welche davon magst du haben?«, wollte Jude wissen.

Ich zuckte die Achseln. »Stell deine Sachen einfach auf einer davon ab. Ich nehme die, die übrig bleibt. Ich bin da nicht wählerisch.«

»Okay. Dann nehme ich die obere, da ich größer bin, wenn du einverstanden bist.«

»Klingt perfekt.«

Mit diesem Teil meines neuen Lebens würde ich gut klarkommen. Ich war mir bloß nicht sicher, was den Rest anging.

*

Rund eine Stunde später simste Knox, er warte draußen, also verabschiedete ich mich von Jude, schnappte mir meine Tasche und ging zu ihm hinunter. Allerdings hatte er mir verschwiegen, dass er jemanden mitbringen würde.

Ich trat hinaus, und mir lächelte … Slate Allen entgegen. Seit dem

Abend, an dem er zu uns zum Essen gekommen war, waren wir uns nicht mehr begegnet. Mein Traum über ihn in jener Nacht war nicht der einzige geblieben. Seitdem hatte ich mehrmals von ihm geträumt – ausgesprochen anschaulich, manchmal sogar explizit. Da hatte ich ihm eigentlich lieber nicht gegenübertreten wollen.

Andererseits dachte ich oft an ihn und seinen Onkel. Er hatte mir vorgelesen, als ich im Koma lag, wofür ich mich erkenntlich zeigen wollte. Deshalb hatte ich seinen Onkel inzwischen schon zweimal besucht. Mom hatte ihm einen Kuchen gebacken, ein anderes Mal hatte sie etwas von ihrem Hackbraten mitgeschickt, dem besten weit und breit! Ich mochte seinen Onkel, der darauf bestand, von mir Onkel D genannt zu werden. Ihm war sofort klar, wer ich war, und schien sich über meinen Besuch zu freuen. Ich wünschte bloß, ich hätte noch mal zu ihm hinschauen können, ehe er zurück nach Huntsville geschickt wurde.

»Hi, Slate. Nett, dich wiederzusehen.« Es klang ein bisschen sehr steif, aber ich wusste nicht recht, was ich sonst sagen sollte. In meinen Träumen von ihm hatte er wesentlich weniger angehabt, weshalb ich befürchtete, ich könnte rot anlaufen.

»Na, hast du dich so weit eingewöhnt?«, erkundigte er sich.

Ich nickte. »Ja, danke. Hab gehört, du bist das ganze Jahr über mit dem Burschen hier geschlagen«, sagte ich und stupste meinen Bruder an, während wir uns auf den Weg zu seinem Pick-up machten. Ich tat alles, um diesen – allerdings nur für mich – peinlichen Moment zu überspielen. Schließlich hatte ich diese unartigen Träume, niemand sonst!

»Oder er mit mir«, grinste Slate.

»Das trifft es eher, ja«, bemerkte Knox und brachte Slate damit zum Lachen.

Ich hatte nicht vor, mich über ihr Leben im Verbindungshaus zu erkundigen. Manche Dinge sollte eine Schwester besser gar nicht wissen.

»Wie geht's deinem Onkel?«, fragte ich Slate und wechselte damit zu einem Thema, das mich wirklich interessierte.

»Der hält tapfer durch. Allerdings hat er Schmerzen«, erwiderte Slate.

»Grüß ihn von mir. Oder vielleicht könntest du mir ja seine Adresse geben? Dann könnte ich ihm einen Brief schreiben. Ich hatte gehofft, ihn vor seiner Entlassung noch einmal zu sehen. Zu meinem nächsten Besuch hatte ich ihm nämlich etwas von Moms Apfelkuchen versprochen.«

Als ich kurz zu Slate blickte, sah ich, dass er ein verdutztes Gesicht machte. Hätte ich ihm nicht verraten dürfen, dass ich seinem Onkel Süßes brachte?

»Du hast Onkel D besucht?« Er verlangsamte seinen Schritt.

Ich war davon ausgegangen, dass sein Onkel es ihm erzählt hatte. Hoffentlich hatte ich nun nichts ausgeplaudert, was Slate gar nicht wissen sollte. »Ja«, erwiderte ich schließlich vorsichtig.

Knox fing zu lachen an, und Slate sah zu ihm, dann wieder zu mir.

»Dieser hinterhältige Mistkerl. Daher hatte er also den Zitronenkuchen!«

Knox lachte immer noch.

»Zwei Tage, nachdem du bei uns zu Abend gegessen hast, habe ich ihn mit einem Kuchen von Mom besucht. Du hattest ihn erwähnt, und ich dachte mir, er könnte etwas Gesellschaft und etwas Leckeres zu essen brauchen. Ich hoffe, das ist okay.«

Warum sollte das eigentlich nicht okay sein? Slate hatte mir vorgelesen und meiner Familie oft Kaffee und Muffins mitgebracht. Ich fand das wirklich nett von ihm und wollte mich revanchieren.

# 41. Kapitel

## SLATE

Vale hatte den alten Herrn besucht. Kein Wunder, dass er so neugierig war, was sie betraf, und so besorgt, wie es ihr ging. Aber mir gegenüber hatte er es mit keiner Silbe erwähnt. Keine Ahnung, warum nicht, doch beim nächsten Besuch würde ich ihn zur Rede stellen. Vielleicht sogar mit einem Zitronenkuchen im Gepäck.

»Ich bin sicher, deine Besuche waren die Highlights seines Tages. Er hat mir allerdings nichts davon erzählt, deshalb bin ich so überrascht. Ich schätze, er wollte dich ganz für sich.«

Bei dieser Bemerkung lächelte Vale, und verdammt, dieses Lächeln war zum Niederknien! Wenn sie wirklich lächelte, leuchteten ihre Augen auf. In solchen Momenten fiel es schwer, den Blick von ihr abzuwenden.

»Nächstes Wochenende besuch ich ihn wieder. Du kannst gern mitkommen!«, rutschte es mir, ohne nachzudenken, heraus. Ein Kurzschluss in meinem Hirn, offensichtlich verursacht durch ihr Lächeln.

»Gerne! Ich könnte noch bei meinen Eltern vorbeischauen und den Apfelkuchen für ihn abholen.«

Knox lachte nicht länger, und ich wusste auch, warum. Es empfahl sich halt doch nachzudenken, ehe man sprach. »Du könntest auch mitkommen, Knox«, setzte ich rasch hinzu.

Er warf mir einen Blick zu, der zeigte, dass er sich gerade Gedanken über meine Absichten machte. Augenblicklich schien er sich da nicht ganz sicher zu sein. Doch mein Onkel lag im Sterben, und er bemühte sich, locker zu bleiben, das merkte man ihm an.

»Könnte ich machen«, erwiderte er schließlich.

Zum Glück kamen wir in diesem Moment bei seinem Pick-up an. Da hatte ich doch glatt die Unterhaltung verbockt, weil mich ihr Lächeln so fasziniert und mich die Tatsache umgehauen hatte, dass sie meinen Onkel D besucht hatte und sie sich wirklich um den alten Kerl sorgte. Und das offensichtlich ganz ohne den Wunsch, dadurch an mich heranzukommen. Auch Everly, ihre Krankenschwester, hatte vorgegeben, ihr würde an Onkel D liegen, allerdings war sie immer nur dann in seinem Zimmer erschienen, wenn ich auch da war und sie mit mir flirten konnte. Leicht durchschaubar, die Gute! Schließlich hatte ich bei Knox und seiner Familie nur noch dann vorbeigeschaut, wenn Everly keine Schicht hatte. Ihr Geflirte nervte, und dass sie meinen kranken Onkel dazu einsetzte, fand ich ziemlich mies.

Vale war da anders.

Und viel zu gut für mich. Sie war lieb und freundlich. Ich musste von dieser Faszination für sie loskommen. Aber zunächst einmal fuhr ich mit ihr Onkel D besuchen. Weil … na ja, weil sie so verdammt süß lächelte und mich ein bisschen kirre machte.

»Ich setz mich nach hinten«, sagte Vale, während ich die Beifahrertür von Knox' Pick-up öffnete.

»Nee, das mach ich, schließlich bin ich erst nachträglich dazugestoßen.«

Sie schüttelte den Kopf und kletterte in den Pick-up. Der Anblick ihres Knackarschs in dieser Jeans brachte mich völlig aus dem Konzept.

»Nope. Ich bin die Kleinste, und hinten ist nicht viel Platz«, sagte sie und nahm Platz, sodass ich ihren Hintern, Gott sei Dank, nicht länger vor Augen hatte.

»Sie ist dickköpfig. Einwände bringen nichts«, erklärte Knox.

»Wir fahren ins Pankcake Haven, okay? In diesem Sommer war dieses Lokal in aller Munde. Da müssen wir Vale zeigen, worum es bei all dem Tamtam eigentlich geht«, sagte Knox.

Das fand ich auch. Zumal ich die Pancakes mit Erdbeeren und Sahne vermisst hatte.

»Frühstück zum Dinner. Das gefällt mir«, ließ sich Vale von der Rückbank vernehmen.

»Ich weiß. Du bist immer der Grund, wenn uns Mom abends Süßes auftischt«, meinte Knox in warmem Ton.

Als Vale diesen Sommer im Koma lag, hatte er sich, wann immer ich ihn sah, in einem Zustand ständiger Angst und Sorge befunden. Er hatte beobachtet, wie sie atmete, als könnte sie, wenn er wegsah, das Atmen einstellen. Er hatte gemeint, sie stünden sich wirklich nahe, und mir Geschichten aus ihrer Kindheit erzählt. Dinge, die ihn zum Lachen brachten, was ihm zu jener Zeit bestimmt guttat.

Bisweilen war es fast so, als wäre er ihr Vater. Ich musste ihm nur zuhören, um zu wissen, dass Vale McKinley etwas Besonderes war. So besonders, dass sie einen Menschen veränderte. Ihre Spuren hinterließ. Der Gedanke, sie könnte nicht mehr aufwachen, machte mich fertig. Nicht zuletzt ging ich auch deshalb zu ihr und las ihr vor. Redete mit ihr. Erklärte ihr, warum sie die Augen wieder öffnen müsse. Erzählte ihr vom College und wie viel Spaß sie dort haben werde. Ich tat alles, was ich konnte, damit sie den Wunsch hatte zu leben.

»Mom schickt mir bereits die ersten Nachrichten«, kicherte Vale.

»Überraschung, mir nicht!«, erwiderte Knox.

»Sie freut sich, dass wir zusammen essen gehen. Sobald sie von Crawfords auswärtigem Trainingsspiel erfuhr, hat sie Angst gehabt, ich könnte den ganzen Abend mit einem Buch in meinem Zimmer bleiben.«

Knox hob den Blick und sah im Rückspiegel zu ihr. »Und genau das hättest du auch getan.«

»Öhm, stimmt ... Aber ausgepackt hätte ich auch!«

»Vertrau mir, die Pankcakes in diesem Lokal sind es wert. Nach dem ersten Bissen wirst du mir danken.«

Knox fuhr auf den Parkplatz und stöhnte auf. »Shit. Mia ist hier!«

Mia war letztes Jahr rund vier Monate seine Freundin gewesen. Bis sie anfing, aus Zeitschriften Abbildungen von Hochzeitskleidern auszuschneiden. Daraufhin hatte Knox das Weite gesucht, und Mia einen auf durchgeknallte Ex gemacht. Sie hatte unangekündigt auf der Matte gestanden, geweint, ihm Cookies gebracht ... im Verbindungshaus hatte das bis zum Ende des Semesters für erheblichen Spaß gesorgt.

»Deine Flamme vom letzten Jahr?« Vale klang aufgeregt.

Knox seufzte. »Ja.«

Kichernd klatschte Vale in die Hände, als seien das die besten Neuigkeiten ever. »Oh, das ist großartig. Ich kann's gar nicht erwarten, sie kennenzulernen. Beim nächsten Familienessen kann ich dann alle mit Infos versorgen!«

»Vergiss es!« Knox öffnete seine Tür.

Ich stieg aus und bot Vale eine Hand an. Sie steckte ihre kleine Hand in meine, vertraute mir völlig, und das gefiel mir höllisch.

Draußen sah sie zum Restaurant und runzelte die Stirn. Gut, ein Nobellokal war es nicht, aber ich hatte eigentlich auch nicht gedacht, dass sie auf so etwas abfuhr.

»Hast du etwas anderes erwartet?«, fragte ich.

Sie sah zu mir und blickte dann wieder auf das Schild. »Keine Ahnung, warum ich schon ein Bild von diesem Lokal vor Augen hatte. Fehlanzeige!« Sie schüttelte den Kopf. »Ich schätze, es kam in einem Traum vor.«

»Diese Pancakes werden in deinen Träumen vorkommen!«, Knox

kam ums Auto herum. »Kommt, lasst uns reingehen. Und kein Wort zu Mia, bitte, auch keinen Blickkontakt. Das gilt für euch beide!«

Vale lachte los, und ich lauschte ihr hingerissen. Verdammt!

# 42. Kapitel

## VALE

*Die Blätter der Bäume hatten sich bereits bunt gefärbt, und ich stand mit zurückgelegtem Kopf auf dem Weg und starrte zum blauen Himmel empor, der durch die Zweige lugte. Es war, als befände ich mich in einer Märchenwelt. Schön und vollkommen. Das Rauschen des Bachs durch das Felsgestein erfüllte zusammen mit dem Vogelgezwitscher die Luft, und ich wirbelte mit ausgebreiteten Armen lachend im Kreis herum.*

*Es fühlte sich an, als würde ich mich verlieben. In diese schlichte Schönheit. So detailliert und doch fließend. Der Wind fuhr mir ins Haar, und ich atmete die frische Luft ganz tief ein. Dann sagte er meinen Namen, und mein Herz schlug Purzelbäume, und mich erfasste ein lustvoller Schauer. Ich hörte es so gern, wenn er meinen Namen aussprach. Er war es, der das hier perfekt machte. Ich ließ die Arme fallen und wandte mich seiner Stimme zu.*

*Und da stand er, so hochgewachsen. Seine dunklen Haare streiften seine Schultern, und seine grünen Augen funkelten, weil er mich beim Tanz unter den Bäumen erwischt hatte. Er war mein Fels in der Brandung. Ich hatte nicht gewusst, dass ich verloren war, bis er mich gefunden hatte.*

*Slate Allen war mein Held.*

✡

Ich riss die Augen auf. Diese Art Traum war neu. Darin waren meine Gefühle für ihn intensiver. Als würde ich losrennen und mich in seiner Umarmung verlieren wollen. Wissen wollen, dass er mich nicht verlassen würde. Wie verrückt war das denn? Slate war nicht der Typ, von dem man so etwas träumte. Crawford war so einer.

Slate war ein Player. Er mochte Frauen, und sie mochten ihn. Das war bei dem Dinner gestern Abend nicht zu übersehen gewesen. Mit den meisten der anwesenden Mädels dort schien er schon mal was am Laufen gehabt zu haben. Mehrere kamen her, um zu flirten oder auf Tuchfühlung mit ihm zu gehen. Na, und laut Knox war die Anzahl von Slates Eroberungen ja legendär. Da sollte man doch meinen, mein Hirn würde all das registrieren und aufhören, sich albernen Träumen über ihn hinzugeben.

Lag es an dem, was ich gegessen hatte? So viel Schlagsahne und Schokolade wie ich gestern Abend sollte niemand zu sich nehmen. Das musste dieselbe Auswirkung haben wie Pizza. Verrückte Träume. Ich wollte, dass diese Träume aufhörten. Mit diesen Vorstellungen im Kopf fiel es schwer, ihm in die Augen zu sehen.

Ich warf einen Blick zu Jude hinüber, die, eingequetscht zwischen all ihren Stofftieren, tief und fest schlief. Grinsend stand ich auf und ging ins Bad. Es war noch nicht mal sechs Uhr morgens, aber ich wollte duschen. Bloß nicht mehr schlafen! Meinen Träumen traute ich nicht mehr über den Weg.

In aller Ruhe wusch ich mich und föhnte meine Haare. Das Anziehen war kein Problem, da inzwischen auch schon die Sonne ins Zimmer schien. Jude schlief wie ein Murmeltier und regte sich nicht mal, während ich mich fertig machte. Ich würde mich mitsamt einem Buch auf die Suche nach einem Café begeben. Ich wusste nicht, wie lang Jude normalerweise schlief, und wollte sie nicht frühzeitig wecken.

Ich entschied mich gegen das Autofahren und machte mich stattdessen zu Fuß in Richtung des Campuszentrums auf. Auch nach der

Bibliothek wollte ich Ausschau halten. Das war wichtig, denn für zwei meiner Kurse musste ich eine ganze Reihe von Büchern lesen.

Noch war niemand auf den Beinen. Ich genoss den Anblick des stillen Campus' im frühen Morgenlicht und bezweifelte, dass ich ihn je wieder so leer erleben würde. Heute war Sonntag. Am Montag begannen die Kurse. Heute trafen die restlichen Studenten ein und bezogen ihre Zimmer. Ich wusste, dass Crawford erst spät zurückgekommen war, denn er hatte mir eine Nachricht geschickt. Vor dem späten Vormittag hörte ich bestimmt nichts von ihm.

Nachdem ich an der Hauptverwaltung vorbeigekommen und in die Straße zum Ortszentrum eingebogen war, stieg mir schließlich Kaffeeduft in die Nase. Mein Ziel war nahe! Ich sah, wie jemand mit einem Kaffee in der Hand aus einem Geschäft trat, und wusste, ich war fündig geworden – und das in fußläufiger Entfernung von meinem Wohnheim. Super!

Auf das Caféfenster war in Grün und mit braunen und gelben Akzenten der Schriftzug EARLY PERK gemalt. Gleich darunter befand sich eine Auslage mit riesigen Muffins und Gebäcken. Das konnte mein neues Lieblingscafé werden! Davor standen Tische mit gelben Sonnenschirmen, die Wände waren von Bänken gesäumt.

Nach einem tiefen Atemzug betrat ich es, wo ich alles genau so vorfand wie erwartet. Komisch. Keine Ahnung, warum ich überhaupt etwas erwartet hatte. Im letzten Jahr hatte mir mein Bruder viel vom Collegeleben erzählt, allerdings nicht sehr anschaulich, doch ich hatte eine lebhafte Fantasie und neigte dazu, mir vor meinem inneren Auge die Dinge so zu erschaffen, wie sie meiner Meinung nach auszusehen hatten. Wie dieses Café zum Beispiel.

Meine Mutter hatte immer gesagt, ich solle Bücher schreiben. Schon mein ganzes Leben verfügte ich über ein sehr ausgeprägtes und bildhaftes Vorstellungsvermögen. Ich erzählte gern Geschichten und beschäftigte mich mit anderen Realitäten. Suchte häufig Zuflucht in Tagträumen.

Das Mädchen, das als Barista fungierte, war ungefähr in meinem Alter. Hier ein Job, das wäre was. Coole Atmosphäre!

»Was darf's denn sein?«, fragte sie lächelnd. Ihr braunes, lockiges Haar trug sie kurz geschnitten. Die Frisur hatte etwas Wildes an sich und passte gut zu ihrem herzförmigen Gesicht. Ich entdeckte eine interessante Tätowierung, die aus winzigen Vögeln bestand und entlang ihres Halsausschnitts verlief.

»Ich hätte da mal zwei Fragen«, erklärte ich ihr.

»Okay?«

»Sucht ihr hier noch Aushilfen?«

Sie lächelte erleichtert. »O mein Gott, ja! Wir haben gerade unsere andere Wochenendaushilfe verloren, weshalb ich den ganzen Laden hier bis zwölf, wenn die Nachmittagsaushilfe kommt, allein wuppen muss. Kein Mensch will am Wochenende von fünf bis zwölf arbeiten. Unter der Woche würdest du dann noch einen weiteren Tag von fünf bis zwölf arbeiten müssen.«

Ich hatte kein Problem mit der Frühschicht. »Donnerstags habe ich vormittags keinen Unterricht. Würde das passen?«

Das Mädchen hüpfte freudig auf und ab. »Na klar! Sekunde.« Sie krabbelte unter die Theke und tauchte mit einem Formular und einem Stift wieder auf. »Füll das mal aus, ich ruf unterdessen Jan an, die Besitzerin. Kann gut sein, dass sie dich gleich heute noch einstellt.«

»Super!« Die Jobsuche hatte ich mir schwieriger vorgestellt. Ich liebte dieses kleine Café. Es wäre ideal, hier an Wochenendvormittagen zu arbeiten.

Ich setzte mich an den nächsten Tisch und machte mich ans Ausfüllen.

»Hey, wie lautet eigentlich deine andere Frage?«, rief das Mädchen. »Und übrigens, ich bin Isla.«

»Nett, dich kennenzulernen, Isla. Ich heiße Vale und wollte dich fragen, welchen Kaffee du mir empfehlen würdest. Ihr habt so viele verschiedene Sorten.«

Sie strahlte mich an. »Ich bereite dir einen zu, ja?«

Schließlich trank ich meinen Caffè mocha mit Schlagsahne, während sie mir erklärte, wo hinter der Theke alles zu finden war und wie man die Espressomaschine bediente.

Ich hatte einen Job!

# 43. Kapitel

## SLATE

Die erste Unterrichtswoche war immer scheiße. Den ganzen Papierkram zu erledigen und einen Studienplan zu erstellen war total stressig. Hinzu kam, dass Onkel D am Mittwoch ohnmächtig geworden war und sich dabei eine Kopfverletzung zugezogen hatte, und das trotz Anwesenheit einer Hospizschwester. Dass er wieder ins Krankenhaus eingeliefert werden musste, machte es noch schlimmer. Mir hatte man weisgemacht, die Hospizschwester würde sich um ihn kümmern. Verdammt, da hätte so was nicht passieren dürfen!

Es fiel mir schwer, mich auf irgendetwas zu konzentrieren, wenn ich mit den Gedanken bei Onkel D war. Ich rief ihn ein paarmal am Tag an, was ihn höllisch nervte. Er klang allerdings so verdammt schwach, noch mehr sogar als bei unserer letzten Begegnung.

Sobald ich am Donnerstag nach meinem Vormittagsunterricht mein Zimmer betreten hatte, ließ ich meine Bücher und den ganzen verdammten Wust an Papieren, den man mir in die Hand gedrückt hatte, fallen und stöhnte frustriert auf. Was machte ich eigentlich hier? Ich sollte bei meinem Onkel sein! So war das doch Bullshit. Er lag im Sterben und befahl mir trotzdem, weiter aufs College zu gehen.

Ich bekam ein Stipendium, nach dessen Regeln ich das Semester nicht sausen lassen durfte, um bei ihm zu sein. Doch inzwischen war mir das egal. Notfalls beschaffte ich mir bei meiner Rückkehr eben ein Schuldarlehen.

Doch wie machte ich das Onkel D plausibel?

Ein Klopfen an der Tür riss mich aus meinen Gedanken. *Ich schwöre bei Gott, wenn es sich um ein Mädchen handelt, drehe ich durch.* Seit meiner Rückkehr hatte ich noch kein Date gehabt und dafür auch gerade nicht den Nerv. Jedes Mal, wenn mein Handy klingelte, stand ich Todesängste aus, jemand könne wegen meines Onkels anrufen. Da hatte ich für Dating-Dramen keine Zeit.

»Ja!«, bellte ich abweisend. Nur für den Fall, dass es sich um jemand anderes handelte als um einen Wohnheimgenossen.

Die Tür wurde zögernd geöffnet, als sei sich die Person auf der anderen Seite nicht sicher, ob es so eine gute Idee war hereinzukommen. »Was willst du?«, fragte ich mürrisch, denn ich wollte das Ganze möglichst schnell hinter mich bringen.

Doch zu meiner großen Überraschung tauchte hinter der Tür Vale auf, und mein ganzer Frust verpuffte. Natürlich war sie nicht meinetwegen hier, aber nachdem ich es mir tagelang verkniffen hatte, mich auf dem Campus nach ihr umzusehen, freute mich ihr Anblick trotzdem sehr, zumal es in meinem Leben sonst gerade so gar nichts gab, worüber ich mich freuen konnte.

Hätte Knox meine Gedanken lesen können, hätte er mich umgebracht.

»Es … Es tut mir leid, wenn ich gerade ungelegen komme …« Sie klang nervös, und mir wurde klar, dass ich drauf und dran gewesen war, ihr fürs Klopfen den Kopf abzubeißen.

»Nein, nein, ich habe dich für jemand anderes gehalten. Komm rein. Ich geh nur gerade den ganzen Formularkram durch, mit dem sie einen zu Semesterbeginn immer überschütten.«

Sie nickte. »Ja, das ist eine ganz schöne Masse.«

Noch immer war sie nervös.

»Knox ist nicht da«, erklärte ich das Offensichtliche.

»Ich weiß. Ich hab mit ihm geredet. Ich bin hergekommen, um mit dir zu sprechen. Hätte dich ja angerufen, aber ich habe deine Nummer nicht, und ich wollte Knox nicht danach fragen, weil er dann annehmen würde …« Sie verstummte und lief rot an.

Hach, mit den rosigen Wangen sah sie zum Anbeißen aus.

»Schau nur immer rein, wenn du Lust hast. Es stört mich nicht«, erwiderte ich aufrichtig.

»Danke. Ich wollte bloß … Ich weiß, wir haben ausgemacht, dass ich dieses Wochenende mitkomme, wenn du deinen Onkel besuchst, und das wollte ich auch wirklich, aber ich bin mir nicht sicher, wann genau du fährst. Ich hab nämlich einen Job im Early Perk ergattert und arbeite jetzt jedes Wochenende vormittags von fünf bis zwölf. Ich würde ja fragen, ob ich freikriege, aber ich habe gerade erst angefangen, und das wird mein erstes Wochenende sein. Ich würde um meinen Job fürchten, wenn ich es tue.«

Ich hasste es, dass sie in meiner Nähe so nervös war. Noch immer waren ihre Wangen gerötet, und sie traute sich kaum, mir in die Augen zu schauen. Dabei sollte sie sich in meiner Nähe doch wohlfühlen! Und wenn auch nur, damit ich ihr beim Reden zuhören und ihr in diese sagenhaften Augen schauen konnte.

»Äh, nö, du brauchst dir nicht freizunehmen. Das Café ist übrigens großartig. Freut mich, dass du so schnell einen Job gefunden hast. Es ist nämlich so, dass Onkel D wieder im Krankenhaus in Franklin gelandet ist. Wir könnten also am Samstag so um eins aufbrechen und den Nachmittag bei ihm bleiben. Vielleicht noch mit ihm zu Abend essen und dann gegen acht zurückfahren.«

Sie zog die Stirn kraus. Machte ein besorgtes Gesicht. Süß! »Was ist passiert?«

»Er ist gestürzt und das, obwohl die Hospizschwester da war. Anscheinend ist der alte Dickschädel mitten in der Nacht aufgestanden, und dann umgekippt. Dabei hat er sich eine Kopfverletzung zugezogen und musste wegen des Blutverlusts wieder ins Krankenhaus gebracht werden.«

Sie schaute noch bestürzter. »O nein. Das ist ja schrecklich. Der Ärmste! Es fällt dir sicherlich schwer, hier zu sein. Ja, wenn dir das Warten nichts ausmacht, würde ich am Samstag wirklich gern mitkommen. Aber wenn du schon früher losfahren willst, kann ich auch nachkommen. Die Strecke nach Franklin kenne ich.«

Mein Egoismus siegte. Ich wollte Onkel D sehen, aber ich wollte Vale auch dabeihaben. »Ich warte auf dich. Wir fahren dafür einfach erst später zurück. Und deinem Bruder ist es bestimmt lieber, wenn ich am Steuer sitze.«

Sie nickte. »Ja, garantiert. Aber wenn du hinmusst, dann hab ich überhaupt kein Problem damit, nachts zu fahren. Knox tut gern so, als wäre ich noch immer eine Achtjährige mit Rattenschwänzen, aber so ist es nun mal nicht.«

O nein, definitiv nicht!

»Ich warte auf dich«, wiederholte ich.

Sie seufzte und nickte. »Okay. Ich bringe Kaffee und Muffins mit. Und bei Mom wird schon ein Apfelkuchen bereitstehen.«

Ich wünschte, mein Onkel würde davon tatsächlich noch was verdrücken können. Inzwischen hing er am Tropf und weigerte sich zu essen. Versuchte er es doch, musste er sich übergeben.

»Danke. Aber er behält das Essen nicht mehr bei sich. Insofern bezweifle ich, dass er an diesem Kuchen noch viel Freude hätte.«

Sie machte ein so bekümmertes Gesicht, dass ich sie am liebsten in die Arme genommen hätte. Nicht, um sie zu trösten, sondern weil sie für einen alten Mann, den sie kaum kannte, solche Gefühle aufbrachte. In Onkel Ds Leben gab es nicht viele Menschen. Wir hatten auf der Farm gearbeitet, und er war kein geselliger Mensch gewesen. Dass nun noch jemandem außer mir an ihm lag, bedeutete so verdammt viel.

»Na, dann sehe ich zu, dass ich mit ein paar unterhaltsamen Geschichten aufwarten kann. Ihm gefallen meine Geschichten«, sagte sie mit einem Nicken. Als wäre das jetzt ihre Mission. Tja, wenn sie gewusst hätte, dass es ihm und mir schon völlig reichte, wenn sie überhaupt kam!

»Das würde ihm sicher gefallen.«

Sie lächelte. Traurig. Und wandte sich dann zum Gehen. Unsicher, was ich sagen sollte, beobachtete ich, wie sie verschwand. Wo steckte Crawford eigentlich? Machte es ihm denn gar nichts aus, dass sie mit mir nach Franklin fuhr?

# 44. Kapitel

## VALE

Als ich in mein Zimmer zurückkam, saß Jude mit einem Buch in den Händen auf ihrem Bett und mir schlug der Duft von Margeriten entgegen. Ich sah mich um und entdeckte einen riesigen Blumenstrauß neben meinem Bett. Crawford.

»Dein Freund ist vorbeigekommen.« Sie lächelte. »Er ist wirklich nett.«

Ja, das war er. Immer nett. Einfach perfekt.

Den ganzen Vormittag hatte ich mein Handy ausgeschaltet gehabt, weshalb ich keine Ahnung hatte, ob er mir getextet oder mich angerufen hatte. Er hatte heute wieder Training, das wusste ich. Und Kurse besuchen musste er auch. Warum sollte ich ihn da stören? Beim Anblick seiner Blumen bekam ich allerdings ein schlechtes Gewissen.

Er war beschäftigt, und ich hatte ihn in Ruhe gelassen. Hatte mich nicht um ein Treffen bemüht. Während meiner Kurse gestern hatte ich einen Blick von ihm erhascht, umgeben von Mädchen. Er schien sich zu amüsieren. Was mir merkwürdigerweise überhaupt nichts ausmachte.

Das fand ich am bedenklichsten.

Ich nahm die Karte aus dem Strauß und klappte sie auf.

*Diese Woche war einfach zu viel los, und ich vermisse dich. Der Sonntagnach-*

*mittag gehört uns. Es gibt da ein Lokal, in das ich dich entführen möchte. Love, Crawford.*

Ohne sie noch mal durchzulesen, legte ich die Karte auf den Tisch und sah aus dem Fenster. Noch nie hatte ich mich so verloren gefühlt.

*

Am Samstagmorgen kam ich schon eine halbe Stunde eher, damit ich Isla bei den Vorbereitungen helfen konnte, bevor das Café öffnete. Am vergangenen Donnerstagvormittag hatte ich mit Connie und Blake gearbeitet. Isla arbeitete Mittwochmorgen und an den Wochenenden.

Die Zusammenarbeit mit Isla war wesentlich angenehmer als die mit Connie. Ich hatte den Verdacht, dass Connie den Job hasste. Blake war da wesentlich besser drauf, und ich genoss die Unterhaltungen mit ihm, wenn gerade nichts los war. Connie simste viel und fluchte leise vor sich hin. Nicht so prickelnd.

Blake war ein Senior am Bington-College mit Schwerpunkt Massenkommunikation. Mit diesem Fach hatte ich auch geliebäugelt und war neugierig, ob er nun, fast am Ende seiner Ausbildung angelangt, noch immer mit dieser Entscheidung zufrieden war.

Dass Blake kein Fan von Studentenverbindungen war, hatte ich inzwischen mitgekriegt, weshalb ich ihm nicht erzählte, dass mein Bruder im Kappa-Sigma-Haus wohnte. Ich selbst hatte nicht vor, einer Verbindung dieser Art beizutreten, einfach deshalb, weil ich lieber für mich blieb. Ich war kein sonderlich geselliger Mensch.

Als es im Café allmählich voller wurde, war es fast neun. Und selbst da waren die Gäste vom Alter her über dreißig. Die im Collegealter kamen eher gegen zehn. Inzwischen konnte ich schon fast alle Getränke zubereiten, ohne einen Blick auf den Spickzettel zu werfen, der mit Tesafilm an der Theke klebte. Und ich kannte schon sämtliche Muffins und die Namen der Gebäcke.

»Gott, was für ein Hammertyp!«, flüsterte mir Isla zu, während sie mir einen Chocolate-Chip-Muffin reichte. Ich wollte fragen, wer, folgte dann aber ihrem Blick und sah Slate zur Tür hereinkommen.

*Oh.*

»Der lässt allerdings nichts anbrennen. Schläft mit einem Mädchen, und am nächsten Tag nimmt er sich auch schon das nächste vor. Ich würde mir das nicht antun, schau ihn mir aber unheimlich gern an. Irgendwie hat er was Piratenhaftes an sich. Fehlt nur noch der Ohrring!«, kicherte sie.

Slate fing meinen Blick auf, und ich lächelte. Der heutige Tag würde hart für ihn werden. Isla hatte davon keine Ahnung. Sie wusste nur, was Slate die Welt um sich herum sehen ließ. Mir war klar, welchen Ruf er genoss, doch er hatte auch ein Herz. Und er war jemandes Neffe. Er hatte eine Seele. Und er litt.

Ich reichte einem Kunden einen Muffin. Sollte ich auf Islas Bemerkung reagieren oder besser einfach darüber hinweggehen? Vielleicht fand er es ja gut, dass man diesen Eindruck von ihm hatte.

»Was hätten Sie denn gern?«, fragte ich den nächsten Kunden.

»Einen Butterfinger Latte Light Whip und einen Banana-Nut-Muffin. Bitte warm machen und zwei Gabeln dazu.«

Ich gab die Bestellung ein und machte mich an die Zubereitung des Getränks. Es war beliebt und wurde täglich mehrmals gewünscht. Isla kam mit dem großen Muffin, lecker und warm, auf einem Teller mit zwei Gabeln. Wir beide waren ein gutes Team.

»Bitte schön!«, sagte ich zu dem Kunden.

Als Nächstes war Slate dran. »Guten Morgen«, grüßte ich ihn, auch wenn ich wusste, dass es für ihn kein guter Morgen war.

Er lächelte mich an und wirkte plötzlich nicht mehr ganz so traurig. Ich verspürte den Drang, ihn zu umarmen. Wie am Donnerstag in seinem Zimmer auch schon. Ich hatte mich schwer zusammenreißen müssen.

»Moin! Die gelbe Schürze steht dir gut!« Nach seiner noch leicht verschlafenen Stimme zu urteilen, war er gerade erst aufgestanden.

Ich hielt die Schürze hoch und machte einen Knicks, denn irgendwie wusste ich, das würde ihn zum Lachen bringen. Eigenartig, wie ich manchmal voraussehen konnte, was er von mir brauchte. Und, na bitte, da lachte er auch schon.

»Na, und was hättest du gern?«

»Schwarzen Kaffee und eins von diesen Frischkäse-Croissant-Dingern.«

»Schokolade oder Vanille?«

»Vanille.«

Ich nickte. »Gute Wahl. Die mit Schoko mag ich nicht.«

»Ich auch nicht.«

Ich drehte mich um und sah, dass Isla mich ansah, als hätte ich den Verstand verloren. Einen Augenblick war ich verwirrt, erinnerte mich dann jedoch an ihre Worte bei Slates Ankunft. Normalerweise verschwand sie immer gleich, um die Essensbestellung des Kunden zu besorgen. Diesmal jedoch war sie wie angewurzelt stehen geblieben. Um dem Moment die Peinlichkeit zu nehmen, lächelte ich sie an und sagte: »Isla, darf ich vorstellen: ein guter Freund von mir, Slate. Slate, das ist Isla. Sie ist hier der Profi und bringt mir alles bei.«

Slate nickte in ihre Richtung und lächelte. »Nett, dich kennenzulernen, Isla.«

»Äh, ja, äh, gleichfalls«, stotterte sie und warf mir einen fassungslosen Blick zu, bevor sie das Croissant holen ging.

Ich bereitete ihm seinen schwarzen Kaffee zu. Das einfachste Getränk des Tages.

»Gefällt dir dein Job?«, fragte Slate, als ich ihm seinen Kaffee reichte.

Ich nickte. »Ja, macht echt Spaß hier, und ich kann den ganzen Vormittag Kaffeeduft schnuppern. Viel besser geht's gar nicht.«

Er lachte auf, und da kam auch schon Isla mit seinem Croissant zurück. Er dankte ihr, und ich hatte Angst, sie würde gleich zu einer Pfütze auf dem Boden schmelzen. Mit Mühe brachte sie ein »Gerne!« heraus und flüchtete dann wieder ins Hinterzimmer.

»Dein Ruf eilt dir hier voraus«, scherzte ich und wusste, ihm wäre sofort klar, wovon ich sprach.

Er grinste dreckig. »Wenn du mit mir sprichst und mich als guten Freund vorstellst, dann verwirrt das alle höllisch. Ich habe keine guten Freundinnen.«

Ich hätte gelacht. Hätte lächeln sollen. Aber diese Worte! Ich kannte sie. Sie waren mir vertraut. Was keinen Sinn ergab. Als er sie aussprach, hatte es mir die Brust zugeschnürt, als hätte ich sie … als hätte ich sie vermisst.

»Alles okay mit dir?« Seine Stimme riss mich aus dem merkwürdigen Zwischenzustand, in den ich geraten war.

»Ja, alles gut. Hab nur ein bisschen Kopfweh«, log ich.

»Ich geh und hol dir Tylenol.«

Ich schüttelte den Kopf. »Ach was, schon okay. Ich brauch bloß einen Kaffee, und das ist ja zum Glück kein Problem.«

Er wirkte nicht überzeugt. Doch schließlich nahm er seine Sachen und suchte sich einen Tisch. Einen, wo ich ihn sehen konnte und er mich. Auch dabei hatte ich das Gefühl, als hätte ich es schon mal erlebt. Träumte ich von ihm und erinnerte mich dann nur nicht mehr daran?

»Warum hast du mir nicht gesagt, dass ihr befreundet seid, als ich von ihm gesprochen habe?«, flüsterte Isla hinter mir.

Ich wandte mich zu ihr um. »Ich kenne seinen Ruf. Ich hatte nicht die Zeit, dir zu erklären, dass er in derselben Verbindung wie mein Bruder und dessen Zimmergenosse ist. Wir haben uns diesen Sommer kennengelernt.«

Mehr erzählte ich ihr erst mal nicht. Dass ich im Koma gelegen und Slate mich währenddessen in meinem Krankenzimmer besucht hatte, brauchte sie wirklich nicht zu wissen.

# 45. Kapitel

## SLATE

Ohne Vale wäre mir die Fahrt nach Franklin so schwergefallen. Ich machte mir Sorgen. Ach was, ich hatte eine Heidenangst, was ich zu sehen bekäme. Wie Onkel D aussähe. Der kleine Junge in mir war nicht bereit, ihn an der Schwelle des Todes zu sehen. Mit einem Fuß schon im Grab. Ich brauchte ihn doch!

Vales Stimme, ihre Fähigkeit, mich abzulenken, und die Art, wie sie auf ihrem Sitz herumrutschte, die Beine übereinanderschlug und wieder nebeneinanderstellte, bot da zum Glück Ablenkung.

Als wir jedoch schließlich ins Parkhaus des Krankenhauses einbogen, kehrten alle meine Ängste mit voller Wucht zurück. Nachdem wir geparkt hatten, hielt ich eine Minute inne und bereitete mich mental darauf vor, was mich erwartete. Ich liebte diesen Mann, den wir gleich besuchen würden, und ich hasste es, mit ansehen zu müssen, dass er Schmerzen hatte.

Vale lehnte sich zu mir und legte ihre Hand auf meine. »Ich wünschte, ich könnte dir sagen, dass es nicht schlimm sein wird. Wird es aber. Es wird wehtun und dir das Herz zerreißen. Aber er muss sehen, dass du lächelst. Muss dich lachen hören. Er muss wissen, dass es dir gut geht.«

Sie hatte recht. Das waren nicht einfach so dahingesprochene Worte der Ermutigung. Sie sagte, was Sache war. Ich musste mich der Realität stellen und auf Onkel Ds Bedürfnisse eingehen. Als ich keine Eltern mehr hatte, war er zur Stelle gewesen und hatte sich um mich gekümmert, was nicht leicht gewesen sein konnte. Doch er hatte es getan. Er hatte sich für mich aufgeopfert.

Ich verdankte ihm alles.

»Danke«, sagte ich und sah sie an. Diese hübschen blauen Augen waren feucht von unvergossenen Tränen.

»Komm, schaffen wir eine Erinnerung«, war, was sie sagte, doch beiden von uns war bewusst, was sie meinte, und zwar: *»Es könnte das letzte Mal sein. Sehen wir zu, dass es zählt.«*

Ich nickte, und wir stiegen aus dem Jeep.

Fast einen Monat lang war ich täglich in diesem Krankenhaus ein und aus gegangen. Vale hatte in dieser Zeit geschlafen. Das Leben verpasst. Wäre mir diese Zeit mit meinem Onkel in diesem Sommer zusammen mit ihr leichter gefallen? Wohl schon. Sie machte alles leichter. Einfach dadurch, dass sie da war. Einfach sie war.

Als wir aus dem Aufzug traten, verließ Everly gerade einen Raum, blieb stehen und sah zu uns her. Dann setzte sie ein künstliches Lächeln auf.

»Wie ich sehe, habt ihr euch nun, da Vale wach ist, nach all seinen Besuchen im Sommer angefreundet.« Sie klang nicht glücklich darüber. Everly war die Sorte Frau, die unbedingt die Hübscheste sein wollte, die Begehrenswerteste. Leider machte genau das sie reizlos. So heiß sie auch war, ihre Eigensucht machte alles kaputt.

Vale stutzte und musterte sie einen Augenblick, dann lächelte sie, als würde sie sich erinnern. »Oh, Sie waren eine der Krankenschwestern! An die Zeit nach meinem Aufwachen erinnere ich mich immer noch eher verschwommen. Ich muss immer noch herausfinden, was Realität und was Einbildung war.«

Everly bedachte uns mit einem weiteren Kunstlächeln und deutete den Gang entlang. »Slate, dein Onkel liegt in Zimmer sechsundvierzig.«

»Danke.« Ich berührte Vale am Ellbogen und lotste sie weiter. Weg von Everly. Es musste sich herumgesprochen haben, dass ich mit mehreren der Krankenschwestern etwas am Laufen gehabt hatte. Vermutlich fand das Everly nicht so toll.

»Besonders nett finde ich sie nicht gerade«, sagte Vale, als würde sie gerade darüber nachgrübeln.

Ich lachte. »Da könntest du recht haben.«

»Schade. Dabei ist sie so hübsch!«

Vales ehrliche Art – so etwas zog Männer an. Und Vale hatte davon nicht den leisesten Schimmer.

Wir erreichten die Tür meines Onkels, doch brachte ich es nicht über mich, sie zu öffnen. Der Gedanke, Onkel D noch gebrechlicher zu erleben als zuvor, machte mich einfach fertig, auch wenn ich mich seelisch darauf vorbereitet hatte.

Vale ergriff meine Hand, drückte sie und öffnete dann die Tür, da sie begriff, dass ich es nicht schaffte.

Wir gingen langsam hinein, und mein Blick fiel auf Onkel D. Er schlief. Angeschlossen an Monitore und Geräte. Eine Sauerstoffmaske bedeckte seine Nase und seinen Mund. Er sah aus, als hätte er innerhalb einer Woche an die zehn Kilo verloren.

Mir zog sich der Magen zusammen, und mein Brustkorb schmerzte so sehr, dass ich mich setzen musste. Selbst als man mich über den Tod meiner Mutter in Kenntnis setzte, hatte ich nicht solche Angst ausgestanden. Als Kind war mir nicht in den Sinn gekommen, dass ich nun allein dastünde.

Vale ließ meine Hand los und ging zu Onkel D ans Bett. Ich folgte ihr zögernd.

»Hallo, ich bin da, genau, wie ich's versprochen hatte. Da schlagen Sie mal besser die Augen für mich auf.« Ihr Ton war sanft und neckend.

Onkel D zwinkerte und fokussierte sich schließlich auf Vale, die auf ihn hinabsah. Ein Lächeln umspielte seine dünnen, trockenen Lippen.

»Ja, sieh an, wer gekommen ist!«, keuchte er.

Sie strahlte ihn an. »Leider habe ich keinen Apfelkuchen dabei, aber dafür habe ich noch jemanden mitgebracht. Ich persönlich finde ja, das ist besser als Apfelkuchen.« Sie sah zu mir.

Onkel D drehte den Kopf, und unsere Blicke trafen sich. Sonderlich ausdrucksstarke Augen hatte er nie gehabt, doch so blass sie nun auch waren, konnte ich doch Liebe darin entdecken. Ich hatte seine Liebe für mich nie infrage gestellt, auch wenn das Wort bei uns zu Hause nicht oft ausgesprochen wurde. Wir ließen Taten sprechen.

»Das finde ich auch«, erwiderte er kaum hörbar.

Gerade mal vor einer Woche hatte ich ihn zuletzt gesehen, und doch schienen Monate dazwischenzuliegen. Er war nur noch die Hälfte des Mannes vom vergangenen Samstag.

»Ich lass dich eine Woche allein, Alter, und dann passiert so was«, sagte ich und trat nun auch ganz an sein Bett heran.

Er lachte schwach.

»Warum hast du mir nicht erzählt, dass Vale dich zuvor schon besucht hat? Das musste ich erst von ihr erfahren!« Ich hätte gern seine Hand in meine genommen, tat es aber nicht. Mit Zärtlichkeiten hatten wir es nicht so.

»Wollte sie eben für mich behalten«, erwiderte Onkel D, und diesmal lachte ich.

»Sie wollten doch einfach nur an das gute Essen meiner Mom ran«, scherzte Vale, und er richtete seine Augen auf sie.

»Das auch«, räumte er ein.

Ein Pokerspiel wäre heute nicht drin. Er brachte ja kaum genug Energie auf, um auch nur zu sprechen. Der Gedanke, dass wir beide nie mehr zusammen zocken würden, zerriss mir das Herz.

»Wissen Sie noch, dass ich Ihnen gesagt habe, ich sei mir nicht sicher, ob ich aufs College gehen soll? Aber ich hab's getan und bin froh darüber. Sie hatten recht. Ich konnte nicht einfach Däumchen drehen und das Leben an mir vorbeiziehen lassen«, erzählte Vale meinem Onkel.

Sein Lächeln wurde breiter, doch er schien die Augen nur noch mit Mühe offenhalten zu können.

»Braves Mädchen«, erwiderte er.

Sie sah zu mir hoch, als wäre es ihr auch aufgefallen.

»Schlaf ruhig ein bisschen, Onkel D. Wir machen es uns hier bequem und bleiben bei dir. Wir warten, bis du wieder aufwachst, und setzen dann unser Pläuschchen fort«, sagte ich.

Er nickte und schloss die Augen. Währenddessen griff er nach meiner Hand und tätschelte sie sanft.

Ich war froh, dass Onkel D nicht mitbekam, dass sich die Tränen, die ich so lang zurückgehalten hatte, schließlich Bahn brachen und an meinem Gesicht hinabrollten.

# 46. Kapitel

VALE

Onkel D schlug die Augen an diesem Tag nicht mehr auf. Ich rief meine Mutter an, ob sie mich abholen und zum Campus zurückfahren könne. Slate konnte nicht weg. Eigentlich wollte ich ihn nicht allein zurücklassen, hatte aber vor, am nächsten Tag nach der Arbeit wieder herzukommen. Dafür wäre ich Crawford eine Erklärung schuldig, andererseits konnte Slate das alles unmöglich allein durchmachen. Ich bat Mom, ihm etwas zu essen zu bringen und ihn morgen zu besuchen, bis ich zurückkommen konnte. Sie versprach es.

Später an diesem Abend klingelte mein Handy, und ich ging schnell dran.

»Ich bin's, Slate.« Seine Stimme war heiser, und ich umklammerte das Telefon fester. Fürchtete den Grund, warum er anrufen könnte. »Hoffentlich hab ich dich nicht geweckt. Ich muss einfach nur mit jemandem reden.«

Die Panik ließ nach, und ich schlich ins Badezimmer, damit Jude nicht wach wurde.

»Ich hab noch nicht geschlafen«, versicherte ich ihm.

»Deine Mom ist noch spät mit einem Stück Schokoladenkuchen und einem großen Glas Milch vorbeigekommen. Das war sehr nett.« Ich hatte gar nicht erwartet, dass sie sich gleich noch zu ihm aufmachen würde. Aber ich war ihr dankbar dafür.

»Gut. Ist dein Onkel denn inzwischen noch mal aufgewacht?« Vor der Antwort hatte ich Angst.

»Nein«, erwiderte er. »Der Arzt sagt, er bezweifelt, dass er es je wieder tut.«

Ich wollte bei Slate sein. Ihn in den Arm nehmen. Schrecklich, dass er ganz allein war. Hätte Knox nicht gerade einen neuen Job in einer Bar angefangen, dann hätte er uns an diesem Tag begleitet.

»Morgen sollte ich spätestens um zwei bei dir sein.«

»Danke. Es ist schwer, allein zu sein. Seine Atemzüge zu beobachten. Sich zu fragen, ob er Schmerzen hat oder einfach nur ruht. Ich möchte, dass er friedvoll geht. Was, wenn ich heute nicht hergekommen wäre? Was, wenn er gegangen wäre und ich ihn nicht noch mal gesehen hätte?«

»Er hat auf dich gewartet, Slate. Er hat gekämpft, weil er dich unbedingt noch einmal sehen wollte. Das Tätscheln deiner Hand war seine Art zu sagen, dass er dich liebt.«

Ich hörte, wie Slate tief Luft holte. Dabei hatte ich ihn gar nicht aus der Fassung bringen wollen. Nur beruhigen. »Ich hätte ihm sagen sollen, dass ich ihn liebe«, sagte er.

»Das war ihm auch so klar. Das, was du getan hast, hat gereicht.«

»Er hätte die Worte hören sollen«, entgegnete Slate.

Manchmal klappt das eben nicht. »Du wusstest ja nicht, dass du zum letzten Mal mit ihm sprechen kannst. Jetzt ruht er sich aus, weil er weiß, du bist da und er wird geliebt.«

Einen Augenblick schwieg Slate. Dann konnte ich hören, wie er sich herumbewegte. »Danke, das musste ich hören.«

»Gerne.«

»Und, Vale?«

»Ja?«

Er hielt inne und seufzte dann. »Ach, egal. Bis morgen!«

*

Die Arbeit am nächsten Morgen fiel mir nicht leicht, weil ich mit den Gedanken nicht bei der Sache war. Mich um Slate sorgte. Wie er wohl zurechtkam? Sobald meine Mutter im Krankenhaus ankam, gab sie mir Bescheid, dass sie nun bei ihm sei. Das half.

Am Vortag hatte ich Crawford angerufen, um ihm die Situation zu erklären, doch er hatte nicht abgehoben. Es war der letzte Samstag vor Beginn der Spielsaison, und ich wusste, dass er wohl den ganzen Tag hart trainierte. Ich schrieb ihm eine SMS, in der ich ihm alles erklärte und ihn bat, mich nach zwölf anzurufen, da ich ja den Vormittag über jobbte. Noch so etwas, worüber wir uns noch gar nicht unterhalten hatten. Ich war mir nicht mal sicher, ob er überhaupt schon von dem Job wusste. Die beiden letzten Male, an denen wir miteinander sprachen, hatte er mir weiß der Himmel was über sich erzählt, sich aber mit keiner Silbe danach erkundigt, was ich so tat.

Je mehr ich darüber nachdachte, desto klarer wurde mir, dass es schon immer so gewesen war. Crawford hatte gern von sich erzählt, und ich hatte gern zugehört. Ich heischte nicht nach Aufmerksamkeit oder dem Rampenlicht, und ich wusste, er schon. Damals war das okay gewesen. Doch seitdem ich aufgewacht war, störte es mich. Wie so viele andere Dinge auch.

Bei der Arbeit erkundigte sich Isla mehrmals, ob mit mir alles okay sei. Ihr fiel meine gedrückte Stimmung auf, und das mochte ich so an ihr. Isla achtete auf ihre Mitmenschen, und ihr lag an ihnen. Ich erklärte ihr, der Onkel eines Freundes liege im Sterben. Ich müsste möglichst bald weg und ins Krankenhaus. Als gegen elf im Café Flaute herrschte, meinte sie, ich könne gehen.

Als ich vor dem Krankenhaus vorfuhr, rief Crawford an. Ich parkte und meldete mich.

»Hey!«, sagte ich.

»Hey! Du hast also einen Job ergattert?«

»Ja. Ich muss arbeiten und meine Eltern bei den Kosten unterstützen, so wie Knox ja auch.« Er hatte sich gar nicht über Slates Onkel erkundigt. Komisch. War das nicht wichtiger?

»Bin erst vor einer Stunde aufgewacht. Ich wollte dich eigentlich zum Brunch abholen, als ich deine Nachricht bekommen habe. Du kennst diesen Slate also so gut? Ich hatte ihn eher für Knox' Freund gehalten.«

In seiner Stimme schwang Eifersucht mit. Beinahe hätte ich die Mädchenscharen erwähnt, die ihn diese Woche umgeben hatten, ließ es aber. Es war sinnlos, und ich hatte weder die Zeit noch die Energie für den Streit, der automatisch folgen würde.

»Er hat mir vorgelesen, als ich im Koma lag und damit meine Familie regelmäßig entlastet. Das macht ihn auch zu meinem Freund. Selbst wenn ich geschlafen habe, als unsere Freundschaft begann.«

Crawford schwieg einen Moment. Ja, das konnte er sich ruhig mal durch den Kopf gehen lassen. Vielleicht hatte er dann ja eine vernünftige Antwort parat.

»Seinen Ruf kennst du, oder? Ich meine, du willst ja wohl nicht mit all diesen Mädchen in einen Topf geworfen werden. Und das wäre zwangsläufig der Fall.«

Ich umklammerte das Handy ein wenig zu fest. Runterputzen konnte ich Crawford schlecht. Das wäre unfair gewesen. Er hatte auch seine Sorgen, das musste ich ihm zugestehen. Doch seinem Willen würde ich mich nicht beugen. Diese Tage lagen hinter mir.

»Er ist mir ein Freund. Und gerade braucht er jemanden. Was andere sagen interessiert mich nicht. Ich kenne die Wahrheit, und nur das zählt. Hast du ein Problem damit?« Meine Stimme hatte einen bissigen Ton angenommen, und ich merkte, dass es ihn erschreckte.

»Äh, nein. Ich denke nicht.«

»Gut. Mom ist gerade bei ihm. Ich muss los. Wenn ich zurückfahre, schreib ich dir.« Beinahe hätte ich hinzugesetzt, dass wir uns dann ja treffen könnten, ließ es aber. Wer weiß, ob ich nach dem, was mir bevorstand, dazu noch in der Stimmung war.

Wir beendeten den Anruf, wie wir es schon seit Jahren taten, indem wir einander »Ich liebe dich« sagten, doch diesmal fühlte es sich anders an. Als würde ich es nicht wirklich meinen. Ich schob diesen Gedanken beiseite und machte mich auf den Weg zum Krankenhaus.

Meine Mom saß auf einem Stuhl neben dem Fenster, und Slate saß neben seinem Onkel und hielt ihm die Hand. Als ich hereinkam, drehte er den Kopf zu mir und sah mich erleichtert und dankbar an. Meine Mom war zwar da, doch er brauchte mich.

»Hey«, sagte ich und ging zu ihm. »Wie geht es ihm?«

Slate seufzte. »Unverändert.« Er sah zu meiner Mutter. »Deine Mom war großartig. Ich wünschte bloß, ich hätte mehr Appetit, um die ganzen Sachen, die sie mitgebracht hat, auch zu essen. Aber das, was ich runtergebracht habe, war echt lecker.«

»Du isst einfach, wenn du kannst«, sagte sie sanft.

»Danke.«

»Mom, los mit dir. Ich bleibe bis zum Abend.«

Sie stand auf, ging zu Slate und drückte ihm die Schulter. »Dein Onkel kann sich glücklich schätzen. Du liebst ihn, und das weiß er.«

Slate nickte, schwieg aber. Man merkte ihm an, dass ihm ihre Worte nahegingen. Er schluckte schwer.

»Ruft mich an, wenn ihr was braucht. Nachher bring ich euch etwas zum Abendessen vorbei.«

»Danke, Mom.«

Sie umarmte mich und ging. Und Slate und ich beobachteten, wie sein Onkel sich mit letzter Kraft ans Leben klammerte.

»Von dem Sturz hat er innere Blutungen davongetragen. Tun kann man dagegen allerdings nichts«, erklärte er, als sich die Tür hinter meiner Mutter geschlossen hatte. »Sie glauben nicht, dass er die Nacht übersteht.«

»Ich bleib bei dir.« Ich konnte Slate auf keinen Fall allein lassen.

»Du hast morgen früh doch Kurse«, protestierte er, allerdings nur halbherzig. Er wollte mich bei sich haben. Hatte Angst.

»Ich lass mir den Stoff hinterher von jemandem aus meiner Klasse geben.«

Er versuchte nicht, es mir auszureden. Es wäre auch zwecklos gewesen.

»Ich muss ja auch an die Farm denken. Keine Ahnung, wie ich das deichseln soll. Onkel D war alleiniger Besitzer. Darauf hat er sein ganzes Leben lang hingearbeitet. Als er diesen Sommer krank wurde, hat er mir gesagt, er würde alles mir hinterlassen. Es sei meine Entscheidung, was ich damit anfange. Gerade kann ich keine Farm führen, aber ich kann sie auch nicht einfach verkaufen. Sie war sein Leben.«

Slate würde viele derartige Entscheidungen treffen müssen. Dinge, die nicht einfach sein würden. Das musste ihm jetzt alles im Kopf herumgehen.

»Trägt sich die Farm finanziell denn?«, fragte ich.

Er nickte.

»Nun, warum suchst du dir nicht jemanden, der sie für dich führt – dort wohnt, sich um alles kümmert – und bezahlst ihn dafür?«

Wieder nickte er. »Okay. Ja, ich denke, im Ort würde sich da schon jemand finden lassen.«

»Mach dir deswegen jetzt aber keinen Kopf. Das wird sich alles regeln.«

Er antwortete nicht, und ich dachte mir, er brauche etwas Ruhe. Ich ging und setzte mich auf den Stuhl, auf dem meine Mom gesessen hatte. Aus der Schachtel neben mir drang der Duft ihrer selbst gebackenen Donuts.

»Noch nie in meinem Leben hatte ich jemanden, der so etwas getan hätte.« Er sah zu mir. »Der geblieben wäre, wenn es mir dreckig ging. Nur Onkel D, dem konnte ich vertrauen.«

Mir brach das Herz. Ich hatte eine große Familie und war auch sonst in meinem Leben so gesegnet. Das alles hatte ich immer für selbstverständlich gehalten, während Slate ganz auf sich gestellt war.

»Jetzt hast du mich und Knox. Wir sind deine Freunde. Und damit geht auch unsere Familie einher.«

Slate lächelte traurig, und sein Blick wanderte zu den Donuts. »Ja, du hast eine tolle Familie. Keine Ahnung, wodurch ich mir ihre Unterstützung verdient habe.«

Das wusste ich genau.

»Ich glaube, alles fing mit dem Kaffee und den Muffins an, die du ihnen gebracht hast, als ich im Koma lag und sie sich gefragt haben, ob ich je wieder aufwache. Und damit, dass du mir vorgelesen hast, wenn sie eine Pause brauchten. Solche Freundlichkeiten werden nicht vergessen.«

Er zuckte die Achseln. »Knox ist mein Freund, und außerdem ...« Er hielt inne und sah mir tief in die Augen. »Und ich wollte deine Augen sehen. Deine Stimme hören. Ich wollte dich kennenlernen. Dornröschen.«

Oh.

*Oh!*

Ich blinzelte mehrmals und lief rot an.

Er lachte leise auf. Es klang nett in der stillen Traurigkeit des Raums. »Und du bist tatsächlich genau so, wie ich es mir vorgestellt hatte. Besser vielleicht sogar.«

Da mir darauf keine Antwort einfiel, griff ich nach der Donut-Schachtel und hielt sie ihm hin, nachdem ich mir einen herausgenommen hatte.

»Einen Donut?«, fragte ich.

Darauf lachte er wirklich. Und mein Herz flatterte albern in meiner Brust.

# 47. Kapitel

## SLATE

Um zwei Uhr fünfundfünfzig in dieser Nacht tat mein Onkel seinen letzten Atemzug. Ich hatte beobachtet, wie sich seine Brust hob und senkte … und es dann nicht mehr tat. Wie betäubt stand ich auf, und auch wenn ich gewusst hatte, dass es so kommen würde, konnte ich nicht fassen, dass Onkel D von mir gegangen war. Das Einzige, was ich noch spürte, waren Vales Arme, die mich umschlungen hielten. Sie war so klein, aber ihr kleiner Körper bot mir Trost. Sie ließ mich nicht los, als die Krankenschwestern kamen und seinen Todeszeitpunkt verkündeten. Auch nicht, als sie ihn zudeckten und aus dem Zimmer rollten.

Als wir seine Sachen packen und das Zimmer verlassen mussten, blieb sie immer an meiner Seite. Auf dem Gang erwarteten uns schon ihre Eltern und ihr älterer Bruder Dylan, Menschen, mit denen ich nie gerechnet hätte. Es war, als hätte ich eine Familie.

Onkel D musste gewusst haben, dass es so sein würde. Deshalb hatte er Vale auch so ins Herz geschlossen. Er konnte mit dem Wissen gehen, dass es mir gut gehen würde.

Als wir zu ihrem Wagen gingen, um ihren Eltern nach Hause zu folgen, steckte sie ihre Hand in meine. Ihr Bruder Dylan fuhr meinen Jeep zu ihnen, wo sie mir etwas zu essen anboten. Doch ich bekam nichts runter, und so zeigten sie mir Knox' Schlafzimmer.

Als mich Vale dort schließlich allein ließ, ließ ich den Tränen, gegen die ich bislang angekämpft hatte, freien Lauf.

Der Mann, den ich von klein auf gekannt hatte, war von mir gegangen. Ich würde ihn nicht mehr fluchen hören, ich würde nach der Schule nichts Verbranntes mehr aufgetischt bekommen, und er würde mich nicht mehr beim Poker schlagen und es mir dann tagelang aufs Brot schmieren. Alles davon würde ich vermissen. Und hätte alles dafür hergegeben, um ihn zurückzubekommen.

Schließlich übermannte mich der Schlaf, und ich war dankbar für die Dunkelheit.

*

Die Beerdigung fand zwei Tage darauf in der kleinen Baptistenkirche in Huntsville statt, die mein Onkel schon von Kindesbeinen an besucht hatte. Seine Eltern ruhten auf dem Friedhof dahinter, und seit dreißig Jahren auch seine Frau und sein Kind. Zusammen mit ihrer kleinen Tochter war seine Frau im Kindbett gestorben. Er hatte nie wieder geheiratet oder sich auch nur mit einer anderen getroffen.

Er hatte mir mal gesagt, wenn man die Frau trifft, die man für immer lieben kann, dann kommt man über sie nicht hinweg. Damals hatte ich so meine Zweifel, doch mittlerweile war ich der Meinung, es könnte was dran sein.

Vale, Knox, ihre beiden Brüder, die in Franklin lebten, und ihre Eltern standen mir zur Seite. Die Leute aus dem Ort, die Onkel D gekannt hatten, und die Kirchengemeinde scharten sich alle ums Grab, als sein Sarg in die Erde gesenkt wurde. Die ganze Zeit über hielt mir Vale die Hand. Es war, als wüsste sie, dass ich ohne ihren Beistand auseinanderbrechen könnte.

Knox stand an meiner anderen Seite, und wieder war es, als hätte ich eine Familie. Und ich wurde den Eindruck einfach nicht los, dass Onkel D das alles vor seinem Tod noch eingefädelt hatte. Falls er das

Ganze von dem Himmel für fluchende und pokerspielende Biertrinker beobachten konnte, dann lächelte er jetzt bestimmt. Es würde ihn glücklich machen.

Vor allem auch die Rosen auf seinem Grab mit dem zu einem Kreis aufgefächerten Kartenspiel in der Mitte. Das war Vales Idee gewesen. Er würde sich schlapplachen darüber.

Als die erste Schaufel Erde auf dem Sarg landete, legte Knox die Hand auf meine Schulter. Onkel D war wirklich von mir gegangen. Doch ich würde ein Leben leben, das ihn stolz auf mich machen würde.

Ich sah zum Himmel hinauf und bedankte mich stumm für das Leben, das er mir gegeben hatte. Der kleine Junge, der ein Heim brauchte, hatte nicht nur das bekommen, sondern auch die Liebe eines alten Mannes, der selbst jemanden brauchte. Wir waren füreinander da gewesen, und beiden von uns war damit geholfen gewesen. Ich hätte es nicht anders haben wollen.

# 48. Kapitel

## VALE

Nach der Beerdigung blieb Slate für ein paar Tage auf der Farm, um dem älteren Paar, das er für deren Bewirtschaftung eingestellt hatte, beim Einleben zu helfen. Sie brauchten keine Miete zu zahlen und erhielten zwanzig Prozent des durch Onkel Ds Mastrinder, Schweine, Hühner und den Gemüseanbau erzielten Profits.

Das Paar hatte sich bei ihm gemeldet, nachdem es sich im Ort herumgesprochen hatte, dass er jemanden suchte. Eine Sorge weniger! Bis alles geregelt war, griff auch mein Dad Slate etwas unter die Arme, sodass er schließlich ins College zurückkehren konnte.

Eine Woche darauf kam Slate an einem Samstag um acht Uhr früh ins Café marschiert. Als sich unsere Blicke trafen, lächelte er, und auch wenn er mir täglich gesimst hatte, freute ich mich so, ihn zu sehen. Ich hatte ihn vermisst.

»Hey!«, sagte ich und wäre am liebsten um die Theke herumgelaufen und hätte ihn umarmt, hatte aber das Gefühl, diese Zeit sei vorbei. Ihn nach dem Tod seines Onkels zu umarmen war ja okay, aber jetzt wirkte das … anders. Folglich blieb ich hinter der Theke stehen.

»Moin! Bin gerade zurückgekommen und brauche einen schwarzen Kaffee mit einem Chocolate-Chip-Muffin.«

»Kommt sofort!« Ich hielt abwehrend die Hand hoch, um ihn

davon abzuhalten, sein Portemonnaie zu zücken. »Das geht auf mich. Ein Willkommen-zurück-Frühstück. Ich kann zwar nicht so gut kochen wie meine Mom, aber dich zu einem Kaffee und Muffin einladen, das schaffe ich gerade noch.«

»Die guten Sachen deiner Mom werde ich garantiert vermissen«, sagte er. »Und danke.«

»Du kannst jederzeit mit uns nach Hause fahren, Und: Kein Ding!«

Isla kam aus der Küche heraus, und beim Anblick Slates stutzte sie. Sie wusste über seinen Onkel Bescheid und hackte auch nicht mehr so auf seiner Aufreißermasche herum. »Hey!«, sagte sie und errötete dabei.

»Hallo! Isla, richtig?« Er lächelte sie an. Ich fragte mich, ob ihm bewusst war, was dieses Lächeln bei Frauen auslöste. Wahrscheinlich.

»Yeah … äh, wie geht's dir?« Sie beugte sich über die Theke zu ihm.

Ich fing an, den Kaffee zuzubereiten und seinen Muffin aufzuwärmen, da es nicht so aussah, als würde mir Isla helfen.

»Geht so. Danke«, erwiderte er.

»Du, oder, äh, wenn du irgendwas brauchen solltest, ich helf dir gern«, erklärte sie.

Huch, so kannte ich sie gar nicht. Eigentlich flirtete sie nämlich viel gekonnter. Ich wollte lachen, verkniff es mir aber. Mir war klar, dass Slate hammermäßig aussah. Das war ja kaum zu übersehen.

»Äh, danke«, sagte er verlegen.

Sie kicherte. Ja, wirklich, sie *kicherte*! »Klar. Jederzeit.«

Ich wärmte den Muffin auf und eilte zu ihm zurück, bevor sie sich noch mehr zum Affen machte. Hinterher würde sie es in Endlosschleife in ihrem Kopf abspielen lassen und sich dafür an die Stirn klatschen. Und ich müsste mir das Gejammer anhören!

Ich trat hinter sie und reichte Slate lächelnd seine Bestellung. Es sah aus, als würde er mich studieren. Nach etwas Ausschau halten.

Aber wonach bloß? Doch dann drehte er sich wieder zu Isla, und sein Gesichtsausdruck veränderte sich wieder.

»Was hast du heute Abend denn so vor?«

*Hallo*?

»Äh, nichts«, sagte Isla eilig. »Überhaupt nichts.«

Moment mal, was ging da ab? Islas Flirtereien waren lustig, aber anscheinend gefielen sie ihm sogar! Würde er sie ausnützen, wie er das bei den anderen tat?

»Heute Abend findet in meinem Verbindungshaus eine Party statt. Hättest du Lust zu kommen?«

Eine Party bei Kappa Sigma? Wie, was?

»Ja!«, sagte sie fast schon etwas zu laut. »Sehr gerne!«

»Dann treffen wir uns dort um sieben«, erwiderte er mit einem Zwinkern, nahm seine Sachen und ging.

Was zur Hölle war das gerade gewesen?

»Oh. Mein. Gott!«, hauchte sie und drehte sich zu mir. »Ich schätze, ihr seid tatsächlich nur gute Freunde, genauso, wie du's gesagt hast. Ich war mir nicht sicher, ob ich es dir abnehmen soll, aber jetzt tue ich's. *OmeinGott!* Ich habe eine Verabredung mit Slate Allen!«

Wer war das gleich wieder? Der Typ, den ich kennengelernt hatte, war nicht so wie der, den ich gerade in Aktion erlebt hatte. Von seinem Ruf hatte ich gehört, glaubte jedoch nicht wirklich daran. Der Slate, den ich kannte, hatte ein großes Herz. Hatte er nicht mitbekommen, wie nervös Isla war und wie unschuldig ihr Geschäker war?

»Du siehst nicht glücklich darüber aus. Bist du sauer? Magst du ihn?«

Mit gerunzelter Stirn sah ich Slate hinterher, der die Straße entlangging, bis er aus meinem Blickfeld verschwand. »Ach was. Ich kenne ihn ja nicht mal richtig, glaube ich.« Ich wandte mich um und fragte den nächsten Kunden nach seinen Wünschen.

Ich war in der Arbeit. Hatte einen Job. Und auf den würde ich mich konzentrieren. Crawford hatte für den heutigen Abend schon

Pläne für uns geschmiedet. So rechte Lust hatte ich zwar nicht gehabt, mich aber doch dazu breitschlagen lassen.

Ich kannte Slate Allen kein bisschen. Crawford dagegen schon. Besser, man vertraute dem, was man kannte. Crawford hatte sich große Mühe gegeben, für Slates Situation Verständnis aufzubringen, wenn er etwas mit mir ausmachen wollte oder anrief und Nachrichten schickte. Allmählich dämmerte mir, welch schlechtes Gewissen ich wegen meines Benehmens seit meiner Ankunft im College haben musste. Die Tatsache, dass Slate mich gebraucht hatte, und das Wissen um seinen guten Kern hatten bei mir zu einem Gefühlswirrwarr geführt. Dabei würde er immer nur ein guter Freund sein. Vorausgesetzt, er nutzte Isla nicht aus heute Abend.

Trotzdem, einen kleinen Stich versetzte es mir schon. Ich dachte, er sei anders geworden. Habe sich geändert. Ich hätte so gern recht behalten.

# 49. Kapitel

## SLATE

Fuck, was hatte ich mir nur dabei gedacht?

Mit einem frustrierten Laut schleuderte ich meine Tasche aufs Bett. Eigentlich war ich losgezogen, um Vale für die Party heute Abend einzuladen. Abfeiern wollte ich nämlich gar nicht – nein, ich wollte mit ihr zusammen sein! Doch als ich sie dann gesehen hatte, verließ mich der Mut. Knox hatte mir erzählt, sie hätte diesen Abend ein Date mit Crawford. Ich konnte sie nicht vor die Wahl stellen, sich für einen von uns zu entscheiden. Was, wenn ich dabei den Kürzeren zog?

Und, verdammt, ihr Anblick hatte mich umgehauen. Das lange, dunkle Haar zu einem Pferdeschwanz gebunden, lächelte sie mich an, als sei sie bei meinem Anblick hin und weg. Ihre blauen Augen strahlten. Sie war die Sonne in meinem Leben, machte mich verdammt glücklich. Ich brauchte sie.

Dann hatte das andere Mädchen mich angeflirtet, und Vale schien es egal zu sein. Keine Spur von Eifersucht! Offensichtlich hatte sie sich sogar ein Lachen verbeißen müssen. Aber warum hatte ich sie eifersüchtig machen wollen? Ich mochte besitzergreifende Frauen doch gar nicht. Wenn es Vale nichts ausmachte, dass ihre Freundin mit mir flirtete, na und?

Doch es hatte mich angepisst. Vollpfosten, der ich war, hatte ich mich mit Isla verabredet, um Vale eine Reaktion zu entlocken. Es hatte geklappt. Ich hatte eine bekommen. Eine, die mich Tag und Nacht bei lebendigem Leib auffressen würde.

Ja, Shit. Ich war ein Arschloch. Könnte Onkel D mich jetzt sehen, wäre er stinksauer und würde mich als Trottel bezeichnen.

Ich musste mit Vale reden … Nur, was sollte ich ihr sagen? *Es tut mir leid? Ich wollte dich damit nur eifersüchtig machen?* So einen Schwachsinn konnte ich unmöglich von mir geben, und diese Verabredung konnte ich auch nicht abblasen. Ich kannte Vale gut genug, um zu wissen, dass sie es mir nie verzeihen würde, wenn ich ihre Freundin vor den Kopf stieß. Gerade diese Selbstlosigkeit machte sie zu etwas so Besonderem.

In meinem Dilemma schrieb ich ihr eine Nachricht.

*Was tust du gerade?*

Dann wartete ich. Wenn sie mich ignorierte, würde ich mich auf die Suche nach ihr machen. Keine Ahnung, was ich ihr sagen würde, aber ich winselte auch um Gnade, wenn es sein musste.

*Lernen.*

Natürlich tat sie das. Schließlich hatte sie meinetwegen eine ganze Woche Unterricht verpasst. Und nun holte sie den Stoff nach. Genau das hätte ich auch tun sollen.

Gott, wie ich mich hasste!

»Startklar für den Abend?« Knox' Stimme erfüllte den Raum, und meine Gewissensbisse wuchsen. Seine Familie war so verdammt nett zu mir gewesen, und was tat ich? Kränkte das Mädchen, das sie alle abgöttisch liebten.

»Jepp.« Ich zwang mich zu einem Lächeln.

Er sah den Kaffeebecher in meiner Hand und grinste. »Aha, bei Vale hast du also schon vorbeigeschaut. Die ist bestimmt froh, dich wieder hierzuhaben. Sie war krank vor Sorge um dich.«

Er sagte das, als fände er es lustig. Dabei war meinetwegen noch nie jemand krank vor Sorge gewesen. Onkel D hatte sich auch Sorgen um mich gemacht, das schon, aber keine schöne Frau mit Augen wie der Himmel hatte sich je einen Dreck darum geschert, ob ich Kummer hatte. Sie wollten mit mir vögeln, gut, mehr aber auch nicht.

»Ja, habe ich.«

»Ich hab überlegt, sie und Crawford heute Abend einzuladen, war mir aber nicht sicher, wie du dazu stehst. Ich weiß, ihr beide seid euch nähergekommen. In letzter Zeit ist sie mehr mit dir zusammen als mit Crawford – und ganz ehrlich: Ich hatte echt große Bedenken. Aber nachdem ich dich mit ihr beobachtet habe, vertraue ich dir. Es fällt schwer, für Vale keine Berge versetzen zu wollen.«

»Ich habe ihre Freundin aus dem Café eingeladen«, platzte es aus mir heraus.

Nach kurzem Stutzen sah mich Knox verwirrt an. »Oh«, war alles, was er rausbrachte.

Mehr musste er nicht sagen. Dieses eine Wort reichte völlig.

»Hab mir gedacht, das würde sie beruhigen, dass alles okay mit mir ist, verstehst du?«

Knox nickte nur.

Er machte sich Gedanken. Das merkte ich, auch wenn er es nicht zeigen wollte.

»Du hast gesagt, sie lernt?«, fragte er.

»Jau. Hab ihr gerade eine Nachricht geschrieben.«

Er steuerte auf die Tür zu. »Bis später«, rief er, und weg war er.

Scheiße.

Zur Hölle mit dem Ganzen!

Er wollte zu ihr, weil er befürchtete, ich könnte sie aus der Fassung gebracht haben. Verdammt, ich hasste mich.

✲

Knox sah ich erst auf der Party wieder. Und da wirkte er distanziert. Was meine Frage beantwortete. Vale ging es nicht gut, und ich war schuld daran.

Isla war den Großteil des Abends nervös, bis ich mit ihr Pool spielte, dann tanzte sie mit ein paar Typen, als ich ihr versicherte, das sei in Ordnung. Doch ich blieb immer hübsch im Partygewimmel mit ihr und sorgte dafür, dass Knox sah, dass ich mich nicht mit ihr zusammen verdrücken wollte. Das war sowieso das Letzte, worauf ich aus war. Ich machte mir Sorgen um Vale, und sobald ich mich mit Anstand von Isla verabschieden konnte, würde ich mich auf die Suche nach ihr machen.

Allerdings musste ich aufpassen, dass Isla ihren Spaß hatte, alles andere hätte Vale gestunken. Als Isla gegen ein Uhr früh völlig betrunken war und immer noch tanzte, dachte ich mir, ich bringe sie mal besser sicher zurück in ihr Wohnheim.

Zuvor musste ich aber noch schnell einem weiteren Mädchen ausweichen, das mich gerade ansprechen wollte. Überhaupt hatte ich bereits diverse Angebote bekommen, die eigentlich zu heiß waren, um sie abzulehnen. Arschgeiles und rattenscharfes Zeug halt, aber nein danke. Durch Vale hatte sich alles verändert.

# 50. Kapitel

VALE

*Der lange, weiße Korridor wirkte endlos. Als würde ich mein Ziel nie erreichen können. Wohin wollte ich überhaupt? Ich fühlte mich verloren. Hielt nach jemandem Ausschau. Crawford! Er ging ab. Das war's. Ich hatte Crawford nicht entdecken können. Ich musste ihn finden. Die nicht enden wollenden weißen Wände und gekachelten Böden rochen nach Desinfektionsmittel und Tod. Ich befand mich in einem Krankenhaus. Dabei hatte ich davon schon zu viele gesehen.*

*Ich wollte weg. Raus hier. Wo steckten denn alle bloß? Wieso war ich so allein? Wer hatte mich hier zurückgelassen? Crawford etwa? Ich musste ihn finden. Irgendjemanden. Mir gefiel es hier nicht.*

*Es kam mir vor, als würden die Wände näher rücken, und mit der aufkommenden Panik fing mein Herz zu hämmern an. Ich musste hier raus. Das Licht finden. Den Weg zu ihm finden. Dorthin, wo ich sein musste.*

*Dann öffnete sich eine Tür, und er kam heraus. Das lange dunkle Haar hinter die Ohren geschoben und die smaragdgrünen Augen auf mich gerichtet. Zum ersten Mal konnte ich wieder tief durchatmen. Mein Herzschlag beruhigte sich, und ich hörte zu rennen auf. Die Wände wichen wieder zurück, und ich wusste, alles würde gut. Ich war nicht mehr verloren. War nicht länger allein.*

*Jetzt war er da. Stand vor mir.*

*»Ich dachte, du könntest einen ordentlichen Kaffee gebrauchen«, sagte er …*

✡

Ich riss die Augen auf und befand mich einmal mehr in meinem Zimmer im Wohnheim und starrte an die Decke. Auch wenn ich mich nie in einem langen, weißen Korridor mit näher rückenden Wänden verirrt hatte, hatte der Traum so etwas Reales und Vertrautes an sich gehabt. Als wäre Slate schon mal dort gewesen. Als ich verloren war. Doch das ergab keinen Sinn.

*»Ich dachte, du könntest einen ordentlichen Kaffee gebrauchen«*, schien so real.

Ich setzte mich auf, und mein Handy fing zu summen an. Ich fischte es vom Nachttisch und entdeckte Slates Namen auf dem Display. Wieso rief er an? Es war drei Uhr morgens!

So gekränkt ich war, ignorieren konnte ich ihn nicht. Vielleicht brauchte er mich ja.

Also meldete ich mich.

»Ich muss mit dir reden.«

»Na, dann schieß los.«

»Nein, von Angesicht zu Angesicht. Bitte! Ich steh gleich vor dem Wohnheim.«

»Wo ist Isla? Alles okay mit ihr?«

»Ich habe sie nach Hause gebracht. Die schläft jetzt in ihrem Zimmer ihren Rausch aus. Alles gut.«

Ich hielt inne. Warum wollte er um drei Uhr morgens mit mir reden? »Bist du betrunken?«

»Nö. Ganz und gar nicht.«

»Okay. Ich zieh mir nur schnell was über.«

»Danke.«

Ich legte auf, ohne »gerne« zu sagen. Ohne diesen Traum von gerade eben hätte ich mich vermutlich nicht zu der Unterhaltung mit ihm überreden lassen. Das hätte mein Stolz nicht zugelassen.

Ich stieg leise aus dem Bett und zog mir meinen Hoodie über, den ich mit sechzehn auf einem Edinburgh-Trip bekommen hatte. Dann steckte ich meinen Schlüssel ein und ging zu Slate hinunter.

Als ich in die kühle Nachtluft hinaustrat, wartete er schon vor der

Tür auf mich. Er sah müde aus, und seine Haare waren leicht zerzaust, als hätte er einen aufreibenden Abend hinter sich.

»Es tut mir leid«, sagte er, ehe ich etwas sagen konnte. Ich wollte gerade fragen, was denn, da fuhr er auch schon fort.

»Dass ich mich mit Isla verabredet habe. Ich … ich bin ins Café gekommen mit nichts anderem im Sinn, als dich auf die Party einzuladen.«

»Oh, und bei Islas Anblick hast du dich dann entschieden, lieber sie einzuladen als eine gute Freundin? Verstehe!«

Er schüttelte den Kopf und murmelte einen Fluch. Als er mich wieder ansah, waren seine Augen dunkel. »Ist es das, was wir sind, Vale? Gute Freunde? Außerdem hattest du am Abend schon ein Date. Das wusste ich.«

Er wusste, dass ich ein Date mir Crawford hatte … *oh*. Dann sah die Sache vielleicht anders aus. Ich war mit Crawford essen gegangen und im Anschluss hatten wir uns einen Film angesehen. Einen Kriegsfilm. Nicht mein Ding, aber bei der Filmauswahl hatte ich noch nie mitreden dürfen. Doch in Gedanken war ich sowieso den ganzen Abend bei Slate gewesen, egal wie sehr ich auch versuchte, ihn aus dem Kopf zu kriegen.

»Ich weiß nicht.« Eine ehrlichere Antwort konnte ich ihm nicht geben.

Er fuhr sich mit den Händen durchs Haar und stöhnte frustriert auf. »Vale, mit dir kann ich keine Spielchen treiben. Das heute Abend war ein dummes Spiel, und ich fühl mich scheiße deswegen. Ich habe dafür gesorgt, dass Isla ihren Spaß hatte, und hab sie wohlbehalten nach Hause gebracht, aber nicht angerührt. Das habe ich getan, weil ihr befreundet seid und sie nicht darum gebeten hat, Teil eines meiner bescheuerten, abgefuckten Spielchen zu sein. Aber ich wollte mit dir zusammen sein. Ich will immer mit dir zusammen sein! Wäre da nicht Crawford. Die Liebe deines Lebens. Dagegen komme ich nicht an, so gern ich es auch täte. Doch ich kann nicht

Däumchen drehen und warten, für wen du dich entscheidest. Ich muss es jetzt wissen. Verschwende ich meine Zeit, wenn ich auf dich warte?«

Crawford gab es schon so lang in meinem Leben. Unmöglich, ihn so einfach daraus zu verbannen. Für so eine Entscheidung brauchte es Zeit, das – und mehr – war ich Crawford schuldig. Immerhin hatte ich mir seit meinem sechsten Lebensjahr eine Zukunft mit ihm ausgemalt.

»Das kann ich dir nicht sagen. Ich weiß es nicht.«

Slate nickte, und er sah mich durchdringend an. »Das habe ich mir schon gedacht. Aber fragen musste ich. Bin mir nicht sicher, ob ich dir ein guter Freund sein kann, Vale. Erst mal bräuchte ich wohl Zeit für mich selbst. Abstand. Verstehst du das?«

Das tat ich. Mir kam es vor, als hätte man mir mein Herz herausgerissen, auf den Boden geworfen und würde jetzt darauf herumtrampeln, aber ja, ich verstand es. Er musste sein Leben fortsetzen, während ich mir zusammenreimte, wie es mit meinem weiterging.

»Ja.«

Dann ging er. Ich sah ihm nach und hatte Angst, ich hätte etwas verloren und würde es den Rest meines Lebens bedauern.

# 51. Kapitel

VALE

Später an diesem Tag saß ich schweigend in Crawfords Auto, während er sich über seine Enttäuschung ausließ, dass ich einen Wochenendjob angenommen hatte. Dadurch würde ich ja all seine Spiele verpassen! Als ich den Job angenommen hatte, war mir das gar nicht in den Sinn gekommen. Ich brauchte einfach das Geld.

Dann breitete er sich eine Stunde darüber aus, dass ich mich von ihm zurückzog. Womit er recht hatte. Ich zog mich von ihm zurück, und ja, das war unfair ihm gegenüber.

»Früher haben wir alles zusammen gemacht«, schmollte er.

»Genau, allerdings habe ich dabei immer nach deiner Pfeife getanzt.« Beinahe hätte ich mir vor Schreck über meine Worte die Hand vor den Mund geschlagen.

Stirnrunzelnd sah er mich an. »Was?«

Er sah das wirklich nicht so. All die Jahre hatte ich mich Crawford untergeordnet … und mich wohlgefühlt dabei. Er traf die Entscheidungen, und ich schickte mich drein. Allerdings war mir das erst aufgegangen, als ich im Krankenhaus aufgewacht war und er erst drei Tage später erschienen war.

»Ich habe einen guten Job gebraucht, der sich mit meinen Kursen und dem Pauken vereinbaren lässt. Und nachdem sich da das Wochenende anbietet, habe ich den Job angenommen. Den ich übrigens liebe! Dass deine Spiele ein Problem sein könnten, war mir nicht klar. Meistens siehst du mich an den Spieltagen doch eh nicht! Da seid ihr alle unterwegs. Und dem Team jeden Samstag hinterherzureisen, kann ich mir nicht leisten. Genauso wenig kann ich erwarten, dass meine Eltern dafür aufkommen.«

Seufzend schüttelte er den Kopf. »Du bist so anders, seit du aus dem Koma erwacht bist!«

Ernsthaft? *Das* war sein Fazit nach dieser Unterhaltung? Dass ich so anders war? Nicht ein »Ja, du hast recht« oder »Daran habe ich gar nicht gedacht«?

»Hast du nicht gehört, was ich gerade gesagt habe?«

»Schon, aber an meine Gefühle denkst du dabei wohl überhaupt nicht!«

*O mein Gott!*

»Stimmt. Seit meinem Koma *bin* ich anders. Ich bin aufgewacht und habe mich anders gefühlt. Habe eine andere Sicht auf die Dinge. Vielleicht liegt das an der Nahtoderfahrung, oder vielleicht … vielleicht habe ich von einem anderen Leben geträumt.« Ich verstummte. Huch, wo war dieser Gedanke denn hergekommen?

»Von einem anderen Leben?« Crawford sah mich verwirrt an.

Ich hielt inne. Keine Ahnung, wieso ich das gesagt hatte. Aber irgendwie fühlte es sich richtig an. Als hätte ich bis zu diesem Koma geschlafen und mir in diesem Dämmerzustand ein Leben ausgemalt, wie ich es mir wirklich wünschte. Auch wenn ich mich an nichts aus dieser Zeit entsann. Nach dem Autounfall setzten meine Erinnerungen erst wieder da ein, wo ich im Krankenzimmer die Augen aufgeschlagen und meine Mutter entdeckt hatte.

»Crawford, ich bin mir nicht sicher, ob ich noch die sein kann, die ich mal war. Ich möchte eine eigene Meinung haben dürfen. Möchte, dass meine Bedürfnisse so wichtig sind wie deine.«

Crawford schwieg dazu, doch er sah aus dem Fenster zu dem Wohnheim hin, vor dem er geparkt hatte.

»Ich möchte dich nicht verlieren … uns verlieren«, meinte er schließlich.

»Dann tu's nicht!«

Endlich drehte er sich zu mir. »Du bist anders. Dadurch sind auch wir anders.«

Und da waren wir wieder – inwiefern ich sein Leben beeinflusste. Eigentlich hatten wir etwas essen gehen und dann auf einer Studentenparty aufschlagen wollen. Doch ich wollte nur in mein Zimmer zurück.

»Vielleicht brauchen wir Zeit.« Ich war mir nicht sicher, was er damit meinte, aber ich nickte und fasste nach dem Türgriff.

»Mag sein. Du denkst über meine Worte nach, und ich über deine. Gönnen wir uns etwas Abstand, damit wir entscheiden können, was wir beide jetzt und für unsere Zukunft wollen.«

Mit Blick auf meine Hand an der Tür, die ich aufstieß, nickte er. »Okay.«

Er protestierte nicht oder hielt mich auf, und ich war froh darüber. Ich wollte allein sein. So schwer mir die Unterhaltung gefallen war, sie war nötig gewesen. Anstatt Schuldgefühle zu verspüren, fühlte ich mich wie von einer Last befreit.

Wenn wir eine Zukunft haben wollten, musste Crawford mich so akzeptieren, wie ich jetzt war.

☆

Ich ließ ihn in Ruhe. Ließ ihn darüber nachdenken. Er brauchte zwei volle Tage, um mir schließlich eine Nachricht zu schreiben:

*Du hast recht. Es tut mir leid.*

Seine Worte waren eine Überraschung, doch Erleichterung verspürte ich nicht. In meinem Kopf herrschte weiterhin Chaos, denn meine Gefühle für Crawford hatten sich verändert. Das kleine Mädchen in mir wünschte sich, wir hätten noch eine Chance, doch die

Person, zu der ich mich entwickelt hatte, fragte sich, ob ich so unbedingt auf ein bequemes Leben aus war.

Aufregung, Spannung, Nervenkitzel, eine ungewisse Zukunft – von alledem hatte ich keine Ahnung, doch genau das wünschte ich mir. Nein, tief in meinem Innersten lechzte ich sogar danach.

Doch es tat ihm leid. Und er wollte noch eine Chance. Das schuldete ich ihm. Vielleicht auch mir.

Also antwortete ich ihm.

*Okay. Was heißt das für uns?*

Mein Blick fiel auf das Foto von uns beiden vom Homecoming-Ball des letzten Jahres, das auf meinem Nachttisch stand. Damals waren wir uns so sicher gewesen. Fragten uns nicht, was als Nächstes käme. Dieser Zeit weinte ich keine Träne nach. Ich hatte mich verloren. Nur war mir das nicht bewusst gewesen.

*Ein Freund von mir schmeißt heute Abend in seinem Apartment eine Geburtstagsparty. Gehst du mit mir hin?*

Es war ein Dienstagabend. Ich musste lernen. Aber Crawford gab sich Mühe, also sagte ich zu.

# 52. Kapitel

## VALE

Die einzige Möglichkeit, diese Party ohne Ärger steigen zu lassen, war, dass alle in dem Apartmentkomplex auch aufs College gingen. Denn schon von draußen schallte uns wummernde Musik und Gelächter entgegen. Kaum waren wir aus Crawfords Wagen gestiegen, riefen auch schon die ersten Leute nach ihm. Football-Freunde vermutlich. Merkwürdig eigentlich, dass ich noch keinen von ihnen kannte!

Da musste ich mir aber wohl auch an die eigene Nase fassen. Ich hatte Crawford auf Abstand gehalten, und es wurde Zeit, dass ich das zugab. Ich hatte nicht versucht, mehr über sein Leben hier zu erfahren.

»Hey, Crawford, du hast mir einen Tanz versprochen«, rief eine hochgewachsene, langbeinige Blondine.

Er spannte sich neben mir an, und ich hätte ihn um ein Haar beruhigt, das sei schon okay. Denn das war es. Ich verspürte keine Eifersucht. Ein schlechtes Zeichen.

Er drehte sich zu mir. »Sie ist Cheerleaderin. Nur eine Bekannte.«

Ich zuckte die Achseln. »Okay.«

»Crawford, wer ist die Schnitte an deiner Seite?«, erkundigte sich ein Typ mit langen, zu einem Pferdeschwanz zusammengefassten Haaren und einem Bier in der Hand.

Wir hatten gerade mal den Hauseingang erreicht.

»Garth, das ist meine Freundin Vale. Vale, das ist Garth.«

Bei dem Wort *Freundin* machte Garth ein überraschtes Gesicht. Allmählich fragte ich mich, ob hier überhaupt jemand von meiner Existenz wusste.

»Gut gemacht, Alter. Das ging ja flott!«

Wieder spannte sich Crawford an. »Vale und ich sind schon zusammen, seit wir Kinder sind.«

Garth' Augenbrauen schnellten in die Höhe. »Wow. Na schön! Dann stellen wir Vale doch mal den anderen vor.«

*

Im Gebäude selbst ging es noch lauter zu. Ich bemerkte, dass die meisten Türen offen standen und Leute herausströmten. So allmählich fragte ich mich, ob ich die ganze Meute hier überhaupt kennenlernen wollte.

Immer mal wieder blieb Crawford stehen und stellte mich jemandem vor. Ich war entsetzt, als jemand ihm ein Bier anbot und er es nahm. Das sah ihm so gar nicht ähnlich.

Zu meiner Überraschung schien keiner zu wissen, dass Crawford eine Freundin hatte. Lediglich zwei Mädchen, die herkamen und ihm auf die Pelle rückten, schien das klar zu sein. Hatte er ihnen vielleicht irgendwann erklären müssen, dass er in einer Beziehung steckte?

Die Blondine vom Parkplatz sah weiterhin in unsere Richtung und grinste mich hämisch an, wann immer es ging. Keine Ahnung, was es mit alledem auf sich hatte, aber so naiv ich auch war, ein paar Ideen hatte ich schon.

Crawford wurde umschwärmt. Alle wollten ihm nahe sein, und alle wollten sie sich über Football unterhalten. Da war er ganz in seinem Element. Das war mir schon klar, trotzdem fragte ich mich, was ich hier eigentlich sollte.

Fühlte es sich so an, wenn man sich auseinanderlebte? War vielleicht wirklich nicht mehr dran? Jeder machte sein eigenes Ding, und das war das Ergebnis.

»Na, wie sieht's mit dem Tanz aus?«, fragte die Blondine und schlang den Arm um Crawfords.

Ich beobachtete ihn genau, um herauszubekommen, ob es einen Grund gab, dass sie sich so vertraut mit ihm fühlte.

Er lachte, doch es klang gezwungen. »Daraus wird nichts, Cat, aber hast du schon meine Freundin Vale kennengelernt?«

Das war subtil, das musste man ihm lassen. Er versuchte, das Ganze ohne Drama in den Griff zu kriegen. Die Frage war nur, ob das auch möglich war. Cat wirkte entschlossen.

»Nein. Letzte Woche wusste ich ja noch nicht einmal von ihrer Existenz!« Cat sah mit verengten Augen in meine Richtung, als wolle sie, dass ich zwischen den Zeilen las. Kein Problem!

»Verzeiht, ich, äh, entführe euch Cat mal«, sagte Dan, ein Typ mit kurz geschorenem rotem Haar, dem ich schon zuvor mal begegnet war. Er schlang den Arm um Cat und schleifte sie buchstäblich von uns weg.

»Das war nicht das, wonach es aussah«, behauptete Crawford. All die Jahre hatte er mich nie angeschwindelt. Nun schon, das merkte ich genau.

»Darüber sollten wir wahrscheinlich später reden.«

Er wollte antworten, stutzte aber. Ein Punkt dafür, dass er so clever war und lieber den Mund hielt! Er hatte bereits gelogen. Nicht nötig, sich noch mehr reinzureiten.

Im Laufe des Abends tauchten weitere Mädchen auf, die sich Crawford verbunden zu fühlen schienen. Es wurde immer offensichtlicher, wie weit sich unsere Welten voneinander entfernt hatten. Immer wieder kam das Gespräch darauf, was sie in diesem Sommer alle zusammen unternommen hatten. Sie lachten zusammen, und die Insiderwitze schienen kein Ende zu nehmen.

Ich blieb an seiner Seite, wie ich es immer getan hatte, bis ich frische Luft schnappen musste, weil es furchtbar nach Bier stank und mir die Leute hier zu viel wurden. Ich entschuldigte mich und machte mich auf den Weg nach draußen, während Crawford mehrere seiner Kumpel mit einer Geschichte über einen weiteren Freund beglückte, den ich nicht kannte.

Kaum draußen, ließ der Lärm nach, und ich atmete gierig die frische Luft ein. Wie viele Male war ich im Lauf der Jahre mit Crawford auf Partys gegangen, auf die ich gut hätte verzichten können? Eigentlich war der Unterschied zu der hier gar nicht so groß. Klar, ich hatte die Insiderwitze und Geschichten gekannt, sodass ich zumindest darüber lachen konnte, aber das Gefühl dazu zu passen hatte ich auch nie gehabt. Als Crawfords Freundin wurde ich zwar akzeptiert, mehr aber auch nicht.

»*Du* bist also das Komamädchen«, sagte jemand hinter mir in abfälligem Ton, und als ich mich umdrehte, sah ich Cat auf mich zukommen. Na prima. Die hatte mir gerade noch gefehlt.

Da ich nicht vorhatte, mich auf ihr Niveau herabzulassen, reagierte ich nicht.

»Sah nicht so aus, als würde sich Crawford dadurch, dass du im Koma lagst, den Spaß verderben lassen.«

Tja, so viel hatte ich mir nach diesem Abend hier auch schon zusammengereimt.

»Auf Dauer wird er sich langweilen. Mit *dir*. Allen Typen, die mit ihren Highschool-Lieben herkommen, geht auf, dass es noch Aufregenderes auf der Welt gibt. Und dann wollen sie mal Alternativen ausprobieren.«

So wie das klang, hatte Crawford ein paar davon vermutlich schon abgecheckt. Ich zuckte die Achseln. »Ich schätze, das gilt für beide Seiten«, antwortete ich schließlich und überraschte mich selbst damit.

Sie lachte. »Wer's glaubt, wird selig! Wenn ein Mädchen einen

Typen wie Crawford hat, dann lässt sie den nicht so einfach gehen.«

Seufzend drehte ich mich zu ihr um und sah sie an. »Was willst du?«

Sie grinste. »Crawford.«

Das wusste ich bereits. »Warum bist du dann hier draußen und nervst mich?«

Sie war nicht die hellste Kerze auf der Torte, das war sicher. Denn ihre verwirrte Miene sagte mir, dass sie keine Ahnung hatte, was ich meinte.

»Er hat mich gevögelt. An einem Abend gleich dreimal! Einmal davon in einem Badezimmer in einem Club.«

Das tat weh. Eifersucht verspürte ich zwar nicht. Aber ich empfand es … als Verrat. Ich hatte mich im Koma befunden, und er hatte … hatte Mädchen in Clubbadezimmern gevögelt.

Ich schaffte es, nicht so zu schauen, als hätte man mir gerade einen Ziegelstein an den Brustkorb geknallt. »Das sagt mehr über dich als über ihn«, erwiderte ich. Tatsächlich sagte es eine Menge über beide.

»Was? Dass ich ein guter Fick bin?«, fragte sie lachend.

Einen Augenblick stand ich da und überlegte, ob ich diesem Mädchen noch antworten sollte, bevor ich ging. Mir war die Brust aufgerissen worden, und ich musste allein sein. »Er ist gerade ohne mich da drin«, sagte ich schließlich. »Hör auf, hier draußen deine Zeit zu verschwenden und geh und hol dir, was du so offensichtlich willst. Schließlich bist du nicht die Einzige. Hinter ihm ist noch eine Menge anderer Mädchen her.«

Dann ging ich. Ich wusste, wie ich zurück zum Wohnheim kam, und ich brauchte die frische Luft und die Stille, die mir die nächsten vier Meilen liefern würden.

# 53. Kapitel

## SLATE

Entweder versuchte ich, ihr aus dem Weg zu gehen, oder aber einen Blick von ihr zu erhaschen. Nie wusste ich, was ich mir im nächsten Moment wünschte. Ich wollte sie nicht zusammen mit Crawford sehen, andererseits wollte ich sie auch nicht gar nicht sehen, weil ich sie nämlich vermisste. Warum konnte ich zu keiner Entscheidung kommen?

»Können wir in deine Bude gehen?« Grace fuhr mit der Hand an meinem Bein hoch und ließ sie in meinem Schritt liegen.

Eigentlich war genau das mein Plan gewesen, aber da es in den Tinderwoods Apartments vor Footballspielern nur so wimmelte, stieg da wohl gerade eine Party, und ich wusste, *sie* wäre da. Mit Crawford. In Gedanken war ich bei ihr. Immer bei ihr.

»Heute Abend nicht, nein.« Ich schob ihre Hand weg. Das war nicht das erste Mal, dass ich in letzter Zeit Sex abwies. So allmählich wurde eine Gewohnheit daraus. Ich konnte nicht mit jemandem schlafen und dabei die ganze Zeit an Vale denken.

Aber wie zum Teufel sollte ich dann über sie hinwegkommen?

»Warum nicht?«, schmollte Grace, lehnte sich zu mir und fing an, an meinem Ohrläppchen zu knabbern. Was hätte ich dafür gegeben, meine alte Unbeschwertheit zurückzubekommen. Die Mädchen mit zu mir nehmen und tun zu können, worum sie bettelten, um gleich darauf die Nächste klarzumachen. Doch etwas in mir hatte sich verändert, und das brachte ich auch nicht wieder in Ordnung.

Gerade wollte ich sie wieder von mir wegschieben, als ich Vale sah, die … allein … durch die Dunkelheit … marschierte. Was zur Hölle sollte das?

Achtlos schob ich Grace von mir weg, ging vom Gas und hielt neben Vale an. Ich riss die Tür auf, sprang hinaus und rief nach ihr.

Sie sah bereits zu mir zurück. Ihr Gesicht war ins Dunkel getaucht.

»Was machst du?«, fragte ich sie und ging zu ihr, damit ich ihr Gesicht sehen konnte.

»Laufen«, erwiderte sie nur. Das war so klar, dass ich eigentlich hätte lachen müssen, doch der bekümmerte Ausdruck in ihren Augen hielt mich davon ab.

»Wo ist Crawford?«, fragte ich und malte mir insgeheim schon aus, wie ich dem Burschen die Seele aus dem Leib prügeln würde. Welcher Kerl ließ sein Mädchen in der Dunkelheit allein nach Hause gehen?

»Auf einer Party.«

Ich wusste, auf welcher. An der war ich vor einer halben Meile vorbeigekommen. »Und du kommst von dort?«

»Slate!«, rief Grace. Ich ignorierte sie. Vale hingegen nicht. Ihr Blick huschte zu dem Mädchen in meinem Wagen und dann wieder zu mir.

»Ich war einfach müde und wollte weg. Du musst zu deinem Date zurück.« Sie wandte sich zum Gehen, doch ich konnte sie gerade noch an der Hand packen.

»Ich lass dich nicht allein bis zum Wohnheim laufen. Das ist viel zu gefährlich! Daran hätte dein verfi… äh, dein Freund denken sollen.« Und sobald ich ihn erst mal in die Hände kriegte, würde er das auch. Das war mal sicher.

»Er ist nicht mein Freund. Ich glaube, das ist er schon sehr lange nicht mehr.« Sie versuchte, sich meinem Griff zu entwinden, doch ich ließ sie nicht los. Nach so einer Bemerkung erst recht nicht. Wenn er nicht mehr ihr Freund war, was zum Teufel war dann vorgefallen?

»Was ist passiert, Vale?«, fragte ich.

Sie verspannte sich und sah dann rasch von mir weg, doch ich hatte die Tränen in ihren Augen schon gesehen. »Crawford war mit anderen zusammen … seitdem er hierhergekommen ist.«

Hatte der sie nicht mehr alle? Er hatte Vale – wer würde da eine andere wollen?

»Er ist ein Idiot.« Ich drückte ihr sanft die Hand.

Schniefend wischte sie sich die Tränen weg.

»Slate, lass uns weiterfahren!«, rief Grace. Die hatte ich ja ganz vergessen!

*Shit.* Ich sah zum Jeep zurück, dann wieder zu Vale. »Ich muss sie heimbringen, dann können wir irgendwo hingehen und reden, wenn du magst. Oder trinken. Oder irgendwas zertrümmern. Aber bitte steig in meinen Jeep.«

Als Vale den Kopf schüttelte, zog ich sie nahe zu mir. »Ich lass den Jeep einfach stehen und begleite dich bis zu deinem Wohnheim, wenn du's nicht tust«, flüsterte ich ihr ins Ohr. »Ich lasse dich nicht aus den Augen!«

Sie seufzte und nickte schließlich. »Okay.«

Ich wollte sie in meine Arme ziehen und ihr schwören, dass ich nicht zuließe, dass ihr je wieder jemand wehtun würde. Was leider gerade nicht möglich war. Was, wenn sie gar nichts von mir wollte? Ein Typ, den sie liebte, hatte ihr das Herz gebrochen. Nur weil ich sie liebte, reichte das noch lange nicht für uns beide.

»Wo soll sie sitzen?«, fragte Grace, als wir beide zum Jeep kamen. »Ich setz mich nicht nach hinten. Wenn schon, dann die!«

Vale sah zu mir auf. »Sorry«, war alles, was ich sagen konnte.

»Ich sitze gern hinten«, erwiderte Vale.

Ich hielt ihre Hand, während sie nach hinten in den Jeep kletterte.

»Noch mal: Wieso fährt die mit uns mit?« Grace' Ton wurde von Sekunde zu Sekunde nerviger.

»Weil sie eine Mitfahrgelegenheit braucht.« Ich fuhr zurück auf die Straße und nahm Kurs auf Grace' Wohnheim.

»Bringst du mich etwa nach Hause?«, fragte sie ungläubig.

»Bingo!«

Sie funkelte zu Vale nach hinten. »Unglaublich. Er ist schlimmer als sein Ruf. Ich hoffe, du weißt das. Wenn er mir das antut, dann tut er dir das auch an.«

Ich rechnete nicht damit, dass Vale darauf antworten würde, und wollte, dass Grace den Mund hielt. Selbst wenn sie Grund dazu hatte, sauer zu sein. Darüber konnte ich mir jetzt gerade echt keine Gedanken machen.

»Tatsächlich hat Slate eine Seite, die niemand zu sehen bekommt, weil er sie nicht zeigt. Oder man nicht genau genug hinsieht. Du bist wegen seines Rufs mit ihm ausgegangen. Vielleicht hättest du versuchen sollen, ihn mal ganz unvoreingenommen zu betrachten.«

Mein Herz hämmerte gegen meine Rippen. So redeten Mädchen nicht über mich. Das hatten sie noch nie getan.

»Was auch immer. Du bist jung und dumm. Du kommst schon noch auf den Trichter«, schnauzte Grace und drehte sich wieder nach vorn.

»Hoffentlich eher als du«, schoss Vale zurück.

Ich lachte. Konnte mich gar nicht mehr einkriegen. Wieder einmal überraschte mich Vale.

Ich hielt vor Grace' Wohnheim, und sie drückte ihre Tür auf. »Ruf mich nicht an«, kreischte sie und knallte die Tür hinter sich zu.

Das hatte ich auch gar nicht vor, doch ich wusste, es half Grace, mir das noch an den Kopf zu knallen. Was hatte sie heute Abend von mir gewollt? Dass sie hinterher sagen konnte, sie hätte mit mir geschlafen? Sagen konnte, sie sei eine von vielen? Warum? Seit wann war das für Mädchen so erstrebenswert geworden?

Ich öffnete meine Tür und streckte Vale die Hand hin. »Komm, setz dich nach vorn.«

Sie protestierte nicht, und auch wenn sie noch immer traurig schaute, wirkte sie nicht mehr so fertig wie noch vorhin.

# 54. Kapitel

VALE

Ich hatte ein schlechtes Gewissen wegen des Mädchens. Sie hatte ein Date mit Slate gehabt, das er mir zuliebe beendet hatte. Ich hätte netter zu ihr sein sollen. Leider hatte sie mich zu einem schlechten Zeitpunkt erwischt.

»Was ist passiert?«, fragte Slate, als er losfuhr.

»Was früher oder später eh passiert wäre. Wir haben uns auseinandergelebt.«

»Da steckt doch mehr dahinter«, meinte er … und hatte recht damit.

Ich starrte aus dem Fenster des Jeeps und fragte mich, wann genau sich Crawford eigentlich von mir zurückgezogen hatte. Als ich im Koma gelegen hatte? Wie lang hatte er gebraucht, bis er wieder dem ganz normalen Leben nachging? War es ihm schwergefallen? Hatte er Gewissensbisse?

»Ich glaube, wenn die Situation umgekehrt gewesen wäre … dann hätte ich nicht so schnell wieder auf normal umschalten können. Immerhin waren wir seit unserem sechsten Lebensjahr zusammen. Hätte er da nicht etwas länger mit sich ringen müssen? Mir an seiner Stelle wäre es bestimmt schwergefallen, ihn zu verlassen. Ihm … nicht. Er ist nach Bington gefahren und hat sich hier in null Komma nichts eingelebt.«

Ich hatte ein schlechtes Gewissen, das alles zu erzählen. Sollte ich mich wirklich darüber beklagen, dass er nicht bei mir gesessen und sich nach mir verzehrt hatte?

»Ich wollte ja, dass er sein Leben lebt, aber ich habe erwartet, dass er zumindest an der Hoffnung festhält, dass ich später zu ihm stoße. Pustekuchen! Stattdessen hatte er Sex mit Cat. Und das ratzfatz.«

Slate antwortete nicht gleich. Womit ich auch nicht gerechnet hatte. Was sollte er dazu auch sagen? »Das tut mir leid«? Keine Antwort von ihm konnte irgendetwas besser machen.

»Heute Abend waren wir auf einer Party. Auf der er sich pudelwohl fühlte und Freunde traf, die nicht mal wussten, wer ich war. Ich hab nicht dazu gepasst, und scheinbar hat er das nicht mal gemerkt, oder es hat ihn nicht gekümmert. Er wollte, dass ich neben ihm sitze, während er sich prächtig amüsiert. Früher war das insofern anders, als ich seine Freunde zumindest kannte und mich nicht so verloren fühlte. Aber mir ist klar geworden, dass sich dabei immer alles um ihn drehen musste und von mir stillschweigend erwartet wurde, dass ich mich dreinschickte. Das will ich nicht mehr.«

Slate bog mit seinem Jeep in einen Feldweg ein. Normalerweise hätte ich das merkwürdig gefunden, aber ich vertraute ihm. Noch so was, das mich verblüffte. Warum vertraute ich Slate so absolut?

Unter einem klaren Nachthimmel hielten wir in einem Feld voller Wildblumen und Gräser an. Mit wie vielen Mädchen er wohl schon aus einem völlig anderen Grund hierhergefahren war? Allerdings war es auch ein wunderschönes Fleckchen Erde.

»Eines Tages wird Crawford das bedauern.« Slate wandte sich zu mir. »Er hatte dich. Er hat mit dir ein perfektes Leben gelebt, und er wusste es nicht mal, weil er noch nichts anderes ausprobiert hatte. Ich … nun, ich hab alles schon durch. Ich frage mich nicht, ob das Gras auf der anderen Seite grüner ist. Ich war schon dort, und es ist eine einsame Geschichte. Eines Tages erkennt er das, aber dann ist es zu spät.«

Ich fand es nett, dass Slate das sagte, doch ich wollte nicht, dass Crawford irgendetwas bedauerte. Ich wollte, dass er glücklich war.

»Tagtäglich fangen Paare mit dem College an und entfremden sich dann«, sagte ich. »Ich glaube, vor meinem Koma hätte mich der Gedanke fertiggemacht. Doch währenddessen hat sich das alles verändert. Ich habe einen Teil von mir entdeckt, von dem ich gar nicht wusste, dass ich ihn vermisste. Es tut allerdings schon weh, dass er mich so mir nichts, dir nichts betrogen hat. Und so bald.«

Slate lehnte sich vor und umfasste mein Gesicht. Es fühlte sich vertraut und aufregend zugleich an. »Als du geschlafen hast und ich dir was vorgelesen und mit dir geredet habe, da habe ich etwas gespürt. Zur Hölle, vielleicht lag's an deinem Gesicht, es ist ja schließlich außergewöhnlich. Aber ich habe eine Verbindung gespürt. Das gab es bei mir noch nie, weshalb ich den Vorwand benutzt habe, deiner Familie Kaffee zu bringen, um dich sehen zu können. Klar, ich bin ein lieber Kerl, und ich wollte helfen, aber in Wirklichkeit konnte ich mir nicht vorstellen, dass jemand nicht an deiner Seite bleiben, dir die Hand halten und beten wollen würde, dass du wieder aufwachst. Ich …« Er hielt inne und lehnte sich nahe zu mir. Sein Geruch verursachte ein Kribbeln in meinem Bauch. »… wusste einfach, dass ich einen besonderen Menschen vor mir habe. Dann bist du aufgewacht, und ich hatte recht. Du bist meinen Onkel D besuchen gegangen, weil dir an einem alten Mann lag, den du gar nicht kanntest. Als er starb, hast du mir zur Seite gestanden. Hast dich um mich gesorgt. Das hat zuvor noch kein einziges Mädchen getan, Vale.«

In meinen Augen brannten Tränen. In Slate steckte um so vieles mehr, als alle glaubten. Ich schmiegte das Gesicht in seine Hand und schloss die Augen. Statt des Geborgenheitsgefühls, das sich bei Crawford eingestellt hätte, raste mir bei Slate der Puls. Er machte die Welt heller und lockte mit Unbekanntem.

»Ich musste mich vergewissern«, erklärte ich, schlug die Augen auf und versank in seinen. »Ich musste wissen, dass das, was ich mit

Crawford hatte, aus und vorbei ist. Ich war doch noch nie mit einem anderem zusammen.«

Slate ließ seine Hand fallen, und ohne seine Berührung fröstelte mich.

»Ich weiß. Du brauchst immer noch Zeit. Jemanden zwölf Jahre zu lieben … das ist nicht ohne. Da schlägt man nicht einfach über Nacht ein neues Kapitel auf. Aber wenn du so weit bist, weißt du, wo du mich findest.«

So sehnlich ich mir wünschte, dass Slate mich in seine Arme zog und küsste, wusste ich doch, dass er recht hatte. Mit Crawford musste es einen Abschluss geben.

»Danke«, sagte ich und wünschte, es gäbe Worte, die mehr bedeuteten, die ausdrückten, was ich empfand.

»Wofür?«

Ich sah in sein schönes Gesicht und in jene Augen, die mich in meinen Träumen heimzusuchen schienen. »Dass du du bist.«

Slate lachte in sich hinein. »Dafür hat sich noch nie jemand bei mir bedankt.«

Angesichts seiner Belustigung lächelte ich. »Wie werde ich es wissen?«, fragte ich ihn.

»Dein Herz wird es dir sagen«, erwiderte er.

# 55. Kapitel

## VALE

Als ich an diesem Abend ins Wohnheim zurückkehrte, wartete Crawford schon in meinem Zimmer auf mich. Er weinte und gab zu, mit Cat sowie mit zwei weiteren Mädchen geschlafen zu haben. Ohne mich hätte er sich verloren gefühlt und darüber seinen Kummer vergessen wollen. Er flehte mich an, ihm zu verzeihen.

Nachdem ich mir alles angehört hatte, sagte ich ihm die Wahrheit. Ich liebte ihn nicht mehr. Von dem Augenblick an, da ich die Augen wieder aufgeschlagen hatte, hatte alles anders ausgesehen. Wir hatten uns beide verändert, weshalb es kein Zurück gab. Die Sache mit den Mädchen konnte ich ihm zwar verzeihen, vergessen würde ich es jedoch nie. Er hatte keinen Platz mehr in meinem Herzen. Ich wünschte mir, er würde glücklich werden, doch nicht mit mir.

Er weinte wieder und machte sich Vorwürfe, nicht bei mir geblieben zu sein. Auf seine Mutter gehört zu haben und weggefahren zu sein, als es so weit war. Ich ließ ihn reden und hörte ihm zu, auch wenn mir klar war, dass er das allein verarbeiten musste.

Als er schließlich aufbrach, fragte er mich, ob es für uns eines Tages noch eine Chance gebe. Klipp und klar sagte ich Nein. Die lange Zeit, die wir miteinander verbracht hatten, würde immer ein Teil von uns sein. Aber es war vorbei. In Zukunft würden wir getrennte Wege gehen.

Ich weinte nicht einmal – mir war auch nicht danach zumute. Genugtuung empfand ich beim Anblick seiner Tränen nicht. Ich war nur traurig, dass es so enden musste. Unsere Zukunftspläne waren nun bedeutungslos. Es hatte sich um die Träume von Kindern gehandelt, die erwachsen geworden waren.

*

Nachdem er gegangen war, rief ich Knox an und erzählte ihm, ich hätte mit Crawford Schluss gemacht. Die Mädchengeschichten ließ ich unter den Tisch fallen, denn das hätte er Crawford nicht verziehen. Er wäre ihm hinterhergejagt, und beide wären im Gefängnis oder im Krankenhaus gelandet. Mein Bruder und meine Familie mussten auch so verstehen, dass ich mir mehr vom Leben erwartete. Ich wollte ein Leben nach *meinen* Plänen.

Den nächsten Monat über konzentrierte ich mich auf die Arbeit und das College. Ging nicht aus. Die meiste Zeit war ich allein, aber trotzdem zufrieden. Knox zwang mich, etwas mit ihm zu essen, und ich fuhr zweimal zu einem Familienessen nach Hause, damit jeder sehen konnte, dass ich lächelte. Ich war glücklich. Fühlte mich weder verloren noch traurig.

Es war schon fast November, als ich im Café von der Kaffeemaschine aufblickte und Slate hereinkommen sah. Seit dem Abend, an dem er mich auf der Straße aufgegabelt hatte, war er nicht mehr vorbeigekommen. Er hatte mir keine SMS geschrieben und mich auch nicht angerufen. Ich hatte ihn nur dreimal aus der Ferne gesehen, ohne dass er mich bemerkt hätte. Auch er war jedes Mal allein gewesen.

In fünf Minuten endete meine Schicht. Es war Sonntag und am nächsten Tag war Halloween. Die ganze Woche waren wir mit den Kaffee-Specials beschäftigt gewesen, die es ab Thanksgiving geben würde.

»Hey!«, sagte ich und spürte, wie ich vor Aufregung errötete. Es machte mich ja schon glücklich, ihm nur nahe zu sein und ihn riechen zu können.

»Hey«, erwiderte er, und einer seiner Mundwinkel hob sich zu einem Lächeln.

»Wie … geht es dir?«, fragte ich nervös.

»Ich vermisse dich.«

Mein Brustkorb zog sich zusammen, und mein Herz schlug einen Salto. Er vermisste mich! Viele Nächte hatte ich im Bett gelegen und mir eingeredet, ich bräuchte keinen Mann, um glücklich zu sein. Ich würde das Glück in mir finden. Vermisst hatte ich ihn trotzdem. Und mir Gedanken über ihn gemacht.

»Gut.« Ich band mir meine Schürze auf.

»Gut?«, fragte er, noch immer lächelnd.

Ich nickte und warf meine Schürze in den Schmutzwäschekorb. »Ich geh dann mal, Jake!«, rief ich dem Neuen zu, den wir im vergangenen Monat eingestellt hatten. Ich lernte ihn noch an, aber er bekam das schon hin. Und wenn nicht, an welchem Tag arbeitete er sich besser ein als an diesem?

»Schicht vorbei?«, fragte Slate, als ich um die Theke herum auf ihn zukam.

»Ja.«

»Hast du schon was vor?«

Ich nickte. »Ja!«

Er schaute enttäuscht. »Oh.«

Ich trat ganz nah zu ihm, legte ihm die Hände auf die Brust, stellte mich auf Zehenspitzen und küsste ihn. Genau davon hatte ich geträumt. Ihm nahe zu sein. Ihn küssen zu können. Zu wissen, er war da mit einem Leben voller aufregender und neuer Dinge im Gepäck.

Seine Hände fanden mein Gesicht, und er hielt es sanft, während er den Kuss vertiefte. Ich fuhr mit den Händen an seinem Brustkorb hoch und schlang sie ihm um den Hals, und dann vergaßen wir alles um uns herum. Ich weiß nicht, wie viel Zeit verging, ehe ich mich schließlich von ihm löste und tief Luft holte.

»Das. Genau das habe ich vor!«, erklärte ich ihm atemlos.

Er grinste. »Dann bin ich der glücklichste Mensch der Welt!«

# Danksagung

Danke, dass ihr dieses Buch gelesen habt, das in den USA beim Verlag *Feiwel and Friends* erschienen ist.

Die *Friends,* die »Ein Moment für die Ewigkeit« möglich gemacht haben, sind:

JEAN FEIWEL, Publisher
LIZ SZABLA, Associate Publisher
RICH DEAS, Senior Creative Director
HOLLY WEST, Editor
ANNA ROBERTO, Editor
CHRISTINE BARCELLONA, Editor
KAT BRZOZOWSKI, Editor
ALEXEI ESIKOFF, Senior Managing Editor
KIM WAYMER, Senior Production Manager
ANNA POON, Assistant Editor
EMILY SETTLE, Administrative Assistant
DANIELLE MAZZELLA DI BOSCO, Senior Designer
MELINDA ACKELL, Copy Chief

Folge uns auf Facebook oder besuche uns online auf mackids.com.

Unsere Bücher sind Freunde fürs Leben